KERSTIN HOHLFELD

Winterwünsche

WAHRE FREUNDSCHAFT Schneiderin Rosa arbeitet, nach dem anstrengenden Ausflug ans Musicaltheater, wieder bei Margret in der Weddinger Werkstatt. Ihre Freunde, allen voran Basti, sind ihr wichtiger als Glanz und Gloria. Nach einem großen Streit bemüht sie sich, Bastis Vertrauen wiederzuerlangen, denn dass sie sich lieben, ist sonnenklar.

Dann erfährt Rosa von einem Modewettbewerb des Lifestyle-Hochglanzmagazins »Estelle« und kann an nichts anderes mehr denken. Ermutigt von Basti und der besten Freundin Vicki reicht sie ihre Entwürfe ein. Glücklicherweise flattert in der quälenden Wartezeit ein außergewöhnlicher Auftrag herein, sodass eine steinreiche Adlige, ein besonderes Hochzeitskleid und eine filmreife Liebesgeschichte für Ablenkung sorgen. Als Rosa Wochen später immer noch keine Antwort von der »Estelle« erhalten hat, ist sie tief enttäuscht. Doch ihre Freunde ahnen, dass etwas nicht mit rechten Dingen zugeht. Ein Anruf von Vicki bei der Zeitschrift setzt eine Kette von unglaublichen Enthüllungen in Gang.

Kerstin Hohlfeld lebt seit über 20 Jahren in Berlin. Nach einem Theologiestudium und einer bunten Mischung von Jobs widmet sie sich seit 2011 dem Schreiben von Romanen. »Winterwünsche« ist ihr dritter Roman um die sympathische Schneiderin Rosa Redlich.

Bisherige Veröffentlichungen im Gmeiner-Verlag:
Herbsttagebuch (2012)
Glückskekssommer (2011)

KERSTIN HOHLFELD

Winterwünsche

Roman

Original

GMEINER

Ausgewählt von
Claudia Senghaas

Personen und Handlung sind frei erfunden.
Ähnlichkeiten mit lebenden oder toten Personen
sind rein zufällig und nicht beabsichtigt.

Besuchen Sie uns im Internet:
www.gmeiner-verlag.de

Im Ehnried 5, 88605 Meßkirch
Telefon 07575/2095-0
info@gmeiner-verlag.de

1. Auflage 2013

Lektorat: Katja Ernst
Herstellung: Julia Franze
Umschlaggestaltung: U.O.R.G. Lutz Eberle, Stuttgart
unter Verwendung eines Fotos von: © iStockphoto.com / Aleksandar Nakic
Druck: GGP Media GmbH, Pößneck
Printed in Germany
ISBN 978-3-8392-1455-8

Für Nina, Janis und Mia

1. Kapitel

Unverhofft kommt oft

»Vicki!«

...

»Vicki?«

Ich stehe dick in Daunenjacke, Mütze, Schal und Skihandschuhe eingepackt in der Tür unserer Wohnung und warte auf meine Freundin.

In ein paar Tagen werden Vicki und Daniel, ihr Mann, nach Florida fliegen. Wir wollen zusammen Badesachen für sie einkaufen. Ich kriege einen Hitzschlag, wenn sie nicht gleich kommt.

Seit meine Freundin schwanger ist, geht bei ihr alles ein bisschen langsamer. Das kann ich gut verstehen, denn ihr ist laufend übel. Ihr Kreislauf fährt Achterbahn, und anstatt zuzunehmen, hat sie drei Kilo an Gewicht verloren. Ich verwöhne sie so gut ich kann, koche ihre Lieblingsgerichte, auch wenn die gelegentlich etwas ausgefallen sind. Spaghetti mit Zimt und Zucker? Na ja, Geschmackssache.

Vicki und Daniel erhoffen sich von ihrer kleinen Flucht in die Sonne, dass es Vicki endlich besser geht.

Die beiden sind zu beneiden, denn Berlin erscheint mir im Moment wie die kälteste, dunkelste und matschigste Stadt der Welt. Gelegentlich segeln Schneeflöckchen vom Himmel. Das sieht schön aus. Aber nur so lange, bis eine Kolonne von Räumfahrzeugen und Streumaschinen zur Bekämpfung der weißen Pracht anrückt. Dann verwandelt sich alles in unansehnlichen grauschwarzen Matsch, der den Straßenverkehr weder angenehmer noch sicherer macht, die Stadt dafür jedoch tausendmal hässlicher aussehen lässt.

Ich hätte ebenfalls Lust auf ein paar Sonnenstrahlen in Miami Beach, aber das ist nicht drin.

Ich habe drei Monate in meiner Schneiderwerkstatt gefehlt und auch wenn Margret, meine Meisterin, es nicht zugeben würde, weiß ich, dass einiges an Arbeit liegengeblieben ist. Die Kundinnen, für die ich in der Vergangenheit schicke Abendkleider geschneidert habe, reagierten nicht immer wohlwollend, wenn sie erfuhren, dass ich am Musicaltheater Kostüme entwarf, statt brav im Wedding an meiner Nähmaschine zu sitzen und auf einen Auftrag von ihnen zu warten.

Nun, das Intermezzo am Theater ist Geschichte. Ein neues Jahr hat begonnen und alles wird gut. Klar habe ich Vorsätze. Der wichtigste ist: Ich, Rosa Redlich, richte in diesem Jahr überhaupt kein Chaos an!

Zu diesem Zweck werde ich weder Glückskekse essen noch alte Tagebücher lesen. Ich werde jeden Tag brav in meine Werkstatt fahren und nähen, und ich werde meinem Schatz Basti die allerbeste, liebste und treueste Freundin sein, die man sich vorstellen kann.

Warum ich das so betone?

Na ja, ich habe in den letzten Monaten einiges gemacht, auf das ich nicht gerade stolz bin. Nicht nur, aber auch. Und damit muss jetzt Schluss sein.

»Vicki, wo bleibst du denn bloß?«, rufe ich ungeduldig.

Sie reagiert nicht. Unter meiner Wollmütze fange ich ziemlich zu schwitzen an. Meine liebe Freundin sollte längst angezogen sein und endlich aus ihrem Zimmer kommen.

Ich höre nichts, nicht das kleinste Geräusch, und fange langsam an, mir Sorgen zu machen. Also ziehe ich meine Schuhe wieder aus und klopfe an Vickis Tür. Stille. Ich drücke die Klinke herunter und spähe in den, mit Himmelbett und schnörkeligem altem Kleiderschrank, liebevoll eingerichteten Raum. Keine Vicki.

In der Küche ist sie auch nicht. Letztlich poche ich an die Badezimmertür.

»Herein«, antwortet ein schwaches Stimmchen.

Vicki sitzt in Hemd und Höschen auf dem Fußboden und stützt den Kopf in die Hände. Ich komme mir in meiner Winterkluft wie ein dickes Michelin-Männchen vor.

»Wollten wir nicht einkaufen gehen?«, frage ich. Als sie den Kopf hebt, sehe ich eine dicke Beule auf ihrer Stirn. Und überhaupt … wie sie mich anguckt.

»Vicki, was ist los mit dir?«

»Keine Ahnung«, antwortet sie und verzieht schmerzlich das Gesicht. »Ich wollte mich anziehen und dann ist mir schlecht geworden und plötzlich lag ich auf dem Boden.«

»Du bist umgekippt?«, rufe ich und erschrecke fürchterlich. »Das wird immer schlimmer mit deinen Schwangerschaftsbeschwerden!«

»Scheint so.«

Ich helfe ihr auf. Vicki setzt sich auf den Klodeckel und tastet vorsichtig ihre Stirn ab.

»Das ist echt nicht normal«, sagt sie und spricht damit aus, was ich gerade gedacht habe. Meine Freundin ist im vierten Monat schwanger und wenn man den einschlägigen Ratgebern Glauben schenken soll, befindet sie sich gerade in der Phase, in der die überwiegende Mehrheit der Frauen die Schwangerschaft in vollen Zügen genießt – sich rundender Bauch, volle Brüste, pralle rosige Haut und glänzendes Haar inklusive.

Einen schönen Busen und wallendes rotbraunes Haar hat Vicki sowieso, aber ihre Haut ist seit Wochen erschreckend blass und unter ihren Augen liegen schwarze Schatten. Fast alles, was sie isst, erbricht sie kurz darauf. Und auch wenn ihr Bauch sich leicht rundet, der Rest des Körpers ist entsetzlich mager.

»Dieses Kind macht mich fertig«, sagt Vicki leise. Eine glückliche Frau im zweiten Schwangerschaftsdrittel sieht anders aus.

»Soll ich dich ins Bett bringen und dir etwas zu essen machen?«, frage ich.

Sie schüttelt den Kopf. »Ich ziehe mich jetzt an und wir gehen einkaufen.«

»Aber …«

»Nichts aber«, sagt Vicki und steht schwankend auf. Ich gehe hinter ihr in Hab-Acht-Stellung, mache mich darauf gefasst, dass sie gleich umkippt. »Ich will die nächsten Monate nicht im Bett verbringen. Die Vorstellung ist gruselig.«

Sie klingt viel beherzter als sie dreinschaut.

Ich frage mich, wie ihr wohl der lange Flug bekommen wird, die Zeit- und Temperaturumstellung. Hoffentlich wird die Reise kein Albtraum.

Während Vicki sich die Zähne putzt, bleibe ich zur Sicherheit neben ihr stehen und überlege, wie ich meine

Freundin unterstützen kann. »Hast du deine Ärztin gefragt, ob sie Rat weiß?«

»Tauschend Mal«, nuschelt Vicki durch den Zahnpastaschaum.

»Und?«

»Viel machen kann man da nicht«, antwortet Vicki, nachdem sie sich den Mund ausgespült hat. »Morgens langsam aufstehen, erst einmal einen Tee trinken, leichte, gesunde Speisen essen ... bla, bla. Mache ich alles. Nützt nur nichts.«

Sie klingt ganz schön frustriert. Kein Wunder!

Bisher hatte sie es nicht gerade leicht mit ihrer Schwangerschaft: Zuerst war sich Vicki sicher, dass Daniel das Baby gar nicht wollen würde. Die beiden hatten eigentlich beschlossen, keine Kinder in die Welt zu setzen. Als Vicki dann doch schwanger wurde, behielt sie die Neuigkeit lange für sich, fast zu lange, denn Daniel war verständlicherweise ziemlich sauer, als er erfuhr, dass seine Frau ihm drei Monate lang nichts davon erzählt hatte.

Nun, da sie sich endlich auf ihren Nachwuchs freuen, muss Vicki so sehr leiden. Eigentlich müsste sie ihr nächstes Buch fertigstellen und nach dem kurzen Floridaurlaub sollen die Bauarbeiten an Vickis altem Landgut beginnen. Hauptsächlich wird Daniel, der Architekt ist und sich mit dem Wiederaufbau von Vickis Erbteil einen Lebenstraum erfüllt, die Aufsicht übernehmen. Aber Vicki ist nicht die Frau, die zu Hause sitzt und anderen beim Arbeiten zuschaut. Ganz sicher wird sie dabei sein wollen, wenn das halb zerfallene Haus zu alter Pracht erblüht.

Ich habe keine Ahnung, wie Vicki das schaffen soll, wenn sie sich nicht langsam besser fühlt.

Sie kämmt sich die Haare und verzieht das Gesicht, als sie mit der Bürste die dicke Beule berührt. Ich schäle mich aus meinen warmen Sachen.

»Wir bleiben zu Hause«, bestimme ich. »Ich koche uns Tee und wenn du dich nachher besser fühlst, können wir immer noch einkaufen gehen.«

»Bist du nicht sauer?«, fragt Vicki. »Du hattest doch Lust auf den Stadtbummel.«

»Ist in Ordnung. Mir ist lieber, du ruhst dich aus, als dass ich dich unterwegs aus einem dieser grässlichen Schneematschhaufen auflesen muss.«

»Weißt du was? Ich habe totale Panik vor der Florida-Reise«, gibt Vicki zu. »Einerseits hasse ich es, den ganzen Tag im Bett zu liegen, andererseits ist das der Platz, an dem ich mich im Moment am wohlsten fühle. Ich komme ja nicht mal heil bis ins Bad.«

Während sie sich unter ihre Decke kuschelt, grübeln wir, was zu tun ist.

»Könnt ihr nicht umbuchen und einfach später fahren, wenn es dir besser geht?«, frage ich.

»Dann ist Dani mit unserem Haus beschäftigt und hat keine Zeit mehr«, sagt Vicki. »Außerdem liebt er Florida und freut sich total.« Plötzlich setzt sie sich auf und strahlt mich an. »Was meinst du, kann Basti nicht für mich mitfahren?«

»Basti? Wie … wie kommst du auf Basti?«

»Na, er hat uns doch neulich erzählt, dass er zwei Wochen Urlaub hat.«

»Na ja …«, druckse ich herum. »Hat er zumindest eingereicht.«

Mein Freund ist HNO-Arzt und wird an 365 Tagen im

Jahr beinahe rund um die Uhr im Krankenhaus gebraucht. Er könnte eigentlich auf seiner Station wohnen. Es ist schon mehrmals vorgekommen, dass er geplante freie Tage abblasen und stattdessen arbeiten musste.

Das ist die eine Seite. Aber wenn ich ehrlich bin, gibt es einen anderen und viel stärkeren Grund für meine Vorbehalte. Es wäre mir nämlich lieber, wenn er in seinem Urlaub mit *mir* verreisen würde. Dann hätten wir Gelegenheit, uns nach unserer großen Krise ungestört wieder ein wenig näherzukommen.

Obwohl ich Basti die Reise von Herzen gönne, bin ich der Meinung, Daniel sollte sich lieber einen anderen Begleiter suchen.

Vicki schaut mich erwartungsvoll an. Etwas halbherzig stimme ich schließlich ihrer Idee zu. Wahrscheinlich kann Basti sowieso nicht mitfliegen. Wer soll sich in dieser Zeit um seine Tochter Julia kümmern?

»Juli kann bei uns wohnen«, schlägt Vicki vor, als hätte sie meine Gedanken gelesen. »Wir machen eine Mädels-WG auf und die beiden Jungs erleben Outdoorabenteuer in den Everglades.«

Ich bin hin- und hergerissen zwischen Vickis allzu verständlichen Bedürfnissen und meinen eigenen. Aber ich will weder kleinkariert wirken noch Daniel den Urlaub vermiesen, deshalb sage ich ihr nicht, was ich wirklich darüber denke, sondern hoffe, dass sich Dinge von selbst klären.

»Bist du sicher, dass das eine gute Idee ist?«

»Sicher bin ich nicht«, antwortet meine Freundin. »Wir fragen die beiden einfach und wenn sie nicht wollen, müssen wir die Reise wohl absagen. Ich kann im Moment nicht fahren, Rosa. Je länger ich darüber nachdenke, desto klarer wird mir das.«

»Du hast recht, Vicki!«

Ich denke und hoffe, dass Daniel ohne sie sowieso nicht fliegen wird.

Falsch gedacht. Daniel schluckt ganz schön, als Vicki ihm sagt, dass sie sich die Reise im Moment nicht zutraut. Doch nachdem er die Neuigkeit verdaut hat, sind er und Basti sich überraschend schnell einig.

Wir sitzen alle zusammen am Tisch und essen zu Abend.

»Ich darf bei euch wohnen!«, ruft Juli glücklich. »Da spielen wir den ganzen Tag Verkleiden, ja, Rosa?«

»Ich muss ein paar Stunden arbeiten und du in die Schule«, sage ich lachend. »Aber dann … den Rest des Tages machen wir alles im Prinzessinnenkleid.«

»Auch einkaufen?«

»Klar!«

Bastis Tochter klatscht vor Freude in die Hände. Mein Freund mustert mich lächelnd.

Seit vier Wochen sind wir wieder zusammen und ich bin froh, dass seine Tochter bei ihm wohnt, solange ihre Mutter zu Forschungszwecken in Kalifornien ist. Denn Juli macht es mir leicht, erneut in die Familie Andrees aufgenommen zu werden. Sie ist wunderbar unkompliziert, als hätte es keine Trennung gegeben.

Allerdings hat Juli nicht viel davon mitbekommen, dass ich Basti verlassen und einige Wochen bei Leo, meinem Musical-Regisseur, gewohnt habe.

In manchen Momenten frage ich mich fassungslos, wie das passieren konnte, denn ich weiß, dass ich im Grunde meines Herzens immer Basti geliebt habe, selbst während ich in Leos Armen lag.

Eine Zeit lang war ich jedoch unsicher, ob er *mich* lieben würde. Ich bin über Geheimnisse in seinem Leben gestolpert, die mein Vertrauen in ihn ziemlich erschüttert haben. Warum hat er mir monatelang nicht gesagt, dass er eine Tochter hat? Ich hatte das Gefühl, ihm nicht wichtig zu sein. Und in diesem Moment tauchte Leo auf. Der weltgewandte, attraktive Traummann, der so heftig um mich warb, dass ich mich wie auf Wolke sieben fühlte … und nicht widerstehen konnte. Ich weiß, dass Basti in dieser Zeit sehr gelitten hat, und konnte kaum glauben, dass er bereit war, es noch einmal mit mir zu versuchen.

Zurückhaltend ist er immer noch. Gelegentlich habe ich das Gefühl, er beobachtet mich und versucht, in meinen Augen zu lesen, ob ich es ehrlich meine.

Da kann er sich sicher sein! Erst nachdem ich unsere Beziehung aufs Spiel gesetzt habe, weiß ich, wie sehr ich ihn liebe.

Nun fliegt er also mit Daniel nach Florida. Und ich muss auf eine andere Gelegenheit für ungestörte Zweisamkeit warten. Ich habe ziemliche Angst, dass sein Vertrauen zu mir nicht zurückkommt.

»Schade, dass ihr heute nicht bleiben könnt«, sage ich, als Basti und Julia eine Stunde später aufbrechen.

»Morgen bringe ich euch Juli gegen Abend. Bist du sicher, dass sie dir nicht zu viel wird?«

Ich schüttele den Kopf. »Natürlich nicht. Mach dir bitte keine Sorgen«, beteuere ich. »Ich kümmere mich gut um sie.«

»Juli ist völlig vernarrt in dich.«

Und er? Er etwa nicht? »Mach dir ein paar schöne Tage, ja?«

Ich bin ein Held! Wie ich locker rüberbringe, was ich gar nicht fühle. Am liebsten würde ich mich an ihm festkrallen und ihn bitten, bei mir zu bleiben und mir zu versichern, dass alles gut ist zwischen uns. Aber das geht nicht. Er bestimmt das Tempo. Und da ich ihm beweisen will, dass es mir ernst ist, halte ich durch.

Basti lächelt und umarmt mich, bevor er und seine Tochter einen ›Wer als Erster unten ist‹-Wettlauf starten. Seufzend schließe ich die Tür hinter ihnen.

»Also, das Kleid will ich haben«, sagt Juli, die mit Vicki in deren großem Bett sitzt und meine neusten Modezeichnungen anschaut. »Und das auch!«

Es sieht gemütlich aus, wie die beiden inmitten meiner Skizzenhefte hocken und blättern.

Ich komme gerade von der Arbeit. Auf dem Weg habe ich Kartoffeln, Sahne und Käse gekauft, um einen leckeren Auflauf zu zaubern. Vicki hat Juli von der Schule abgeholt und mit ihr zusammen die Hausaufgaben gemacht.

Daniel und Basti sind seit drei Tagen in Florida. Einmal am Tag hören wir über Skype voneinander, wobei hauptsächlich Juli mit Basti redet. Das ›Bildtelefonieren‹ fasziniert sie. Ich würde ihn ebenfalls gern sprechen, aber erstens vermisst Juli ihren Papa und sehnt die Telefonate mit ihm herbei (ich kann sie also schlecht vom Computer wegschubsen) und zweitens kann ich das, was ich ihm sagen will, sowieso nicht besprechen, wenn Juli neben mir steht.

»Wollen wir zusammen kochen?«, frage ich die Kleine. »Es gibt Kartoffelauflauf.«

»Erst noch die Bilder fertig gucken«, bittet Juli. »Die sind sooo toll.«

»Da hat sie recht«, bestätigt Vicki. »Deine Klamotten sehen einfach fantastisch aus. Du *musst* bald ein Modeatelier aufmachen. Wenn deine Schwiegermutter als Werbeträgerin mitspielt, spricht es sich schnell rum und du wirst dich kaum retten können vor lauter Aufträgen.«

Ich habe wahnsinniges Glück, dass Bastis Mutter eine der bekanntesten deutschen Schauspielerinnen ist. Wenn sie ein Kleid von mir bei einer Premiere trägt, steht das am nächsten Morgen in der Zeitung. Unterdessen habe ich etliche Kundinnen, die sich Kleider von mir nähen lassen. Nach meinem Ausflug in die Kostümschneiderei sind es noch mehr geworden, denn das Musical ›Transylvania love dreams‹, für das ich die Kostüme entworfen habe, kennt fast jeder in Berlin. Einen guten Ruf habe ich, aber eine eigene Schneiderei … da traue ich mich bisher nicht heran.

Manche Dinge brauchen Zeit. Es bringt nichts, wenn man sie erzwingen will.

Man kann einer Apfelblüte nicht befehlen, eine reife Frucht zu sein. Irgendwann wird sie es, und zwar von allein. Na gut, es gibt Blüten, die fallen vom Zweig und verwelken. Auch das gehört zum Leben. Zweifel und enttäuschte Hoffnungen. Nicht jeder Wunsch, der in uns erblüht, kann Wirklichkeit werden.

Ich seufze leise. Im Moment habe ich wohl die Schwermut für mich gepachtet. Das liegt daran, dass ich die unsichere Situation mit Basti nur schwer verkrafte.

Ich lasse Vicki und Juli im Bett hocken und gehe in die Küche, um die Kartoffeln zu schälen. Danach schneide ich sie in Scheiben und schichte sie in eine Auflaufform. Auf der Fensterbank steht ein Töpfchen mit Thymian. Ich zupfe vorsichtig ein paar Blätter ab und hacke sie zusammen mit einer Knoblauchzehe klein.

Während ich koche, stelle ich mir vor, dass Basti mich beobachtet. Ich weiß, das ist albern. Trotzdem finde ich die Vorstellung schön, dass er sieht, wie ich für seine Tochter Essen mache. Wie wir zusammen spielen und lachen und wie ich ihr ein Prinzessinnenkleid für den Schulfasching anmesse. Wir haben viel Spaß zusammen. Ich wünschte, er würde sehen, dass ich toll, liebevoll und überhaupt … einfach die beste Frau für ihn bin.

»Meinst du, es wird mit Basti und mir wieder wie früher?«, frage ich Vicki, als wir später die Küche aufräumen. Juli liegt in meinem Bett und schläft bereits. Ich muss mit meiner besten Freundin über meine Ängste reden, sonst wälze ich mich die halbe Nacht schlaflos hin und her.

»Ist es das nicht?«

Ich schüttele den Kopf. »Es ist … es ist eher wie bei Brüderchen und Schwesterchen«, gebe ich schließlich zu. »Wir … wir schlafen nicht miteinander. Und nicht nur das. Das könnte ich sogar verstehen, irgendwie. Er ist insgesamt unglaublich zurückhaltend, beinahe abwartend.«

Vicki schaut nachdenklich drein. »Aber er hat dir seine Tochter anvertraut.«

»Er hat sie *uns* anvertraut. Vielleicht sogar viel eher dir. Schließlich bist du eine Mutter.«

»Na ja, noch nicht ganz«, sagt Vicki lachend.

»Meinst du, Basti ist zurückhaltend, um mich zappeln und ein wenig leiden zu lassen?«

»Nein«, sagt Vicki energisch und winkt ab. »Er spielt keine Spielchen, um dich weichzuklopfen. Das passt nicht zu ihm. Ich habe gedacht, es wäre längst alles wie früher zwischen euch. Anscheinend braucht er noch Zeit, um die ganze Sache zu verarbeiten.«

»Ich kann warten«, beteuere ich. »Aber was ist, wenn er mich nicht mehr will? Wenn er merkt, dass ich ihn zu sehr verletzt habe und dass er mich doch nicht zurückhaben will?« Meine Gedanken drehen sich unentwegt im Kreis.

»Ich bin sicher, das wird wieder. Die Unsicherheit musst du jetzt wohl erst mal aushalten«, sagt Vicki freundlich, aber schonungslos. »Der Mann hat ziemlich gelitten deinetwegen.«

Vielleicht ist Bastis Liebe zu mir ebenfalls wie eine Apfelblüte und braucht Zeit. Ich muss sie hegen und pflegen, vor Sturm und Hagel beschützen ... und abwarten.

Puh! Geduldig sein gehört nicht zu meinen Tugenden. Jetzt muss ich es lernen, ob es mir gefällt oder nicht. Wahrscheinlich ist es sogar gerecht, dass ich eine Weile zappeln muss. Aber ich werde durchhalten, denn Sebastian Andrees ist meine große Liebe. Daran zweifle ich keinen Augenblick.

Déjà-vu.

Am nächsten Nachmittag, als ich von der Arbeit nach Hause komme, sitzen Vicki und Juli zusammen auf dem

Bett und schauen sich Modebilder an. Heute allerdings nicht meine, sondern die in den Frauenmagazinen, die ich gestern aus dem Supermarkt mitgebracht habe.

Zudem haben sie sich in Schale geworfen. Vicki trägt Abendgarderobe – ein schulterfreies knallrotes Seidenkleid mit schmal geschnittenem Oberteil und weitem Rock. Sie sieht zauberhaft aus und ihre Wangen sind zum ersten Mal seit Wochen nicht schrecklich blass. Voller Freude erzählt sie mir, dass sie die Spatzenportion Auflauf von gestern Abend nicht ausgespuckt hat. Vielleicht geht es langsam bergauf mit ihr.

Juli hat ihr Einschulungskleid angezogen, das einem Kimono nachempfunden ist und dessen strahlendes Königsblau ihre Augen zum Leuchten bringt. »Rosa, jetzt wirst du berühmt«, ruft die Kleine aufgeregt, als sie mich sieht.

»Was ist passiert?«, frage ich lachend. »Habt ihr ein Kleid von mir in der Vogue gesichtet?«

»Noch nicht«, meint Vicki geheimnisvoll, während Juli aus Vickis Bett hüpft, in meine schwarzen Lackpumps schlüpft und mir damit entgegen schlurft, eine dicke Zeitschrift unter dem Arm.

»Guck mal«, ruft sie aufgeregt. »Da ist ein Wettbewerb für dich drin.«

»Mmh?«

»Seite 25«, ergänzt Vicki. »Das ist genau der richtige Zeitpunkt für dich. Da kommt erst gar keine Langeweile beim Reparieren von Reißverschlüssen auf.«

Schnell schlage ich die angegebene Seite auf und überfliege sie. Mein Herz pocht laut, als ich lese, was die beiden da herausgesucht haben.

Ein Modewettbewerb! Und was für einer!

Die ›Estelle‹, ein internationales Mode- und Lifestyle-Blatt, schreibt einen Wettbewerb für junge Modemacher aus. Bewerbungen sind ab sofort möglich. In einem Monat ist Einsendeschluss. Bis dahin sollen die Entwürfe für eine eigene Kollektion unter einem frei wählbaren Motto eingereicht werden. Unter allen Einsendungen sucht eine internationale Fachjury die 20 besten Teilnehmer aus, die ihre Kollektion in Berlin einem großen Publikum präsentieren dürfen.

Fantastisch! Ich sehe sofort zahlreiche Models vor mir. In zauberhaften Rosa-Redlich-Kleidern!

»Du freust dich«, sagt Juli und fasst nach meiner Hand. »Stimmt's?«

»Was?« Ich schrecke aus meinen blühenden Fantasien auf und klappe rasch die Zeitschrift zu.

»Du hast gestrahlt«, sagt Vicki lachend und an Juli gewandt. »Wetten, sie weiß schon, was sie alles entwerfen wird?«

»Lauter Prinzessinnenkleider«, vermutet Juli.

Ich schüttele den Kopf. »Das ist ein paar Nummern zu groß für mich, Leute«, wiegele ich entschlossen ab. »So wie meine Schuhe für dich, Juli. Wer hat dir eigentlich erlaubt, sie aus meinem Schrank zu holen?«

»Lenk nicht ab«, antwortet Juli blitzgescheit.

Vicki lacht laut. »Zu groß für dich? Wie kommst du darauf, Rosa?«, fragt sie und tippt sich an die Stirn. »Du schreckst doch sonst vor keiner Wahnsinnstat zurück.«

Ich weiß, was sie meint, aber hier täuscht sie sich. Ein internationaler Modewettbewerb, bei dem top ausgebildete Designer aus ganz Europa gegeneinander antreten, ist mehr, viel mehr, als ich mir zutraue. Da hilft mir mein Wahnsinn nicht!

»Ich muss kochen«, sage ich und lege die ›Estelle‹ auf Vickis Bett.

»Heute kochen wir!«, beschließt Vicki. »Du setzt dich hin und denkst nach, und zwar so lange, bis dir kein Argument mehr einfällt, was dich von dem Wettbewerb abhält.«

»Wenn du das Essen machst, wird dir doch gleich wieder schlecht«, sage ich zu Vicki, die sich in ihrer ganzen Größe vor mir aufgebaut hat und mich streng anguckt.

»Juli, merkst du was? Sie lenkt schon wieder ab«, kommentiert meine Freundin und Bastis Tochter nickt ernsthaft dazu.

»Wenn Vicki spucken muss, koche ich«, sagt die Kleine und stemmt energisch die Hände in die Hüften. »Ich kann Ravioli und Fischstäbchen und Wackelpudding.«

Na ja. Das ist, wenn man so will, ein richtiges Drei-Gänge-Menü.

Ich zucke die Schultern.

»Meinetwegen«, gebe ich nach. »Ich überlege es mir, aber …«

»Nix aber!«

Ich nehme die ›Estelle‹ mit in mein Zimmer, lese den Artikel erneut durch, lege mich auf mein Bett und fange an zu träumen. Es fällt mir nicht schwer, mir eine Kollektion auszudenken. Fast automatisch entstehen Kleider vor meinem geistigen Auge. Mode ist meine Leidenschaft. Stoffe, Schnitte, Garne … alles ist sofort da.

Sei nicht verrückt, Rosa Redlich! Du bist eine stinknormale Schneiderin. Hast nie eine Modeschule von innen gesehen.

Vicki und Juli stellen sich das leicht vor. Mal eben an einem Wettbewerb teilnehmen und gewinnen. Als ob das so einfach wäre. *Wer hat die Kostüme für ›Transylvania love dreams‹ entworfen?*, widerspricht meine innere Stimme mir selbst. Ja, klar, das war ich, und deshalb ist es genauso gut denkbar, an einem Wettbewerb teilzunehmen. Im Grunde genommen kann mir nichts passieren. Außer dass ich nicht gewinne. Selbst wenn die Jury sich über meine Entwürfe kaputtlacht ... das kriege ich überhaupt nicht mit. Irgendwann kommt eine freundliche »Tut uns leid ... konnten wir uns leider nicht für Sie entscheiden«-Absage und fertig. Ich habe jede Menge solcher Briefe bekommen, als ich mich nach der Lehre um eine Arbeitsstelle beworben habe. Na und?

Als Juli und Vicki mich zum Essen rufen, verspreche ich den beiden, dass ich mir Gedanken über eine Kollektion machen werde. »Aber nur, wenn *ihr* mir versprecht, in den nächsten Tagen nicht mehr zu kochen.«

Vicki und Juli haben die Tiefkühltruhe und Vorratsschränke um sämtliche Fertigprodukte erleichtert. Es gibt Buchstabensuppe aus der Tüte, Salamipizza und zum Nachtisch drei Becher Schokopudding mit Sahne. Drei Gänge à la Stickstoff und Geschmacksverstärker.

Juli leckt sich über die Lippen und langt begeistert zu. Ich frage mich, ob sie wohl den Gemüsestrudel essen wird, den ich für morgen geplant habe.

Um bei Basti zu punkten, habe ich mir extra ein Kinderkochbuch angeschafft – mit lauter gesunden Sachen –, um die ich als Kind garantiert einen Riesenbogen gemacht hätte. Egal! Im Moment will ich eben alles, was Juli betrifft, 120-prozentig erledigen.

Wenn Basti zurück ist, werde ich ihn fragen, was er von dem Wettbewerb hält.

Endlich ist es so weit!

Julia, Vicki und ich holen die beiden Männer vom Flughafen ab. Um das Wiedersehen gebührend zu würdigen, fahren wir vom Flughafen aus alle zusammen ins ›Schraders‹, unser Stammlokal im Wedding, das direkt gegenüber von meiner Schneiderwerkstatt liegt und feiern bis in die Nacht hinein.

Bastis Eltern schauen ebenfalls vorbei, trinken ein Glas mit uns und nehmen spät am Abend ihr müdes Enkelkind für zwei Tage mit zu sich. Mein Herz klopft mir bis zum Hals, als wir Stunden später ebenfalls aufbrechen. Würde Basti nun allein zu sich oder vielleicht mit zu mir fahren?

Er ruft ein Taxi, verabschiedet sich lang und breit von Vicki und Daniel. Endlich steht er vor mir.

»Ich … ähm … ich geh dann mal, ja?«, druckse ich herum. Ich stelle mich auf die Zehenspitzen – denn Basti ist fast 30 Zentimeter größer als ich –, um ihn auf die Wange zu küssen, wie wir das in den letzten Wochen getan haben. Wie gute Freunde. Da legt er seine Arme um mich und hält mich fest.

»Das mit Juli hast du großartig gemacht«, sagt er und sieht mich liebevoll an. »Sie ist total glücklich, wenn sie bei dir sein darf.«

»Ich hab sie wahnsinnig lieb«, antworte ich und schmelze unter Bastis Blick dahin. »… und dich auch.«

»Ich habe dich im Urlaub vermisst. Es hätte Spaß gemacht, mit dir in Florida zu sein.«

Der Taxifahrer, der seit einiger Zeit neben uns wartet, trommelt mit den Fingern auf das Lenkrad.

»Ich habe dich auch vermisst«, sage ich. »Du fehlst mir immer, jeden Tag. Ich kann dir gar nicht sagen, wie … wie oft ich das alles bereut habe.«

»Willst du mit zu mir kommen?«, fragt Basti schließlich und hält mir die Tür des Taxis auf.

Vicki, die mit Daniel neben uns steht, grinst und zwinkert mir unauffällig zu.

Ich strahle wie ein Kind vorm Weihnachtsbaum. Nach langer Zeit werden Basti und ich wieder eine Nacht lang zusammen sein. Wie habe ich das vermisst!

Auf einmal bin ich mir fast sicher, dass wir es geschafft haben. Endlich steht nichts und niemand mehr zwischen uns.

»Wenn du nicht mit dem Juryvorsitzenden durchbrennst, solltest du den Wettbewerb unbedingt mitmachen.«

Ich weiß, dass Bastis Bemerkung scherzhaft gemeint war. Dennoch erinnert sie mich daran, dass zwischen uns scheinbar nicht alles so gut läuft, wie ich es gern glauben würde.

»Tut mir leid«, sagt er, als er mein langes Gesicht sieht. »Das war eine ziemlich blöde Bemerkung.«

»Nein, mir tut es leid«, antworte ich. »Der Wettbewerb ist mir gar nicht wichtig.« Ich will nur eins, nämlich dass mein Freund mir wieder vertraut.

Wenn das bedeutet, dass ich dafür den Wettbewerb sausen lassen muss, dann tue ich das.

Basti schlingt seine Arme um mich und zieht mich an sich.

»Was willst du mir denn beweisen, wenn du so eine einmalige Gelegenheit verschenkst?«, fragt er nun.

»Beweisen?«

»Mmh …«

»Dass du das Wichtigste für mich bist.«

»Das glaube ich dir«, sagt er lächelnd. »Und es ergibt keinen Sinn, für mich auf etwas zu verzichten, was ein Teil von dir ist. Es wäre ein Riesenfehler, und das weißt du genauso gut wie ich.«

Es stimmt, was Basti sagt. Seit ich von dem Wettbewerb in der ›Estelle‹ weiß, tanzen die Kleider dafür vor meinen Augen. Ob ich gewinne oder nicht – ich möchte gern mein Glück versuchen.

»Danke«, sage ich und küsse ihn selig. »Wahrscheinlich kriegt Margret eine Krise, wenn sie davon hört.«

»Glaube ich nicht«, antwortet Basti.

Ich muss zugeben, er hat schon wieder recht. Margret hat meine Pläne, von einer frisch ausgebildeten Damenmaßschneiderin zur Modemacherin zu werden, von Anfang an unterstützt. Sie wird mir auch dieses Mal den Rücken stärken. In meinem Bauch breitet sich ein warmes Gefühl aus. Ich habe meinen Freund zurück, und ich bin umgeben von Menschen, die mich mögen und unterstützen.

Alles wird gut. Ich fühle es ganz genau.

»Hallo, Rosa«, grüßt meine Meisterin. Sie deckt gerade den kleinen Tisch am Fenster für unser Frühstück, das wir uns jeden Morgen gönnen, bevor wir die Werkstatt öffnen und richtig loslegen.

»Vier Teller?«, frage ich und stelle den frisch gebrühten Kaffee aus dem ›Schraders‹ vorsichtig ab. »Kriegen wir Besuch?«

»Kommt deine gute Freundin«, antwortet meine polnische Kollegin Jola, die sich eben umgezogen hat, und zwinkert mir zu.

»Schon wieder?«

Marlene, mit der ich am Musicaltheater zusammengearbeitet habe, lässt sich in letzter Zeit ziemlich oft hier blicken. Zu oft für meinen Geschmack.

Sie hat mir meine Zeit am Theater ziemlich schwer gemacht, war neidisch, intrigant und zickig. Ich hatte keine Ahnung, was sie für ein Problem mit mir hatte. Erst während der Premierenfeier erfuhr ich, warum sie mich nicht leiden konnte: Leo – ihre große, unerfüllte Liebe – war mit *mir* zusammen. Was verständlicherweise keine leichte Situation war.

Seit ich nicht mehr als Kostümschneiderin arbeite und Leo aus meinem Leben verschwunden ist, kommen wir besser miteinander aus. Auf ihre permanente Anwesenheit in Margrets Werkstatt kann ich dennoch verzichten.

»Warum kommt sie eigentlich laufend her?«, frage ich ein wenig genervt. »Sie müsste doch tagsüber am Theater sein.«

Margret zuckt die Schultern.

»Darüber habe ich mich ebenfalls gewundert«, gibt sie zurück. »Vielleicht hat sie nicht mehr so viel zu tun, seit die Vorstellungen laufen.«

Das mag sein, aber so oft wie sie bei uns herumsitzt, dürfte sie eigentlich gar nichts mehr zu tun haben.

Jemand klopft an die Tür. Margret öffnet und Marlene, ein schlanker, langbeiniger Männertraum mit brünetter Wallemähne, stürmt in unsere gemütliche Werkstatt. Vor der Schaufensterscheibe stehen zwei Kerle und starren sie hemmungslos an.

Solche krassen Reaktionen, wie Marlene sie bei der Männerwelt hervorruft, habe ich selten gesehen.

Sie gibt Margret und Jola ein Küsschen auf die Wange. Für mich hat sie immerhin eine angedeutete Umarmung übrig.

»Nichts zu tun im Theater?«, frage ich ein wenig spitz.

»Ich soll dich von Tina grüßen«, antwortet Marlene und ignoriert meine Bemerkung.

Tina ist meine ehemalige Kollegin aus der Kostümabteilung, mit der ich mich bestens verstanden habe. Zum Glück! Sonst hätte ich dort vor lauter Ärger keine einzige Naht zustande bekommen, geschweige denn die Kostüme für die Hauptdarsteller entwerfen können.

»Der Kaffee wird kalt«, ruft Margret und bittet uns an den Tisch. Sie schiebt einen Becher zu unserem Besuch hinüber. Die beiden lächeln sich herzlich an.

Ich kann es kaum glauben, dass Marlene sich gegenüber meiner Meisterin wie ein normaler Mensch benimmt. Mehr noch: Bei ihr ist sie lieb wie ein schnurrendes Kätzchen.

Eine gemeinsame Vergangenheit verbindet die beiden, und das mag der Grund dafür sein. Marlene kommt aus sehr schwierigen Familienverhältnissen und hat als Kind Zuflucht in der Werkstatt meiner Meisterin gesucht, wenn bei ihr zu Hause Stress war. Schade, dass Margrets freundliches Wesen nicht auf ihr Ziehkind abgefärbt hat.

Kaum haben wir das Frühstück beendet und die Tür der Werkstatt aufgeschlossen, geben sich gleich mehrere Kundinnen ein Stelldichein. Während Margret die Aufträge entgegennimmt, setzt sich Marlene wie selbstverständlich an die Maschine neben mir und repariert das Futter eines alten Mantels.

»Der riecht nach Mottenkugeln«, sagt sie. »Das erinnert mich an meine Oma. Die hatte einen großen, schweren Garderobenschrank. Der roch genauso. Manche Düfte machen glücklich. Kennst du das?«

»Mmh, ja …« Ich muss an Basti denken und wie gut er riecht.

»Meine Oma war herrlich. Sie hatte eine Wohnung in Wilmersdorf. Sechs Zimmer. Da lebte sie ganz alleine drin. Am Wochenende durfte ich sie immer besuchen und dann hat sie Kuchen im KaDeWe gekauft. Ich saß in ihrem Sessel zwischen all ihren herrlichen alten Sachen und war glücklich.«

Der Mottenkugelwirkstoff musste irgendeinen Pfropfen in Marlenes Sprachzentrum gelockert haben. So viel hat sie noch nie mit mir geredet, seit ich sie kenne.

»Klingt nett …«

»Sie war toll. Leider ist sie plötzlich gestorben.«

»Wie alt warst du da?«

»Sieben … Es war … Danach war alles anders.« Sie wischt sich verstohlen eine Träne aus dem Augenwinkel. »Niemals wieder hat mich jemand so bedingungslos geliebt wie sie.«

Sie schweigt, arbeitet konzentriert weiter und hängt

anschließend den sorgfältig reparierten Mantel auf einen Bügel.

»Niemals! Verstehst du?«, sagt sie unvermittelt. Ihre Stimme klingt brüchig. »Liebe … Liebe ist für mich anscheinend nicht vorgesehen.«

»Willst du … willst du mir alles erzählen?«, frage ich zögerlich.

Hektisch springt sie auf und holt sich ein Taschentuch aus dem Bad. Marlene tut mir leid.

»Das willst du alles gar nicht wissen«, antwortet sie, nachdem sie sich gefasst hat. »Ich wette, du warst ein properes Provinzmädchen mit kariertem Rüschenkleid und Schleifchen in den geflochtenen Zöpfen.«

Den soeben errungenen Sympathiepunkt hat sie sofort wieder verspielt. »Genau«, antworte ich. »Ich bin den ganzen Tag mit einer gebratenen Hühnerkeule im Mund herumgelaufen und hatte überhaupt keine Sorgen.«

»Entschuldige«, sagt Marlene. »Das war nicht so gemeint.«

Ihre Sprunghaftigkeit nervt mich. Jetzt hoffe ich, dass sie endlich von hier verschwindet und uns ein paar Tage nicht mehr behelligt. Ich krame meinen iPod aus meiner Tasche und stöpsele mich weg. Kann Marlene ihre alten Geschichten sonst wem erzählen.

Die Mittagspause verbringen wir zusammen im ›Schraders‹. Marlene hat mir nicht den Gefallen getan, zu verduften, sondern tatsächlich den ganzen Vormittag mit uns gearbeitet. Nun lässt sie es sich nicht nehmen, uns beim Mittagessen Gesellschaft zu leisten. Ich löffle gerade eine köstliche Möhren-Ingwer-Suppe, als Jens, einer der beiden Wirte, zu uns an den Tisch kommt.

Er setzt sich zu mir und grinst mich fröhlich von der Seite an. »Na, Rosa, mal wieder Lust auf eine Modenschau?«

»Klar«, sage ich lachend. »Das war herrlich, weißt du noch?«

Letzten Sommer habe ich den Platz vorm ›Schraders‹ in einen Laufsteg verwandelt. Es war ein wunderbarer Abend, den ich nicht so schnell vergessen werde.

»Aber meinst du jetzt? Mitten im Winter?«, frage ich skeptisch. Das ›Schraders‹ ist groß, aber ein Laufsteg passt trotzdem nicht rein.

Jens lacht. »Dieses Mal habe ich nicht an uns gedacht, auch wenn es schade ist. Guck hier, das ist doch was für dich.« Er hält mir die ›Estelle‹ vor die Nase.

»Davon habe ich schon gehört.« Ich spreche leise, flüstere fast, damit die anderen drei nicht mitkriegen, worum es geht. Aber Marlene hat längst die Ohren gespitzt.

»Was tuschelt ihr zwei?«, fragt sie. Wahrscheinlich hält sie es nicht aus, dass Jens mit mir redet und nicht mit ihr.

»Nichts«, sage ich, schüttele leicht den Kopf und schneide nervös eine Grimasse, doch Jens kapiert den Hinweis nicht.

»Ich will Rosa überreden, bei einem Modewettbewerb mitzumachen«, verkündet er fröhlich. Er blättert das Magazin auf und zeigt allen den entsprechenden Artikel.

Margret, Jola und Marlene stecken die Köpfe zusammen und lesen. Ein großes »Oh« und »Ah« folgt.

»Das ist was für euch *beide*! Nicht wahr, Rosa? Marlene?«, sagt Margret.

Hilfe! Genau das hatte ich befürchtet! Ich krümme mich innerlich. Wenn ich auf etwas verzichten kann, dann ist es eine erneute Konkurrenzgeschichte mit meiner Exkollegin. Wenn wir beide etwas zum Wettbewerb einreichen, wird sie garantiert wieder ihre Krallen ausfahren und mich malträtieren, wo sie kann. Ich halte das nicht noch einmal aus, denn eigentlich bin ich eine harmoniesüchtige Person, die friedlich vor sich hin nähen will und sonst nichts.

Genau deshalb habe ich direkt nach der Premiere das Musicaltheater verlassen. Die Luft dort – voll von Neid, Druck und Konkurrenz – ist nichts für mich.

»Lasst mal«, winke ich ab, als ich mitkriege, dass mich alle vier anstarren und auf eine Antwort warten. »Ich hatte nicht vor, da mitzumischen.«

»Marlene?«

»Ich bin dabei!«, antwortet sie selbstbewusst, ohne zu zögern. Die schönen Kleider, die ich die ganze Zeit vor meinem inneren Auge gesehen habe, zerplatzen. Peng! »Und ich fänd es schön, Rosa, wenn du auch dabei wärst.«

Wie bitte? Überrumpelt starre ich sie an. Was ist denn mit meiner besten Feindin los? Schon vorhin in der Werkstatt war sie so ... so normal zu mir. Und jetzt?

Sie lächelt scheinbar aufrichtig und freundlich. Womöglich wird sie mich gleich fragen, ob wir *zusammen* eine Kollektion einsenden.

Ich schüttele verwirrt den Kopf. Meine Entscheidung steht fest. Wenn Marlene mitmacht, werde ich nicht an dem Modewettbewerb teilnehmen und basta!

2. Kapitel

Überraschung auf vier Pfoten

In Gedanken versunken schließe ich die Tür zu unserer Wohnung auf. Ein wenig müde bin ich, nachdem ich acht Stunden an meiner Nähmaschine verbracht habe.

»Hi, Vicki«, rufe ich. »Bist du da? Ich habe dir Pflaumenmus mitgebracht!« Gebutterte Hefeklöße mit Pflaumenmus und Schlagsahne sind Vickis neuste Kreation im Kochbuch der absonderlichen Schwangerschaftsgerichte. Seit sie nicht mehr so viel brechen muss, entwickelt sie eine Vorliebe für Monsterkalorienbomben.

»Grrrrrr …«

Da knurrt was. Ich höre es deutlich. »Vicki?«

Irgendetwas saust aus der Küche auf mich zu – und das ist nicht meine Freundin, es sei denn, sie hat sich einen Pelzmantel gekauft und ist neuerdings auf vier Beinen unterwegs. Mit einem großen Satz rette ich mich zurück ins Treppenhaus und knalle die Tür hinter mir zu. Himmeldonnerwetter. Was war denn das?

Habe ich aus Versehen die falsche Tür aufgeschlossen? Unlogisch. Außerdem stehen auf dem Klingelschild unsere Namen: Victoria Graf, Victoria von Liesen und Rosa Redlich. Es ist eindeutig unsere Wohnung, auch wenn die Anzahl der Namen täuscht. Die beiden Victorias sind ein und dieselbe Person: Von Liesen ist Vickis Mädchenname, den sie für ihre Romane nutzt.

Mit klopfendem Herzen stehe ich vor meiner eigenen

Wohnungstür und traue mich nicht hinein. Irgendetwas ist da drin, was mich nicht leiden kann.

»Grrrrr …«, brummelt es erneut und durch das schwere Holz der Tür höre ich Kratzgeräusche.

Dann Vickis Stimme. »Bonzo, bist du still …!«

Die Tür öffnet sich einen Spalt breit und meine Freundin späht ins Treppenhaus. »Ich wusste doch, dass ich etwas gehört habe«, sagt sie stirnrunzelnd. »Warum kommst du nicht rein?«

»Da ist etwas drin, was Bonzo heißt.«

Sie lacht. »Ich würde euch gern miteinander bekannt machen. Bonzo sitz! Sei brav. Das ist nur Tante Rosa.«

Tante Rosa? Das klingt schwer nach Familienzuwachs. Mir schwant Übles. Warum öffnet Vicki die Tür nicht richtig? Vorsichtig stecke ich den Kopf durch den Türspalt und luge um die Ecke.

»Grrrrrr …« Ein riesiger zotteliger Hund schaut mich aus braunen Kulleraugen an. Er sieht bildhübsch aus, kann mich aber offensichtlich nicht leiden. Sonst wäre er bestimmt nicht knurrend und mit 50 Kilometer je Stunde auf mich zugeschossen gekommen.

»Warum hast du plötzlich einen Hund?«

»Na ja …«, druckst Vicki herum. »Ich weiß nicht, wie ich dir das erklären soll. Das ist eigentlich gar nicht mein Hund.«

»Ach, du hast ihn dir ausgeborgt?« Ich bin sehr erleichtert.

»Nee, das nun auch wieder nicht …«

»Vicki? Wem gehört dieser Hund?«

»Jetzt … Ich meine … Seit heute gehört er mir … Also genauer gesagt: uns. Dir und mir sozusagen.«

»Du willst mich veräppeln, oder?« Ich verstehe kein einziges Wort von Vickis Gestotter.

»Will ich nicht«, verteidigt sie sich energisch. »Du bringst mich völlig durcheinander mit deiner Fragerei da draußen im Hausflur. Kannst du nicht einfach in unsere Wohnung kommen? Ich mache dir einen schönen Kaffee und erzähl dir alles.«

»Und Bonzo?«, frage ich und lasse das Riesentier nicht aus den Augen.

»Der hat mehr Angst vor dir als du vor ihm.«

»Hat er dir das gesagt?«

»Du kommst jetzt rein, Rosa!« Vicki greift nach meiner Hand, zerrt mich mit einem Ruck in die Wohnung und schließt die Tür.

»Grrrrrr …«

»Lass ihn an deiner Hand schnuppern!«, fordert sie mich auf.

»Und wenn er sie abbeißt?«

»Rooooosa …«

»Sorry, Vicki, aber ein knurrendes Tier von dieser Größe jagt mir Angst ein.« Bestimmt hat meine Freundin nie ›Der Hund von Baskerville‹ gesehen und ist deshalb so cool.

»Sitz!«, hauche ich atemlos und bleibe mit dem Rücken zur Tür stehen. Er gehorcht – ich bin fassungslos.

Eigentlich mag ich Hunde. Lila und ich hatten früher einen kleinen Dackel, der Benny hieß und immer zum Spielen aufgelegt war. Gebissen hat er uns nie.

»Hi, Bonzo«, sage ich leise, hocke mich vor ihn hin und lasse ihn zögerlich meine Hand beschnuppern. Wider Erwarten knurrt er nicht, sondern stößt mit seinem Kopf leicht an meine Finger. »Vicki, jetzt erzähl mir endlich, warum wir plötzlich auf den Hund gekommen sind.«

»Dani hat ihn mitgebracht …«

»Der hat Ideen!«

»Nicht direkt. Jemand anders hatte die Idee. Bonzo war in Kletzin am Eingang unseres Hauses angebunden.«

»Wie bitte?« Mir bleibt fast das Herz stehen. »Bei minus 5 Grad?«

Vicki nickt ernst. »Stell dir vor, Dani wäre gestern Abend nicht rausgefahren …«

»Kein Wunder, dass er knurrt«, sage ich betroffen. »Wer weiß, was er erlebt hat. Armer Bonzo!« Das Zottelmonster tut mir plötzlich leid. Meine Finger fahren durch sein weiches langes Fell.

Irgendein Blödmann hat ihn an Vickis Schlösschen ausgesetzt. Er wollte also, dass sie ihn findet, kombiniere ich. Doch das Gemäuer ist eine Ruine und im knackig kalten Winter ruhen die Bauarbeiten. Im näheren Umkreis stehen keine Häuser, sodass der Hund, selbst wenn er laut gebellt hätte, von niemandem gehört worden wäre. Hielt der Besitzer es also für eine im wahrsten Sinne des Wortes todsichere Methode, um ihn loszuwerden?

Ich habe neulich im Fernsehen einen Beitrag über heimatlose Haustiere in Asien gesehen. Es tat mir unglaublich leid um die armen Hunde und Katzen, die hungrig durch die Straßen streunen und im Müll nach Nahrung suchen. Wie gut haben es die meisten Tiere hier in Deutschland, dachte ich. Mit riesigen Regalen voller Futter und Spielzeug, mit Kuschelkörbchen in allen Größen und Tierarztpraxen an jeder Ecke. Aber all dieser Überfluss nützt den Tieren nichts, wenn ihr Herrchen ein Idiot ist.

Plötzlich spüre ich eine raue Zunge an meiner Hand. Bonzo leckt meine Finger ab. Kein Knurren mehr.

»Siehst du! Er ist ein total Lieber«, sagt Vicki und strahlt.

»Was machen wir jetzt?«

»Ich gehe mit ihm zum Tierarzt. Es ist zwar schon spät, aber ich habe eine Praxis gefunden, die bis 22 Uhr geöffnet ist. Ich muss einfach wissen, ob unser Findelkind gesund ist. Der Arzt kann außerdem gucken, ob Bonzo einen Chip hat. Dann finden wir den Besitzer.«

»Du willst ihn doch nicht etwa zurückgeben?«, rufe ich entsetzt. »Das nächste Mal bindet er Bonzo an einem Baum im Wald fest.«

Bonzo fängt direkt an kläglich zu fiepen.

»Siehst du«, sage ich. »Der versteht jedes Wort.«

»Auf keinen Fall geben wir ihn zurück«, sagt Vicki. »Aber vielleicht können wir dem Vorbesitzer eins auf den Deckel geben.«

»Das wäre allerdings nicht schlecht.«

»Ich möchte den Hund behalten. Irgendwie passt er zu Kletzin, findest du nicht?«

Ich sehe Vickis Schlösschen vor meinen Augen. Meine Freundin hat ein wunderschönes, aber sehr heruntergekommenes Landgut in der Mark Brandenburg geerbt und will es im Frühling zusammen mit ihrem Mann wiederaufbauen, um dort mit ihrem Kind zu leben, das in fünf Monaten zur Welt kommen wird.

Im Moment ist Vicki ein richtiges Glückskind. Das war allerdings nicht immer so. Wir kommen beide vom Dorf und sind zusammen zur Schule gegangen. Damals konnte sie keiner leiden; sie war ein eigenbrötlerisches Moppelchen und auf dem Pausenhof machten alle einen großen Bogen um sie. Als ich sie nach Jahren hier in Berlin wiedertraf, hatte sie sich völlig verändert – wie eine Raupe, die plötzlich zu einem wunderschönen Schmetterling geworden war.

Ich liebe solche Geschichten. Sie beweisen, dass es immer wieder Möglichkeiten gibt, das Leben zu verändern, zu gestalten und besser zu machen – selbst wenn es manchmal nicht danach aussieht.

Vicki und ich wohnen seit einem halben Jahr zusammen. Ich kann mir keine liebere Freundin vorstellen, denn Vicki ist eine kluge, großzügige und warmherzige Frau. Dass sie ohne zu zögern einen heimatlosen Hund aufnimmt, sieht ihr ähnlich.

»Bonzo passt perfekt nach Kletzin«, bestätige ich. »Da hat er jede Menge Auslauf und wenn er in der prächtigen Eingangshalle sitzt, sieht das bestimmt sehr malerisch aus.«

Er wird viel Bewegung brauchen. Der Hund ist ein Riese, schließlich geht er mir fast bis zur Hüfte.

Vicki greift nach der Leine, die an der Garderobe hängt. »Bonzolein, wir müssen jetzt zum Onkel Tierdoktor«, sagt sie und will die Leine an seinem Halsband einhaken.

Der Hund, der eben noch hingebungsvoll meine Hände abgeleckt hat, rennt mit einem leisen Aufjaulen den langen Flur entlang davon.

Wir schauen uns verwundert an.

»Er hat Angst, dass du ihn wieder aussetzt«, mutmaße ich.

Vicki nickt. »Und wie bringen wir ihm bei, dass wir nur zum Tierarzt wollen?«

Ich zucke die Schultern. Wie kann man Hunden erklären, dass man es gut mit ihnen meint? »Vielleicht mag er nicht, dass du ihn Bonzo nennst«, denke ich laut. »Wir kommst du überhaupt auf diesen seltsamen Namen? Hatte er ein Schild um den Hals? ›My name is Bonzo‹, oder so?«

Vicki lacht und schüttelt den Kopf. »Kennst du Popeye?«

»Dieser Typ mit dem Spinat?«

»Genau, da gibt's diesen riesigen Kerl, der Popeye das Leben schwer macht.«

»Nach *dem* hast du deinen Hund benannt?«, frage ich entsetzt. »Der ist doch ein Blödmann.«

»Mmh. Kann sein, aber ein Riese.«

»Dafür, dass du Schriftstellerin bist, ist der Name ziemlich fantasielos«, stelle ich kritisch fest. »Kein Wunder, dass der Hund jaulend wegläuft. Außerdem, wer sagt dir, dass es ein Männchen ist? Hast du nachgeguckt?«

»Ist ja gut«, sagt Vicki. »Es ist doch nur ein Name. Und es musste schnell gehen. Ich wollte ihn nicht ›Hund‹ nennen, denn das wäre noch fantasieloser gewesen. Findest du nicht?«

»Bonzo. Das ist ein echt blöder Name. Ich denke …«

»Ist gut, Rosa. Wir überlegen uns was anderes«, unterbricht mich Vicki grinsend. »Jetzt müssen wir zuerst zum Tierarzt, okay?«

Da haben wir die Rechnung jedoch ohne unseren Hausgast gemacht. Er will nämlich partout in der Wohnung bleiben, hat sich unter mein Bett gequetscht und eine Pfote über seine Schnauze gelegt. Es sieht aus, als wolle er sich am liebsten die Augen zuhalten.

Wir knien uns vor ihn hin und versuchen, ihn mit vielen guten Worten herauszulocken. Keine Chance.

Vicki seufzt. »Was sollen wir jetzt machen?«, fragt sie. »Er muss doch irgendwann mal Gassi und so.«

»Meinst du, Dani kann uns helfen?«

»Der ist heute und morgen auf einer Baustelle in Potsdam.«

»Ich könnte meine Eltern anrufen. Die haben Pinkie und kennen sich mit Hunden aus. Vielleicht fällt ihnen etwas ein.«

»Meinst du etwa diesen hysterischen Staubwedel vom Geburtstag deiner Oma?«

Stimmt, in puncto Hundeerziehung sind meine Eltern schlechte Berater. Pinkie ist zwar niedlich, aber ein echter Terrorist.

»Wie wäre es mit Leckerlis?«, schlage ich vor.

»Das können wir versuchen«, sagt Vicki.

So schnell ich kann, sause ich in den nahe gelegenen Drogeriemarkt und kaufe einen Kauknochen. Vicki kniet nach wie vor neben meinem Bett, als ich zurückkomme.

»Komm schon«, sagt sie. »Wir überlegen uns zur Belohnung einen wirklich tollen Namen für dich.«

Der Hund beachtet weder den Knochen noch ihr Flehen.

»Vielleicht ist er Vegetarier«, sagt sie und steht langsam auf. »Ich krieg's im Kreuz, wenn ich noch länger auf dem Boden hocke. Außerdem muss ich ein paar Seiten schreiben. Was meinst du? Kann ich dich mit dem Hund eine Weile alleine lassen?«

»Wir könnten mein Bett hochheben und wegtragen.«

»Ist nicht dein Ernst, oder?«, fragt Vicki kopfschüttelnd.

»Doch, na klar!« Ich kichere albern. Ehrlich gesagt, stört mich der große Zottelbär gar nicht mehr. Meinetwegen kann er unter meinem Bett liegen bleiben, solange er will. Nur der Kauknochen mieft komisch.

»Geh schreiben«, sage ich locker. »Unser Süßer wird schon irgendwann herauskommen.«

Es hat wohl keinen Sinn, wenn wir den Hund bedrängen und mit Gewalt zum Tierarzt schleifen. Wer weiß, was er Schlimmes erlebt hat, bevor Vickis Mann ihn gefunden hat. Ich habe keine Angst mehr vor ihm. Im Gegenteil. Ich spüre, dass er ein gutes Herz hat. Wahrscheinlich versteht er nicht, was mit ihm passiert ist und seine Seele ist verletzt, weil sein Herrchen ihn nicht mehr haben wollte.

Armer großer Hund!

Ich mache mir in der Küche ein Käsebrot und einen Kaffee. Beides trage ich in mein Zimmer, nehme mir meinen Skizzenblock und die Stiftebox aus dem Regal, setze mich damit auf den Boden und fange an zu zeichnen. Der Modewettbewerb schwirrt mir immer noch durch den Kopf. Alle fänden es gut, wenn ich mitmachen würde. Sogar Jens vom ›Schraders‹ hat dabei gleich an mich gedacht. Wie lieb von ihm!

Aber Marlene! Puh!

Ihretwegen werde ich nicht teilnehmen, denn für eine weitere Konkurrenzveranstaltung mit ihr habe ich absolut keine Power.

Keine Ahnung, wie manche Menschen das aushalten, wenn sie laufend Feuer kriegen. Man nehme nur Politiker. Klar, es mag toll sein, wenn man eine bedeutende Person ist, die jeder kennt, wenn man auf Staatsbesuch kostenlos in aller Herren Länder reist, mit Limousinen herumgefahren wird, noble Klamotten trägt, in feinen Restaurants speist …

Allerdings müssen die Ärmsten sich im Grunde für diesen Luxus den ganzen Tag *streiten* – mit der eigenen Fraktion, mit den anderen Parteien sowieso, mit unzufriedenen Wählern … Und wie oft sie beschimpft werden, wenn etwas nicht gut läuft!

Gepanzerte Autos. Leibwächter. Nein danke! Ein derartiges Leben würde ich keinen einzigen Tag aushalten.

Marlene tut so, als wäre es ein großer Spaß, wenn wir beide unsere Entwürfe beim Designerwettbewerb einreichen. Mal ehrlich! Das wäre es nicht einmal mit der allerbesten Freundin. Wenn zwei dasselbe wollen, gibt es normalerweise nichts zu lachen. Also frage ich mich, warum sie dermaßen entspannt tut? Warum hockt sie neuerdings laufend in Margrets Werkstatt und hilft uns sogar bei der Arbeit? Bei jedem anderen Menschen fände ich das nett und würde mich freuen, Marlene hingegen macht mich misstrauisch. Sie ist undurchschaubar. Heute so, morgen so.

»Verstehst *du,* was sie von mir will?«, frage ich das Fellbündel unter meinem Bett. Ein leises Fiepen ist die Antwort. »Du weißt es auch nicht.« Ich seufze leise. »Ich bin mir sicher, wenn du Marlene kennen würdest, wüsstest du genau, was mein Problem ist. Es gibt Leute, mit denen kommt man nicht klar. Da kann man machen, was man will. Die Chemie stimmt einfach nicht. So ist es mit Marlene.«

Rosa? Erzählst du ernsthaft einem Hund deine Sorgen? Ich sollte lieber Basti anrufen oder meine Oma oder die Telefonseelsorge.

Basti steht momentan jedoch garantiert im OP, Oma ist mit einer ihrer zahlreichen Freundinnen unterwegs und die bei der Seelsorge sagen bestimmt, dass ich Marlene meine andere Wange hinhalten soll. Kein Bedarf. Ich glaube, ich komme allein klar.

Also, angenommen, rein theoretisch, ich würde doch beim Wettbewerb mitmachen ... was könnten die wollen? Womit kann man eine internationale Jury beeindrucken? Junge Mode natürlich. Streetstyle, Leder, Metallic, Urban Fashion, schmale Schnitte, vielleicht ein puristischer Asialook ...

Mit gerunzelter Stirn knabbere ich an meinem Bleistift. Gar nicht gut, das macht Falten.

Das ist einfach nicht mein Ding. Keine Ahnung, warum mich aktuelle Trends nicht begeistern. Klar, ich trage gern fransige Jeansshorts mit lässigen Tops und lockeren Jacken, dazu weite Stiefel. Ich gehe nicht im Ballkleid in die Werkstatt. Meine Alltagskleidung kaufe ich mir allerdings von der Stange, nur äußerst selten entwerfe und nähe ich sie selbst.

Meine Mode ist verspielt, verträumt, romantisch. Schon als ich klein war, trugen meine Barbiepuppen alle Prinzessinnenkleider. Ein Minirock kam für sie nicht infrage. Ich liebe Kleider, die jede Frau tragen kann, nicht nur die schmalen Schönheiten auf dem Laufsteg.

Die Falten auf meiner Stirn verschwinden. Mein Skizzenblock füllt sich.

›Lauter Prinzessinnenkleider‹, würde Julia rufen und freudig in die Hände klatschen.

Als ich nach einer Stunde (oder zwei?) den Kopf hebe und einen Schluck von meinem kalten Kaffee trinke, lugen zwei große haarige Hundepfoten unter meinem Bett hervor, dazwischen eine weiße Schnauze. Kluge braune Augen mustern mich aufmerksam.

»Hallo, Princess«, sage ich und zwinkere dem Tier fröhlich zu. Ich weiß auf einmal, dass es ein Mädchen ist.

Hätte sie sonst Interesse an meinen Kleidern?

»Es ist eine junge Dame«, stellt der Tierarzt fest. »Nicht älter als drei Jahre.«

»Woher wusstest du das nur?«, fragt Vicki und guckt mich staunend an.

Ich lächele sie an und verkünde: »Sie heißt Princess.«

»Schöner Name«, bestätigt die Tierarzthelferin und trägt ihn sogleich in ihre Computerdatei ein.

»Und ist es eine Promenadenmischung?«, will Vicki wissen.

»Oh nein«, widerspricht der Tierarzt. »Ganz und gar nicht. Ihre Prinzessin hier ist ein reinrassiger Landseer.«

»Noch nie gehört«, antwortet Vicki. Ich muss ebenfalls passen.

»Eine tolle Rasse«, sagt der Tierarzt begeistert. »Familientauglich, sehr menschenbezogen, gutmütig und gelehrig. Sie werden Freude an dem Tier haben.«

Princess steht ängstlich und mit eingekniffenem Schwanz auf dem Untersuchungstisch. Ich kraule sie sanft im Nacken – wofür ich mich ziemlich strecken muss.

Es war am Ende gar nicht so schwer, sie zum Tierarzt zu bringen. Zwei Stunden, nachdem ich angefangen hatte, zu zeichnen, kam sie endgültig unter meinem Bett hervor, setzte sich neben mich und schaute mir aufmerksam zu. Ich schob ihr langsam den Kauknochen herüber, ließ sie ansonsten in Ruhe und malte weiter.

Richtig begeistert war ich von meiner Idee, ein kurzes weites Kleid mit rundem Ausschnitt und riesigen Puffärmeln zu kreieren. Vielleicht nicht unbedingt prinzessinnengleich, jedoch zweifellos sehr schick und ein echter Figurenschmeichler.

Vicki kam ins Zimmer. Sie war hocherfreut, dass ich an meiner Wettbewerbskollektion arbeitete – sie hatte schließlich keine Ahnung, dass ich aus Lust und Laune zeichnete und nicht für die ›Estelle‹. Mindestens genauso begeistert war sie, dass der Hund unter dem Bett hervorgekommen war.

»Meinst du, wir können jetzt zum Tierarzt?«, fragte sie und wedelte mit der Hundeleine. Schwupps … hockte Princess erneut unter meinem Bett.

»Nee, jetzt nicht mehr«, sagte ich und wunderte mich, wie unsensibel Vicki sein konnte. »Das hatten wir doch schon mal. Damit war sie draußen in der Kälte an deinem Schloss angebunden. Ich vermute, sie hat keinen Bock mehr auf die Leine.«

»Sie?«

»Es ist ein Mädchen.«

»Und woher willst du das wissen?«

»Kann ich dir nicht sagen«, antwortete ich. »Ich weiß es einfach.«

Vicki zeigte mir lachend einen Vogel. »Na dann, du frischgebackene Hundeexpertin ... Ich erwarte dich in einer halben Stunde im Flur. Mit Hund!«

Vicki konnte manchmal ganz schön herrisch sein, was sie wahrscheinlich von ihren adligen Vorfahren hatte.

»Zu Befehl, Frau Gräfin«, stichelte ich.

Meine Freundin schloss die Tür von außen. Ich hockte mich erneut vor mein Bett und erklärte Princess, was wir von ihr wollten und warum. »Nachher kommen wir hierher zurück. Versprochen, Princess. Bitte vertrau mir!«

»Wir brauchen eine Leine, Rosa«, stellte Vicki fest, als ich pünktlich eine halbe Stunde später mit Princess an meiner Seite aus meinem Zimmer kam. Ein Lob wäre mir lieber gewesen.

»In Ordnung«, antwortete ich in patzigem Tonfall und zog meinen rosa Seidenschal von der Garderobe. »Da haben wir eine.«

Princess ließ es ohne Weiteres zu, dass ich ihr das Halsband abnahm – es stammte schließlich von dem Vorbesitzer-Blödmann – und ihr stattdessen den Schal locker um den Hals band. Vicki schüttelte skeptisch den Kopf, moserte jedoch nicht mehr herum.

»Ich sag ja, sie ist ein Mädchen«, lachte ich und tat unbesorgt. Im Inneren hoffte ich, sie würde nicht versuchen, sich loszumachen. Der hauchdünne Stoff und die lockere Schleife würden einem Fluchtversuch auf keinen Fall standhalten.

Doch meine Sorge war unbegründet. Princess ging brav

mit mir die Treppen herunter und hopste folgsam auf die Rückbank von Vickis Mini.

»Du bist eine Hundeflüsterin«, bescheinigte mir meine Freundin. »Das hast du toll hingekriegt.«

»Verrätst du mir, ob ich einen Jungen oder ein Mädchen kriege?«, witzelt Vicki, als wir mit neuem Halsband und einem Zehn-Kilo-Sack Hundefutter die Tierarztpraxis verlassen. »Intuitive Geschlechterbestimmung scheint ja eines deiner vielen Talente zu sein.«

»Es wird ein Mädchen«, antworte ich ächzend unter meiner Last. Vicki führt Princess an der Leine. Ich habe mir ritterlich das Futter auf die Schulter geladen.

»Ehrlich?«

»Oder ein Junge«, sage ich prustend. »Den nennst du Bonzo, okay?«

Meine Freundin wirft einen ihrer Handschuhe nach mir. Princess fängt ihn mit ihrer Schnauze auf und bringt ihn Vicki schwanzwedelnd zurück. Ich lasse vor Lachen beinahe das Futter in den Schneematsch fallen.

Alles ist neu! Und alles ist gut!

Wir haben einen Hund. Vicki geht es endlich nicht mehr so schlecht.

Und der Wettbewerb ist mir piepegal!

Am nächsten Morgen läuft Princess zur Tür, als ich mir die Schuhe anziehe, um zur Arbeit zu fahren.

»Du kannst nicht mit, meine Süße«, sage ich bedauernd. »Meine Arbeit ist total langweilig für dich.«

Princess fiept, trabt zur Garderobe und bringt mir den rosa Schal.

»Der gefällt dir wohl?« Locker wickele ich den Seidenstoff um ihren Hals. »So, jetzt bist du schick. Und nun ab zu Tante Vicki. Die frühstückt mit dir.«

Vicki beobachtet unser Treiben, entspannt an der Küchentür lehnend, mit einer Tasse Kaffee in der Hand.

Ich schnappe mir meine Handtasche und drücke meiner Freundin ein Küsschen auf die Wange zum Abschied. Als ich mich umdrehe, sitzt Princess in ihrer ganzen beeindruckenden Größe vor der Tür. Zu ihren Füßen die neue Hundeleine.

Vicki kichert. »Die weiß, was sie will.«

»Ach ja? Was will sie denn?«, frage ich.

»Mit dir zur Arbeit.«

»Wie soll das gehen?«

»Du nimmst sie an die Leine, ihr steigt in die U-Bahn …«

»Vicki …«

»Ich weiß es nicht, Rosa«, sagt meine Freundin ernst. »Aber eins weiß ich. Unsere Princess hat dich adoptiert. Du bist jetzt ihre Mama.«

»Adoption mal anders herum.«

Nach ausführlichem Hin und Her beschließen wir, dass Princess mich heute ausnahmsweise zur Arbeit begleiten wird. Schließlich gehört sie nun zur Familie und muss all unseren Freunden im Weddinger Kiez vorgestellt werden.

»Bist du auf den Hund gekommen?«, fragt mich der Zeitungsmann, bei dem ich mir jede Woche eine Illustrierte hole, als er den Fellwuschel an meiner Seite erblickt.

Ich erzähle ihm lachend, was passiert ist.

»So einen müsste man doch anzeigen«, entrüstet er sich, als er hört, dass Princess allein durch sehr viel Glück gerettet wurde.

»Müsste man«, bestätige ich. »Leider werden wir nie herausfinden, wer es war.«

»Der hat es bei dir gut, nicht wahr?«

»Klar!« Ich streichle Princess über ihr weiches weißes Fell.

Jens und Oscar vom ›Schraders‹ kommen direkt herausgelaufen, als sie uns sehen. Die beiden sind große Hundefans und kriegen sich kaum ein vor Begeisterung über unseren hübschen Familienzuwachs.

Ich bin ein bisschen nervös, was meine Meisterin sagen wird. Margret hat ein großes Herz und liebt Tiere. Aber eins muss man sagen: Es ist sehr eng in unserer Werkstatt. Wir sind drei Schneiderinnen (neuerdings leider meistens vier) und haben nur einen Raum mit einem winzigen Bad und einer Kammer. Wenn Princess dort Platz nimmt, passt keine Stecknadel mehr hinein. Allerdings auch keine Marlene. Was ein unbestreitbarer Vorteil wäre.

Aber die Hundehaare! Die haben auf den Klamotten unserer Kundinnen nichts zu suchen. Ein Antrittsbesuch unserer Prinzessin ist okay, muss allerdings eine Ausnahme bleiben.

Zögerlich betrete ich die Schneiderei. Margret und Jola kriegen den Mund nicht mehr zu, als ich hastig die Geschichte von Princess und ihrer Herkunft erzähle, ohne die beiden zu Wort kommen zu lassen.

»Bist du eine tolle, schöne Hund«, sagt Jola und kommt langsam zu uns.

Wir stehen noch in der Tür. Princess hat brav neben mir

Platz genommen. Nun legt sie den Kopf schief und sieht mit ihren braunen Kulleraugen und dem rosa Schal im schwarz-weißen Fell wirklich hinreißend aus. Als wüsste sie, dass es darum geht, einen guten Eindruck zu hinterlassen, macht sie keinen Mucks.

Schließlich hebt sie sogar eine Pfote, als Jola vor ihr steht.

Ich fasse es nicht. Princess ist der Hammer und ihr Benehmen macht ihrem Namen alle Ehre. – Bin ich froh, dass sie nicht mehr Bonzo heißt. Weiß der Himmel, wie die Begrüßung in diesem Fall ausgesehen hätte.

»Na, dann mal hereinspaziert«, sagt Margret und erhebt sich ebenfalls vom Frühstückstisch. »Dann wollen wir den Familienzuwachs mal genauer kennenlernen.«

Mir fällt ein Stein vom Herzen. Auf Margrets großherzige Art ist einfach immer Verlass.

Beim gemeinsamen Frühstück – Princess liegt unter unserem Fenster und macht ein Nickerchen – bringt Jola die Sprache auf den Modewettbewerb. »Hast du nur einen Monat Zeit«, sagt sie. »Schaffst du das?«

Auf eine direkte Frage wie diese fallen mir nicht schnell genug Ausflüchte ein, außerdem will ich den beiden keinen Mist erzählen. Ich schüttele also den Kopf. »Ich würde es schaffen«, sage ich und hole tief Luft. »Aber ich will nicht!« Jetzt ist es heraus.

»Wie? Du willst nicht?«, fragt Margret und schaut mich verwundert an.

»Verstehe ich nicht«, meint Jola achselzuckend und guckt ebenfalls ratlos.

Ich erkläre ihnen meine Bedenken wegen meiner liebsten Feindin.

»Alles Quatsch«, winkt meine Meisterin ab. »Marlene ist ein harter Brocken, aber deswegen wirst du doch so eine Chance nicht sausen lassen.«

»*Du* nennst Marlene einen harten Brocken?«, frage ich erstaunt. Das hätte ich nicht erwartet. »Dir ist also klar, dass sie diesen Wettbewerb zu einer Arena für eine hammerharte Konkurrenzschlacht machen würde?«

»Übertreibst du nicht bisschen?«, fragt Jola.

»Ich bin nicht blind, Rosa«, antwortet Margret, nachdem sie einen Moment nachgedacht hat. »Ich hoffe einfach, wenn ihr zusammenarbeitet, lernt Marlene von dir, und damit meine ich nicht das Handwerk.«

»Verstehst du nicht, wir arbeiten nicht *zusammen*«, protestiere ich. »Das ist ja das Problem. Im Theater haben wir zusammengearbeitet und das war die Hölle. Dieses Mal würden wir *gegeneinander* arbeiten. Wer bei dem Wettbewerb mitmacht, will ihn schließlich gewinnen.«

»Mag sein«, stimmt Margret zu. »Vordergründig ist es vielleicht so. Ihr beide näht eure Kollektionen – aber ihr entscheidet nicht. Das übernimmt die Jury und die weiß nichts von euch und euren Animositäten.«

»Außerdem, Marlene macht ganz andere Sache«, ergänzt Jola.

Ich muss zugeben, es stimmt, was die beiden sagen. Marlenes Entwürfe werden völlig anders aussehen als meine. Was unseren Stil anbelangt, sind wir so verschieden wie schwarz und weiß. Und was die Jury letztlich besser findet, liegt nicht in unserer Hand.

»Ihr verwirrt mich«, sage ich zögerlich. »Eigentlich stand meine Entscheidung fest.« Ich ziehe mein letztes

Ass aus dem Ärmel. »Außerdem falle ich dann schon wieder eine Zeit lang als Arbeitskraft aus.«

»Das stört mich nicht. Jola und ich haben das im Griff.«

»Aber mich stört es!«

»Du siehst das falsch, Rosa«, sagt Margret und schaut mich direkt an. »Seit du hier bist, hat sich vieles verändert in meinem Leben. Alles ist viel besser jetzt. Also will ich dir einen Teil von dem, was du mir geschenkt hast, zurückgeben.«

Ich bin völlig baff.

»Danke«, hauche ich gerührt.

Meine Meisterin sieht zufrieden aus. Sie weiß genau, wie sie mich kriegen kann. Jetzt bin ich weich wie Butter in der Sonne.

Margret und ich kennen uns erst ein halbes Jahr, doch uns verbindet eine intensive Zeit. Als ich vor mehreren Monaten zu ihr kam, da waren wir beide ziemlich weit unten. Ich fand nach der Ausbildung keinen Arbeitsplatz, sie war einsam, saß den ganzen Tag allein in ihrer Werkstatt unter einer Neonröhre und ging nur zum Rauchen vor die Tür.

Jetzt ist unser Laden nach einigen Umbauten freundlich und hell. Wir drei Schneiderinnen verstehen uns blendend und – was das Allerwichtigste ist – wir halten zusammen. Wir treten füreinander ein, machen zur Not Nachtschichten, um die Arbeit zu bewältigen. Wir können einander blind vertrauen.

Ich merke, dass Margret und Jola mich beobachten.

Plötzlich spüre ich große Zuversicht. Ich, Rosa Redlich, bin geborgen, werde so fest gehalten und getragen, dass ich getrost ein Wagnis eingehen kann. Wenn ich falle? Na und? Ich falle in die Arme meiner wunderbaren Freunde. Insofern kann mir nichts wirklich Schlimmes passieren. Und selbst Marlene kann mir nichts anhaben, egal wie viel sie stichelt.

Auf einmal habe ich den Mut, der mir bisher gefehlt hat.

»In Ordnung«, sage ich entschlossen. »Ich werde es machen!«

Margret klatscht in die Hände und Jola nimmt mich in die Arme. Mir ist ganz leicht ums Herz und vor Rührung laufen mir Tränen über die Wangen.

Princess öffnet kurz die Augen, gähnt herzhaft und rollt sich zufrieden zusammen, um weiterzuschlafen.

»Wann du fängst an?«, fragt Jola.

»Sofort«, bestimmt Margret, zur Abwechslung mal ganz chefmäßig. »Sie gewinnt und dann kommt unsere kleine Schneiderbude in die ›Estelle‹. Das wird ein Spaß!«

In den nächsten Tagen lässt sich Marlene nicht blicken. Ich bin nicht böse deshalb. Meinetwegen soll sie an ihrer Kollektion arbeiten oder auch nicht. Ich bin abgetaucht in die Welt meiner eigenen Kleider, nicht nur tagsüber in der Werkstatt, sondern auch in jeder freien Minute abends zu Hause.

Trotzdem halte ich mir Abende für Basti frei. Wenn er Zeit hat, was nicht sehr oft vorkommt, nehme ich mir ebenfalls Zeit. Langsam, aber sicher fühlt es sich zwischen uns wieder normal an. Ich habe das Gefühl, dass Basti mir hundertprozentig verziehen hat.

Juli ist am Wochenende immer mit dabei, wenn wir uns sehen. Es ist schon ein kleines Ritual, dass sie sich meinen

Skizzenblock vom Schreibtisch schnappt und nachschaut, was ich in den vergangenen Tagen gezeichnet habe. Allerdings nicht heute.

Sie und Basti kommen zusammen in die Wohnung. Juli reißt sich die Mütze vom Kopf, schmeißt Schal und Handschuhe in eine Ecke und schreit: »Rosa, wo ist Princess?«

»Sie dreht mit Vicki eine Runde im Park«, antworte ich. »Die beiden müssten gleich zurück sein.«

»Stimmt es, dass sie jetzt dir gehört?«

»Nicht ganz«, sage ich. »Sie gehört eigentlich Vicki. Wenn ihr Haus in Kletzin fertiggebaut ist, wird Princess dort wohnen.«

»Kann ich mit ihr spazieren gehen?«, fragt Juli und will sich die Schuhe wieder anziehen. Kinder sind wirklich sprunghafte Wesen. Bastis Tochter ist eine ganz Süße. Ich mag sie sehr.

»Trinken wir zuerst einen Kakao«, schlage ich vor. »Wenn Vicki zurückkommt, lernst du Princess in Ruhe kennen. Sie ist nämlich riesig. Ich hatte ziemlich große Angst vor ihr, als ich sie das erste Mal gesehen habe.«

Heute kommt mir das lächerlich vor, denn unsere Prinzessin ist ein unglaublich lieber und gutmütiger Hund, der nie bellt. Nach unserem Kennenlernen hat sie nie mehr geknurrt, und wenn wir spazieren gehen, bleibt sie brav an meiner Seite. Sie läuft nur weg, um ein bisschen zu schnüffeln und zu spielen, wenn ich es ihr erlaube. Eine Bilderbuchhündin. In jeder Beziehung. Juli wird großen Spaß mit ihr haben, da bin ich sicher.

Nachdem Juli ihren Kakao ausgetrunken hat, verzieht sie sich in mein Zimmer, nimmt sich die Zeichenmappe und vertreibt ihre Ungeduld mit dem Betrachten meiner Entwürfe.

Basti und ich trinken Kaffee und planen unser gemeinsames Wochenende. Da seine Mutter bei Dreharbeiten in Südafrika ist, wird Juli die Tage mit uns verbringen. Also ist familientaugliches Programm angesagt – Mutter, Vater, Kind … und Hund. Auch wenn ich nicht Julis wirkliche Mama bin, fühlt es sich an, als wären wir eine Familie.

Wir haben gerade beschlossen am nächsten Tag ins Naturkundemuseum zu gehen, da kommt die Kleine aufgeregt in die Küche gestürmt.

»Rosa, deine Bilder sind toll«, ruft sie. »Kannst du die Kleider alle für mich nähen?«

Basti lacht. »Du hast doch schon ein Prinzessinnenkleid von Rosa bekommen«, sagt er.

»Ja, aber nur eins. Du musst mal gucken, wie viele sie jetzt noch gemalt hat!«

»Für den Wettbewerb«, erkläre ich. »Ich bin schon voll dabei.«

»Klasse!«

Juli zieht uns an den Händen in mein Zimmer, wo sie alle Zeichnungen sorgfältig auf dem Fußboden ausgebreitet hat. Jetzt bin ich froh, dass Princess nicht in der Wohnung ist, denn von dem Matschwetter bekommt sie unglaublich dreckige Pfoten.

Basti lächelt, als er die Bilder auf dem Boden aufmerksam betrachtet. »Ein wahrer Mädchentraum«, stellt er fest.

»Ich kann nicht anders«, sage ich. »Ich habe ernsthaft über eine völlig andere Kollektion nachgedacht. Leder, Jeans, Nieten … Aber das ist nicht mein Ding.«

»Wahrlich nicht«, sagt Basti. »Das wäre nicht dein Stil.«

Was ich mache, wird nicht jedem gefallen – das kann es auch gar nicht. Die Modewelt wäre langweilig, hätten wir alle den gleichen Geschmack.

»Das hier ist ein Dornröschenkleid«, sagt Juli. »Das hier Schneewittchen, das hier …« Sie hüpft aufgeregt zwischen den Bildern herum und ist ganz in ihrem Element. »Die Schneekönigin braucht noch einen Schleier – mit Schneeflocken dran.«

»Wird gemacht«, sage ich.

Plötzlich weiß ich, was ich aussagen will mit meiner Idee. Juli mit ihrer kindlichen Begeisterung hat mich darauf gebracht. Glasklar steht mein Motto jetzt vor mir:

Erinnerung an unsere Träume

Hatten wir die nicht alle, als wir Kinder waren? Wollten nicht alle Mädchen Prinzessinnen sein? Mit geflügelten Einhörnern über die Wolken schweben? Auf dem Rücken eines Delfins die Wellen teilen? Auf einem Apfelschimmel über die Felder reiten?

Ich bau mir die Welt, widdewidde wie sie mir gefällt. Das singt Pippi Langstrumpf und Kinder auf der ganzen Welt glauben daran.

»Was überlegst du dir gerade?«, reißt Basti mich aus meinen Gedanken.

»Mmh …«

»Ich sehe dir an, dass du eine tolle Idee hast«, sagt er. »Du hast ein Strahlen in den Augen.«

Wie schön, dass er mich so gut kennt. Ich lehne mich an ihn. Er umschließt mich mit seinen Armen.

»›Erinnerung an einen Mädchentraum‹ – so nenne ich meine Kollektion.«

»Das klingt gut«, antwortet Basti. »Und das trifft es ziemlich genau, wenn du dir mal Juli anguckst.«

»Nicht nur das«, sage ich. »Es ist auch ein bisschen Wehmut drin. Meine Kleider sind traumhaft, wunderschön, aber sie passen nicht recht in unsere Welt. Sie entspringen meinen Träumen, nicht der Realität.«

»Ich weiß, was du meinst«, sagt Basti. »Die meisten Träume haken wir ab, wenn wir erwachsen werden und uns der Nüchternheit, den Zwängen unterordnen.«

»Ja, genau!«, bestätige ich seine Auslegung. »Und wer romantisch und verträumt ist, der gilt oft als Spinner. Dabei liegt in der Romantik ein klares Wissen darum, dass manche Träume nicht in Erfüllung gehen werden. Aber romantische Menschen halten den Schmerz darüber aus und suchen trotzdem das Glück, anstatt es einfach aufzugeben.«

»Das hast du schön gesagt.«

»Meinst du, meine Idee kann die Jury beeindrucken?«

»Ich weiß es nicht«, sagt Basti ehrlich. »Aber ich glaube, das ist dir gar nicht mehr so wichtig.«

»Doch ist es«, widerspreche ich. »Romantik und Ehrgeiz schließen sich nicht aus.«

»Eine faszinierende Mischung.«

»Wir brauchen das Motto auf Englisch«, denke ich laut nach. »Und ich muss absolut mit der Qualität und Originalität meiner Entwürfe punkten. Sonst lachen die sich tot über mich. Es ist eine ziemliche Gratwanderung.«

»Tribute to a girl's dream«, sagt Basti. »Das ist es, oder?«

»Es macht auf jeden Fall neugierig«, bestätige ich. »Und das ist schon mal ein guter Anfang.«

Jetzt freue ich mich noch mehr, dass mir alle gut zugeredet haben. Die Vorbereitungen für den Wettbewerb machen mir richtig Spaß. Aber jetzt schiebe ich meinen Ehrgeiz für zwei Tage beiseite, denn Basti und Juli sind da.

Meine Träume sind wichtig, noch wichtiger ist meine traumhaft schöne Wirklichkeit!

3. Kapitel

Alte Liebe rostet nicht

»Vicki, kommst du zum Essen?«

»Gleich!«

Ich gieße Spaghetti ab, fülle sie in eine Schüssel, in die ich vorher Basilikumpesto, Tomatenwürfel und eine extra große Portion geröstete Pinienkerne getan habe, und vermische die Zutaten. Selbst gemachte Zitronenlimo steht auf dem Tisch. Lecker! Zufrieden betrachte ich mein Werk.

Bis vor einem halben Jahr habe ich Küchenarbeit abgrundtief gehasst, allerdings lediglich aus Unkenntnis. Ich habe es immer meiner Schwester überlassen, zu kochen, weil ich nicht wusste, wie entspannend und befriedigend es sein kann, eine frische Mahlzeit auf den Tisch zu bringen. Seit ich bei Vicki wohne, packe ich im Haushalt fleißig mit an. Und siehe da, zumindest das Kochen macht mir richtig Spaß (würde ich behaupten, das gelte ebenso für Aufräumen und Bügeln, wäre das eine glatte Lüge).

Nach dem Essen will ich eines meiner Wettbewerbskleider zuschneiden. Es ist immer wieder spannend, wenn ein Entwurf langsam, aber sicher real wird. Ich fiebere diesem Moment entgegen, habe aber in meiner Zeit am Theater gelernt, dass es nichts bringt, bis zum Umfallen zu arbeiten. Eine Pause mit gutem Essen muss sein.

Die Pasta duftet köstlich. Mir läuft das Wasser im Munde zusammen, zumal ich heute in der Werkstatt die Mittagspause ausgelassen habe.

Wo bleibt denn Vicki?

Seitdem es ihr besser geht, sitzt sie fleißig am Manuskript für ihren dritten erotischen Roman. Wahrscheinlich ist sie tief in ihre Arbeit versunken und hat unser Essen völlig vergessen.

Ich gehe zu ihrem Zimmer und gucke durch den Türspalt. Wie vermutet, sitzt Vicki an ihrem Laptop und tippt eifrig. Leise trete ich ein. »Vicki, mach mal Pause.« Ich lege ihr eine Hand auf die Schulter. »Das Essen ist fertig.«

Meine Freundin zuckt heftig zusammen. »Himmel, Rosa, hast du mich erschreckt!«

»Tut mir leid«, sage ich. »Warst du mitten in einer Liebesszene?«

»Was?«, antwortet sie fahrig. Ihre Wangen röten sich. »Nee, ich habe gechattet.«

»Ach so?« Und ich dachte, sie sitzt an ihrem neuen Buch.

Vicki ist bei Facebook, wie so ziemlich jeder, den ich kenne.

Sogar Margret hat eine Seite über unsere Schneiderei eingerichtet und stellt regelmäßig Neuigkeiten ein.

»Stell dir vor. Ich habe einen alten Freund wiedergefunden«, sagt Vicki jetzt. »Wir haben ein bisschen geplaudert.«

»Aha.«

Ich habe keine Lust, bei Facebook mitzumischen, denn ich verbringe kaum Zeit im Internet. Es macht mir einfach keinen besonderen Spaß. Vicki meint, es wäre gut für mich, in einem Netzwerk zu sein, denn dann könnte ich regelmäßig Fotos von meinen Kleidern einstellen und meine Mode auf diese Weise noch bekannter machen.

Wie auch immer, irgendetwas scheint dran zu sein an diesem Facebook, denn erstens vertreiben sich Millionen Menschen auf der ganzen Welt ihre Zeit damit und zweitens macht es offensichtlich glücklich. Vickis grüne Augen leuchten jedenfalls, als sie am Tisch sitzt und sich die ersten Spaghetti auf die Gabel wickelt.

Ich bin heilfroh, dass sie keinen Ketchup auf das tolle Essen gekippt hat (oder noch schlimmer – Vanillesoße). Eigentlich ist sie Feinschmeckerin, aber die Schwangerschaft hat ihre Geschmacksvorlieben ziemlich durcheinandergebracht. Ich dachte bisher, die Sache mit den seltsamen Gelüsten wäre eine Episode aus dem Reich der wild wuchernden Schwangerschaftslegenden. Bei meiner Freundin stimmt es jedoch.

Ich koche gern für sie und verkneife mir eisern jeglichen Kommentar, wenn sie ein Essen auf ihre Art ›würzt‹. Aber die ganz verrückten Sachen (Käsebrot mit Erdbeermarmelade und dergleichen) muss sie sich selbst machen. Das bringe ich nicht übers Herz.

»Sag mal, kenne ich den?«

»Wen?«

»Na, deinen Freund, mit dem du gerade gechattet hast?«

Vicki schüttelt den Kopf. »Nee, kennst du nicht. Wir haben uns als Studenten kennengelernt, waren aber nicht an derselben Fakultät, sondern haben uns bei einer Party getroffen. Er studierte Musik.«

»Ah, verstehe.«

Es gibt Berufe, die sind einfach mehr sexy als andere. Musiker, Meeresbiologe, Wildtierfotograf und solche Sachen. Wenn du auf einer Party erzählst, dass du Steuerberater bist, kriegst du allenfalls ein höfliches Grinsen.

Aber setz dich mal ans Klavier und spiele leidenschaftlich ›Comptine d'un autre été‹ oder erzähle atemberaubende Geschichten von deinem Einsatz zur Rettung der letzten Sumatra-Tiger … da fliegen dir die Herzen reihenweise zu. Einfach so!

»Ihr habt euch lange nicht gesehen?«

»Das letzte Mal ist fünf Jahre her.«

Ihre Wangen haben die Farbe reifer Kirschen. Mir schwant etwas. »Jetzt schreibt ihr euch also?«, frage ich unschuldig und picke mit meiner Gabel einen gerösteten Pinienkern vom Teller.

»Ja, ab und zu. Er kommt bald nach Berlin und dann wollen wir uns treffen.« Zu ihren Kirschbäckchen gesellt sich ein verklärtes Grinsen.

»Du machst mich neugierig«, sage ich. »Das war nicht bloß ein normaler Bekannter, oder?«

»Wie kommst du darauf?«

»Vicki, ich bin nicht blöd«, sage ich lachend. »Du spottest doch immer, dass ich romantisch bin. Da hast du recht und deshalb erkenne ich genau, wenn meine beste Freundin gerade auf Wolke sieben unterwegs ist.«

»Quatsch«, sagt sie und tippt sich an die Stirn. »Wolke sieben ist nicht. Aber es kommen Erinnerungen hoch und die sind … die sind etwas Besonderes. Das kennst du doch, oder?«

»Weiß Dani von … wie heißt er eigentlich?«

»Alex … Alex heißt er. Er ist Musiker, zieht mit einer Mittelalterband durch Europa.«

»Cool.«

Ich mag diese Trommel-Dudelsack-Flöten-Musik. Im letzten Jahr war ich auf einem Mittelaltermarkt mit Feuerschluckern, Wahrsagerinnen und eben solcher Musik. Da war eine unglaublich tolle Stimmung.

Für einen Moment bin ich ein bisschen beunruhigt, weil Vicki scheinbar noch Gefühle für diesen Alex hat. Ich beobachte, wie sie mit gutem Appetit ihre Nudeln isst. Die Farbe auf den Wangen steht ihr gut. Sie gleicht von Tag zu Tag mehr den strahlenden Schwangeren in den einschlägigen Ratgebern.

Ach Quatsch. Ich weiß, dass sie Daniel liebt. Und es ist nicht verboten, sich mit ein bisschen Bauchkribbeln an einen tollen Exlover zu erinnern. Ich sollte aufhören, Gespenster zu sehen.

Der Kleiderstoff ist weißer Chiffon. Vorsichtig lasse ich meine Schere durch das weiche, leicht durchsichtige Material gleiten, behandele es wie ein rohes Ei. Das Kleid wird einen weiten Ausschnitt bekommen, ein locker am Körper anliegendes Oberteil haben, kurze Puffärmel und einen bodenlangen, weitschwingenden Rock. Da der Stoff ziemlichen Durchblick gewährt, gehört ein einteiliges Mieder, das sanft die Figur formt, darunter. Das schönste an meinem Kleid sind jedoch die in größeren Abständen mit leuchtend bunten Garnen aufgestickten Blüten. Jola kennt eine Frau in Polen, die sich auf die klassischen Handarbeiten versteht und das für mich erledigt. Sollte ich beim Wettbewerb unter den ersten 20 sein (mal rein theoretisch), würde ich mein Model in diesem Kleid mit einem kleinen Blumenstrauß und einem weißen Hut mit breiter Krempe über den Laufsteg schicken. Barfuß, versteht sich!

Ich sehe den Auftritt deutlich vor mir. Zwei kleine Tränen stehlen sich aus meinen Augen. Kleidermachen ist für mich eine sehr emotionale Angelegenheit. Solange mein Werk auf der Schneiderpuppe hängt, gehört es mir. Ich kann es jederzeit umarbeiten, auftrennen oder im Schrank verschwinden lassen. Es ist zunächst nur ein Stück Arbeit. Doch der Moment, wenn ich es aus meinen Händen gebe, ist sehr besonders. Das Kleid verschmilzt mit seiner Trägerin, wird ein Teil von ihr, von dem, was sie der Welt von sich zeigen (oder vor ihr verbergen) will. Vielleicht wird sie etwas Außergewöhnliches erleben, etwas Einzigartiges fühlen, wenn sie es trägt.

Manche Kleider werden über Generationen von Müttern an ihre Töchter weitergegeben. Warum wohl?

Weil sie Geschichten erzählen. Sie sind nicht einfach ein Stück Stoff, Knöpfe und Nähte, sie sind gelebtes Leben ihrer Trägerin. Man könnte beinahe sagen, sie haben eine Seele.

Bisher ist es mir meist gelungen, einzigartige, der Trägerin angepasste Stücke zu nähen. Aber es ist nicht selbstverständlich. Ich muss mich bei jedem Kleid neu darum bemühen. Alles geben!

Meine Gedanken schweifen ab zu den Kleidern, die ich für das Musical genäht habe. Auch die waren etwas Besonderes, denn sie mussten zu einer vorgegebenen Geschichte passen. Zum Glück bin ich mit einem Übermaß an Fantasie und Gefühlen ausgestattet, sodass es mir nicht schwerfiel, wie die Hauptperson zu empfinden. Rosana, die sich beinahe vom Fürst der Finsternis verführen lässt.

Ich spüre, wie meine Wangen sich röten. Rosa und Rosana – nicht allein unsere Namen gleichen sich. Auch ich habe mich vom Glamour der faszinierenden Welt am Musicaltheater verführen lassen. Plötzlich kann ich Vickis seliges Grinsen beim Essen allzu gut verstehen.

Jetzt bloß nicht melancholisch werden, Rosa!

Erst nach einiger Zeit habe ich gemerkt, dass ich weder ans Theater gehöre noch zu Leo.

Entschlossen schiebe ich meine Erinnerungen beiseite und konzentriere mich auf den Zuschnitt. Zum Glück ist Princess heute mit Daniel draußen in Kletzin. Wer weiß, ob der weiche Stoff und das raschelnde Seidenpapier, das ich zum Zuschneiden nutze, nicht ihren Spieltrieb geweckt hätten.

Wir wollen, dass Princess zu uns allen eine gute Beziehung aufbaut. Deshalb kümmern wir uns abwechselnd um sie. Allerdings hat unsere Hündin eindeutig einen Lieblingsmenschen – und der bin ich. Wenn ich in der Nähe bin, folgt sie mir auf Schritt und Tritt. Sie sitzt neben meiner Nähmaschine, wenn ich arbeite, und liegt nachts auf einer Decke am Fußende meines Bettes. Die anderen finden das total süß und amüsieren sich darüber.

Ich weiß ehrlich gesagt nicht, wie ich zu dieser Ehre komme, denn in den letzten Jahren habe ich nicht sehr viel mit Hunden zu tun gehabt. Außer mit dem Terrier meiner Eltern. Der hört allerdings kein bisschen auf mich und kriegt bereits einen hysterischen Anfall, wenn ich ihn nur anspreche.

Zum Glück hat unsere Prinzessin ein sehr ausgeglichenes Naturell.

»Ich habe einen Auftrag für dich«, sagt Margret, als ich am nächsten Morgen in die Werkstatt komme.

»Oh, was gibt es denn?«

»Irgendeine feine Dame will ein Kleid von dir!«

»Feine Dame?«

»Jedenfalls war sie zu fein, um selbst anzurufen. Das hat eine Angestellte für sie gemacht.«

»Was genau will sie denn?«

»Keine Ahnung«, antwortet Margret. »Das Ganze ist mysteriös. Jedenfalls sollst du nachher dort hinkommen und ich schätze, dann wirst du schon sehen, was los ist.«

»Ich habe alle Hände voll mit dem Wettbewerb zu tun«, protestiere ich. »Meinst du, da kann ich mir noch einen Auftrag anlachen?«

Meine Meisterin zuckt mit den Schultern. »Dann sagen wir ab«, gibt sie erstaunlich schnell nach.

Doch während ich die ersten Stiche am weißen Chiffonkleid nähe, erwacht meine angeborene Neugier. »Auf einem Bein kann man nicht stehen«, denke ich laut. Schließlich ist nicht gesagt, dass ich aus dem Wettbewerb als Siegerin hervorgehe.

»Was sagst du?«, fragt Jola und sieht von ihrer Arbeit auf.

»Ich denke, dass ich mir mal anhöre, was die neue Kundin möchte, und wenn es nicht allzu kompliziert ist, werde ich es schon schaffen.«

»Machst du das«, beschließt Jola. »Wenn es ganz schlimm wird, helfe ich dir.«

Margret grinst. »Ich wusste, dass du darauf anspringst«, frohlockt sie.

»Warum hast du nicht gleich gesagt, dass ich es machen soll, wenn du dich so freust?«, frage ich lachend.

»Das solltest du selbst entscheiden«, antwortet meine Meisterin. »Es ist in der Tat ein Haufen Arbeit, der da auf dich zukommt.«

»Aber auch ein Haufen Spaß«, antworte ich und bin einfach froh, dass meine Arbeit so viel Abwechslung für mich bereithält.

Am U-Bahnhof Dahlem-Dorf werde ich noch einmal kurz von meinen Erinnerungen angesprungen. Hier in der Nähe steht Leos Villa, in der wir eine Zeit lang zusammen gewohnt haben. Dahlem ist ein schönes Fleckchen Berlin – mit großzügigen Grundstücken, ehrwürdigen Villen und prächtigen alten Bäumen auf sattgrünen Wiesen. Mitten im Winter ist es mit dem Grün jedoch nicht sehr weit her. Im Gegenteil. Es hat gestern geschneit. Während in der Innenstadt der Schnee allerdings zu grauschwarzen, mit gelbem Hundepipi gesprenkelten Haufen am Straßenrand zusammengeschoben ist, liegt er hier in strahlend weißer Pracht. Nur auf den Fußwegen und Straßen ist der Schnee plattgewalzt und mit einer feinen Schicht Sand bestreut. In Dahlem hat man eben Stil. Welch ein Wunder, dass sie keine Ornamente in den Streusand geformt haben, so wie das Kakaopulverherz auf dem Milchschaum im Coffee-Shop.

Ich bin richtig gespannt auf meine neue Kundin. Weiß der Himmel, wo ich gleich ankommen werde. Ich habe mir eine Wegbeschreibung ausgedruckt und müsste demnächst, nach etwa zehn Minuten Fußmarsch, am Ziel sein.

Ein bisschen nervös bin ich allerdings, denn ich habe nach wie vor nicht die geringste Ahnung, wer die mysteriöse Auftraggeberin ist, geschweige denn, was ich für sie schneidern soll. Als ich den Termin telefonisch bestätigte, habe ich kein Sterbenswörtchen aus der Dame am anderen Ende der Leitung herausbekommen.

Noch eine Kreuzung, dann stehe ich vor einer Parkanlage (›Garten‹ wäre echt zu bescheiden). Irgendwo weit hinten sehe ich eine prächtige Landhausvilla, deren Dach von einer makellos weißen, glitzernden Schneehaube bedeckt ist. Auch die großen alten Bäume im Garten tragen weiße Mützen. Es sieht malerisch aus. Fehlen nur noch Rehe, die friedlich an einer Futterraufe Heu fressen, um die Idylle perfekt zu machen. Und Rotkäppchen – aber die war meines Wissens im Sommer unterwegs.

Wildtiere gibt es nicht, als ich jedoch den Klingelknopf drücke, kommt in rasendem Tempo ein Hund auf mich zugestürmt. Er bellt freudig (reiner Zweckoptimismus: vielleicht ist er auch stinksauer) und stürzt sich auf das Gitter des Tores, hinter dem ich stehe. Ich schätze, wenn er sich richtig dünn macht, passt er durch die Stäbe und kann mich fressen.

Als ich mich etwas beruhigt habe (schließlich kann ich gut mit Hunden, wie die letzten Tage beweisen), schaue ich mir den Hund genauer an und traue meinen Augen kaum: Er sieht aus wie Princess! Es ist eindeutig ein Landseer, allerdings mindestens einen halben Kopf größer als unser Familienzuwachs.

Das gibt es doch nicht! Vor Kurzem wusste ich nicht mal, dass diese Hunderasse existiert. Und jetzt begegnet sie mir gleich zum zweiten Mal.

Vom Haus ertönt ein Pfiff und der Hund rast in der gleichen Geschwindigkeit, in der er gekommen ist, zum Haus zurück. Gleichzeitig geht der Türsummer und das Tor öffnet sich an der Fußgängerseite. Selbstverständlich gibt es daneben eine Einfahrt für Autos. Beim Eintreten entdecke ich eine kleine Kamera am Torpfosten, einen Namen am Klingelschild suche ich vergeblich.

Na ja, wenn ich ein Anwesen wie dieses mein Eigen nennen würde, wäre ich bestimmt ebenfalls vorsichtig. (Allerdings kann ich mir nicht vorstellen, dass Vicki ihr prächtiges Landhaus in Kletzin mit einer abschreckenden Sicherung umgibt. Es würde die ganze offene Ausstrahlung des Gutes zerstören.) Nun bin ich noch aufgeregter.

Über den sorgsam gekehrten Weg kommt mir ein junger Mann entgegen. Er ist groß, schlank, trägt einen Anzug, hat akkurat geschnittene schwarze Haare und ein offenes Lächeln. Bestimmt ist das der Butler. So was haben die doch, die reichen Leute, oder?

Der riesige Hund ist verschwunden. Wie weggezaubert.

»Sie sind Frau Redlich, nicht wahr?«

Frau Redlich! Holladi! So hat mich seit Jahren keiner genannt. Selbst mein Gynäkologe nennt mich Rosa. Und einen Steuerberater oder etwas Ähnliches habe ich nicht.

Ich nicke. »Ich habe einen Termin um 13 Uhr bei …« Ja, bei wem eigentlich? »Also, na ja … jedenfalls wurde ich hierher bestellt.«

Er mustert mich aufmerksam. Ich würde fast sagen, er starrt mir ins Gesicht.

Auweia. Wo bin ich hier gelandet?

»Meine Großmutter erwartet Sie«, sagt er freundlich. »Sie freut sich schon.«

Also ist er nicht der Butler, sondern einer der Bewohner dieses Palastes. Vielleicht will er gerade zur Arbeit und hat sich deshalb in Schale geworfen. Oder läuft er von früh bis spät edel gekleidet herum?

Als wir nebeneinander hergehen, sehe ich, dass er im Ohr einen kleinen Knopf trägt. Ob das ein Kopfhörer ist? Bestimmt ist er ein Businesstyp und muss, während er mich hereinlässt, nebenbei einen Milliardendeal mit einem Ölscheich abschließen.

Schweigend betreten wir das Entree, das mich beinahe umhaut, dermaßen elegant ist es. Es ist nämlich kein simpler Flur, sondern eine Halle. Mit einem schwarz-weiß gemustertem Marmorboden und weißen Halbsäulen. Durch die wird der riesige Raum optisch schön gegliedert. Die Wände zwischen den Säulen sind in warmem Karmesinrot gestrichen und mit prächtigen Gemälden geschmückt. In einer Ecke steht ein Kübel mit einem ausladenden Orangenbaum. Eine breite Treppe, mit einem flauschigen roten (was sonst?) Teppich bespannt, führt in die obere Etage.

Wetten, gleich kommt ein Typ, der eine Führung machen will? Er zwingt mich, solche riesigen, unappetitlichen Filzlatschen anzuziehen. Dann muss ich die ganze Zeit aufpassen, dass ich nicht über meine eigenen Füße stolpere, während ich seinen mäßig spannenden Geschichten über das Haus und seine Bewohner lausche.

Der nette junge Mann lässt mir einen Moment, um mich zu fassen. Ich reiße mich zusammen, klappe meinen Mund zu und schenke ihm nun ebenfalls ein beherztes Lächeln.

»Bitte hier entlang«, sagt er.

Juhu! Keine Latschen! Jetzt gesellt sich der große Landseer zu uns. Brav trottet er neben uns her, als wir eine kleine Zimmerflucht durchqueren. Das Schloss-Besichtigungsgefühl verlässt mich noch immer nicht völlig. Dennoch sehe ich, dass in diesem Haus Menschen leben. Es finden sich trotz all der Pracht, die sich in den Zimmern fortsetzt, Zeichen seiner Bewohner. Hier eine Jacke über den Stuhl gehängt, dort ein aufgeschlagenes Buch. Eine Vase mit Blumen, eine leere Kaffeetasse und Hundehaare auf einem Sofa. Na also.

Mein Begleiter, der sich unterdessen als Nikolaus (»Nennen Sie mich bitte Nik!«) vorgestellt hat, klopft leise an eine verschlossene Tür.

Die Nervosität hat mich wieder. Was für eine kapriziöse Dame wird mich gleich empfangen? Wer derartig pompös lebt, kann ungestraft allerlei Macken kultivieren und sie an seinen dienstbaren Geistern auslassen.

Die Frau, die uns herein bittet, ist nicht launisch. Das sehe ich sofort. Okay, vielleicht bin ich nicht die Person mit der gaaaanz großen Menschenkenntnis, aber ich habe jeden Tag mit einer Vielzahl von Kundinnen zu tun. Unterdessen weiß ich bei den meisten sofort, wenn sie die Werkstatt betreten, ob sie nett oder unangenehm sein werden.

Die schmale, alte Dame mit den zu einem lockeren Pagenkopf geschnittenen, überraschend vollen weißen Haaren wird freundlich zu mir sein – hundertprozentig.

Sie sitzt an einem Schreibtisch vor einem aufgeklappten Laptop. Als wir eintreten, erhebt sie sich und kommt uns entgegen. Der Hund begrüßt sie freudig und wedelt mit dem Schwanz. Die alte Dame krault ihm liebevoll den Kopf. Sie trägt ein graues Wollkleid, das herrlich weich aussieht wie das Fell einer Angorakatze, aber schlicht und gerade geschnitten ist. Allein an ihrem Schmuck, den sie zwar spärlich, aber gut sichtbar trägt, erkennt man, dass sie reich ist. Solche glasklaren, hellblau funkelnden Steine in fein ziselierter Goldfassung habe ich nie zuvor gesehen. Außer im Tower von London – hinter Panzerglas. Die reinsten Kronjuwelen.

»Bitte kommen Sie herein, junge Frau«, sagt sie freundlich und hält mir die Hand hin.

Vorsichtig schlage ich ein. »Ich bin Rosa Redlich«, sage ich herzlich.

»Rosa! Was für ein hübscher Name. Ich darf Sie doch Rosa nennen?«

»Natürlich! Wie …? Ich meine, mit wem …« Ich würde sie ebenfalls gerne mit einem Namen anreden.

»Mein Name ist Elisabeth.«

»Wie schön«, antworte ich und bin überrascht, dass ich sie gleich mit dem Vornamen ansprechen darf. Ich werde immer neugieriger, was ich hier zu tun bekomme. Ich meine, diese Frau ist dermaßen vermögend, dass sie sich Jil Sander persönlich herbestellen könnte, damit sie ihr ein Nachthemd oder ein Unterhöschen entwirft. Und dann ruft sie *mich*?

»Möchten Sie Tee, Rosa?«

»Gerne.« Eine Tasse kräftiger Earl Grey wird mit jetzt guttun.

Nik, der während der Begrüßung lächelnd bei uns gestanden hat, verabschiedet sich und verspricht in der Küche wegen des Tees Bescheid zu sagen. Während er sich mit seiner Großmutter unterhält, merke ich, dass er sie genauso intensiv anschaut wie mich und dass seine Worte ein wenig undeutlich klingen. Letzteres war mir bei unserer knappen Begrüßung nicht gleich aufgefallen. Kann es sein, dass er seiner Großmutter die Worte von den Lippen abliest? Folglich wäre der Knopf in seinem Ohr kein oberwichtiges Teil von einem Head-Set, sondern ein Hörgerät!

Als er weg ist, bestätigt Elisabeth meine Vermutung. »Rosa, ich muss Sie bitten, nicht mit meinem Enkel zu sprechen, wenn er Ihnen den Rücken zudreht. Nikolaus ist von Geburt an zu 90 Prozent hörgeschädigt. Er versucht, sich nie etwas anmerken zu lassen, aber er versteht Sie nur richtig, wenn Sie ihm beim Sprechen gegenüberstehen, langsam reden und sich sehr deutlich artikulieren.«

»Kein Problem«, sage ich. »Da achte ich drauf.«

Nik tut mir leid. Er hat ungefähr mein Alter, will sich in seiner Freizeit bestimmt amüsieren, sich mit anderen treffen, Musik hören, quatschen ... was junge Leute eben machen. Wer weiß, ob er gerne unter Menschen geht, wenn es für ihn schwer ist, die Gespräche der anderen mitzuverfolgen. Wenn ich bedenke, wie oft meine Freunde und ich durch halbgeschlossene Türen oder um zehn Ecken miteinander kommunizieren ... Geschweige denn flüstern, tuscheln, hauchen. Das kann er überhaupt nicht machen. Ich finde ihn jedenfalls sympathisch und werde mir Mühe mit der Kommunikation geben, wenn ich ihn wiedersehe.

Trotz des Mitgefühls für ihren Enkel drängt sich immer mehr die Frage auf, was Elisabeth für einen Kleiderwunsch haben könnte.

Eine Frau, die sich als Christine vorstellt und kaum jünger als meine Gastgeberin zu sein scheint, bringt uns ein Tablett mit Tee, serviert in hauchfeinen chinesischen Tassen, von denen garantiert der Henkel abbricht, wenn ich ihn anfasse. Ich werde zur Sicherheit lieber nur ein paar Kekse knabbern.

»Ähm ... ja... also ... vielen Dank für den Tee«, bringe ich zögerlich hervor, während Elisabeth sich an ein kleines

Tischchen setzt und mit einer Hand auf den leeren Stuhl ihr gegenüber weist. »Ich … ähm …«

»Ich werde heiraten«, sagt Elisabeth und erspart mir weiteres Herumstottern. »Und dafür brauche ich ein Kleid.«

Ich unterdrücke ein ungläubiges »Äh, wie jetzt?« und setze mich brav. Nur mein Mund bleibt schon wieder offen stehen. Mit allem hatte ich gerechnet, aber nicht damit, einer bestimmt 80-jährigen *Braut* gegenüberzusitzen. Ihre wievielte Hochzeit mag es wohl sein?

Sie lächelt, als sie mein Erstaunen bemerkt. »Das Alter für eine Heirat habe ich mittlerweile. Finden Sie nicht, Rosa?«

»Ist es Ihre erste Hochzeit?«, frage ich ein wenig schüchtern und hoffe, nicht in ein Fettnäpfchen zu treten. Doch die Frage: ›Wie oft waren Sie denn schon verheiratet?‹, fände ich ein bisschen frech.

Sie nickt und lächelt verschmitzt. »Sind *Sie* verheiratet, Rosa?«

Meine Gedanken fliegen zu Basti. Wir beide in der Kirche, die süße Juli als Blumenkind. Margret und Vicki als Trauzeuginnen. Warum nicht? »Nein«, antworte ich. »Noch nicht. Aber ich habe einen Freund. Sebastian. Er ist Arzt. Wir haben eine kleine Tochter. Also nein … *Er* hat sie, mit seiner früheren Freundin. Aber ich hab sie unglaublich lieb und es fühlt sich an, als wären wir eine Familie. Das … das ist wunderschön. Was ich sagen will: Man muss nicht verheiratet sein, um glücklich zu sein.«

Eigentlich bin ich hier, um über einen Auftrag zu sprechen. Nun sind wir mir nichts dir nichts in ein privates Gespräch gerutscht.

»Richtig so! Genießen Sie Ihr Glück, Rosa, in welcher Weise auch immer es zu Ihnen kommt«, sagt meine Auftraggeberin. »Aus meiner Erfahrung heraus stellt es sich leider so dar, dass es sich nicht festhalten lässt. Die Liebe findet immer ihren Weg, dessen bin ich sicher. Manchmal geht sie jedoch Umwege und so kann es ein wenig dauern, bis zwei, die zusammengehören, endlich zusammenkommen.«

Ein wenig? Ich schlucke. »Sind Sie …? Ich meine, waren Sie denn bisher niemals glücklich?«

»Aber ja, das war ich«, antwortet sie. »Jedoch musste *ein* glücklicher Moment manchmal für viele Jahre reichen.«

»Das klingt gar nicht gut«, sage ich leise und hoffe, dass sie meine Bemerkung nicht ungebührlich findet. Elisabeth, die offenherzige Dame in ihrem riesigen Haus, fasziniert mich und ihre Andeutungen wecken meine Neugier. »Was ist denn passiert?«

»Kurz gesagt? Viktor – das ist mein Bräutigam – und ich, wir wollten bereits vor 60 Jahren heiraten. Dem Schicksal, den Umständen oder wie Sie es nennen wollen gefiel es jedoch, ihn und mich immer und immer wieder auseinanderzubringen.«

»Vor 60 Jahren? Heiliger Strohsack! Das ist ja eine Ewigkeit!« Ich gebe es auf, wohldurchdachte Worte zu finden.

Sollte ich in ein Fettnäpfchen getreten sein, lässt es mich Elisabeth nicht spüren.

Ich würde gern mehr erfahren, denn hier scheint es sich um eine echte, wahrhaft romantische Liebesgeschichte zu handeln. Und ich habe das Gefühl, sie würde gern erzählen. Doch vorher möchte ich klären, wie sie sich ihr Hochzeitskleid vorgestellt hat, damit ich mir Gedanken über die

Entwürfe machen kann. Umso besser, wenn ich zusätzlich Elisabeths Geschichte kenne.

»Ich könnte mir vorstellen, dass ich mich ein wenig von den Kleidern der Queen inspirieren lasse«, schlage ich vor. »Sie sieht unglaublich elegant aus, besonders in den bodenlangen Roben, die sie bei Empfängen trägt.«

»Das ist eine gute Idee«, antwortet meine Auftraggeberin. »Wo die englische Königin und ich schon Namensvetterinnen sind.«

»Ich würde gern im Schnitt schlicht bleiben, aber einen sehr kostbaren Stoff wählen«, denke ich laut. »Lieber cremefarben als weiß. Für meinen Geschmack wirkt es viel eleganter. Bitte widersprechen Sie, wenn Sie anderer Meinung sind.«

Elisabeth nickt. »Ich dachte mir, dass Sie ein gutes Gespür für die Wünsche einer Braut haben.«

»Darf ich fragen …«, werfe ich ein, »darf ich fragen, wie Sie auf die Idee gekommen sind, *mich* zu engagieren?«

»Sicher dürfen Sie das.« Elisabeth steht auf, öffnet die Schublade einer Biedermeierkommode und holt ein dickes schwarzes Programmheft heraus.

»›Love dreams‹!«, rufe ich fröhlich. »Sie haben das Musical gesehen!«

»Und ich liebte jedes Ihrer Kostüme, Rosa. Sie erzählen mit Ihren Kleidern Geschichten. Ich sagte zu Viktor, als wir das Theater verließen, dass ich diese Kostümbildnerin einfach kennenlernen muss. Ich hatte allerdings erwartet, dass Sie etwas älter … lebenserfahrener sind.«

»Ich hoffe, es stört Sie nicht.«

»Natürlich nicht! Im Gegenteil, ich bin beeindruckt und bitte Sie, mir mein Vorurteil nachzusehen.«

»Würden Sie …? Ich meine, hätten Sie Lust, mir ein bisschen von sich zu berichten?«, frage ich mutig. »Spannende Familiengeschichten sind mein Ding und ich glaube, dass ich noch viel besser verstehe, was für ein Kleid zu Ihnen passt, wenn ich Ihre Geschichte kenne. Natürlich nur, falls Sie Zeit und Lust haben.«

»Haben *Sie* denn Zeit und Lust, Rosa?«

Ich nicke begeistert. »60 Jahre … und vorher gab es keine einzige Gelegenheit, Ihren Viktor zu heiraten?«

Elisabeth zuckt lässig mit den Schultern. »Ich habe dreimal ein Brautkleid angezogen«, antwortet sie, »… und dreimal am Abend unverheiratet wieder ausgezogen.« Jetzt lächelt sie. »Man kann wirklich nicht sagen, ich hätte es nicht versucht.«

Ich habe einen Kloß im Hals. Das klingt nach schweren Schicksalswirrungen.

Innerhalb der nächsten zwei Stunden werde ich noch öfter mit Gefühlsanwandlungen zu kämpfen haben. Das hier ist kein normaler Auftrag für ein Kleidungsstück, das habe ich begriffen, als ich durch die Tür getreten bin. Die Geschichte jedoch, die mir meine Auftraggeberin jetzt bei Tee und köstlichem Gebäck erzählt, hätte sich kein Romanautor spannender ausdenken können.

Elisabeth wurde 1935 als ältestes Kind einer alten deutschen Adelsfamilie in Kairo geboren. Ihr Vater war ein leidenschaftlicher Kunstsammler und Archäologe. Die Pyramiden von Gizeh und das Tal der Könige mit dem berühmt berüchtigten Grab von Tutanchamun hatten es ihm besonders angetan. Bedingt durch seinen ererbten Reichtum konnte Elisabeths Vater aufwendige Expeditionen in den Orient finanzieren und seiner Familie dort, während er arbeitete, ein luxuriöses Leben ermöglichen. Mit Beginn des Zweiten Weltkriegs schickte er seine Familie aus Ägypten fort, zunächst nach Frankreich. In Le Havre buchten sie eine Schiffspassage nach Amerika.

Elisabeth erinnert sich noch dunkel an die Atlantiküberquerung an Bord der luxuriösen ›Normandie‹, die Ankunft in New York und die Weiterreise nach Los Angeles, wo sie mit ihrer Mutter und den beiden jüngeren Brüdern die Jahre während des Zweiten Weltkriegs verbrachte.

Im November 1945 reisten sie vom sonnigen Kalifornien ins kalte, zerstörte Nachkriegsdeutschland und bezogen die Villa der Familie am Kleinen Wannsee in Berlin. Elisabeths Großmutter väterlicherseits lebte seit Jahren allein in dem riesigen Anwesen. Die alte Dame war schwer krank und verlangte, in den letzten Monaten ihren einzigen Sohn und dessen Familie um sich zu haben. Niemals wäre es ihr in den Sinn gekommen, Berlin und ihr Haus zu verlassen und zu ihrer Familie nach Kalifornien überzusiedeln. »Hier bin ich geboren und hier werde ich sterben«, war ihre Überzeugung und damit setzte sie sich durch.

»Ich weiß noch, dass ich ununterbrochen gefroren habe in der ersten Zeit«, sagt Elisabeth. »Ich hatte nie zuvor Schnee gesehen, geschweige denn unter meinen Füßen gespürt, und ich hasste ihn mit der Inbrunst meiner kindlichen Seele. Ich hielt mich in den ersten Wochen fast ausschließlich bei Martha in der Küche auf, denn da war es am wärmsten, und sie hatte stets eine heiße Hafersuppe auf dem Herd oder einen Malzkaffee mit Milch in der

Kanne. Ich weigerte mich, auch nur einen Fuß vor die Tür zu setzen.«

Das änderte sich erst, als nach einem langen harten Winter der Frühling in die Stadt einzog.

»Als sich die ersten Sonnenstrahlen blicken ließen, fing ich an, mich an Deutschland zu gewöhnen, auch wenn das zu dieser Zeit kein leichtes Unterfangen war. Die Stadt lag in Trümmern. Hunger, Elend und Krankheiten grassierten. Aufgrund zahlreicher Beziehungen meiner Eltern litten wir zwar keine Not, dennoch konnte ich die Augen nicht davor verschließen, dass es den meisten Bewohnern der Stadt anders erging.«

Bei einem Spaziergang entdeckte Elisabeth eines Tages ein kleines, etwa vierjähriges Mädchen, das mit einem Korb voller Osterglocken am Seeufer stand.

»Wanda, mein Kindermädchen, wollte vorbeigehen, doch mir tat die Kleine leid. Es war kein warmer Tag, der Wind pfiff über den See. Es waren wenige Spaziergänger unterwegs und ich konnte sehen, dass das Mädchen erbärmlich fror. Also machte ich mich von Wanda los, lief zu der Kleinen und gab ihr mein Halstuch. Warum auch nicht? Ich hatte genug Kleidung in meinem Schrank. Ich weiß noch wie heute, wie wir uns anlächelten, sie sich das Tuch um den Hals legte und sich artig bedankte. In diesem Moment trat ein Junge zu uns, der sich anscheinend im Hintergrund gehalten hatte. Wütend nahm er dem Mädchen das Tuch ab und gab es mir zurück. ›Almosen brauchen wir nicht‹, sagte er an Wanda gewandt. ›Wir verkaufen lieber Blumen!‹.«

Dieser Junge ist Viktor. Ich kann es an den leuchtenden Augen meiner Gastgeberin sehen. Menschen, die von einem geliebten Partner sprechen, sehen alle gleich aus. Irgendwie selig.

»Er wirkte hungrig, blass und schmal, zugleich auch trotzig und stolz«, fährt sie fort und ihre Augen blicken träumerisch in die Vergangenheit. »Seine gestrickten Strümpfe, die unter der viel zu kurzen Hose hervorlugten, waren voller Löcher. Ich konnte seine blaugefrorenen Hände sehen, die er notdürftig mit den Ärmeln seiner Jacke bedeckte. ›Ich will Blumen kaufen‹, antwortete ich nicht minder trotzig. ›Und das Tuch habe ich nicht *dir* geschenkt, deshalb kannst du nicht darüber bestimmen.‹«

Ich kann mir die Szene lebhaft vorstellen.

»Von da an habe ich sie oft wiedergesehen. Genauer gesagt, ich habe dafür gesorgt, dass ich sie wiedersehe, denn ich bestand darauf, an jedem Wochenende meinen Spaziergang zum See zu machen. Ich mochte die beiden. Sie taten mir leid, vor allem, als ich erfuhr, dass sie fast sieben Kilometer zu Fuß gehen mussten, um von Potsdam Babelsberg zu ihrem Platz am Wannsee zu kommen. Ich stibitzte Kleinigkeiten aus Marthas Küche und gab sie dem Mädchen. Nach einer Weile gewöhnte sich Viktor an meine Besuche und protestierte nicht mehr, wenn ich seiner Schwester etwas zusteckte, doch er sprach nie ein einziges Wort mit mir, sondern schaute nur finster drein. An einem schönen warmen Tag im Juni erkannte ich schon von Weitem, dass etwas nicht stimmte. Meine kleine Freundin kam mir nicht wie sonst entgegengelaufen, als sie mich sah. Sie blieb bei ihren Blumen sitzen. Als ich nähertrat, bemerkte ich sofort, dass sie krank war. Ihre Haut war von einem Schweißfilm überzogen und ihre Augen von dunklen Schatten gezeichnet. Natürlich winkten sie ab, als ich sagte, dass die Kleine zu einem Arzt gehörte oder wenigstens ins Bett. Sie wollten zuerst ihre Blumen verkaufen. ›Ich kaufe alle Blumen‹, sagte ich und griff nach dem Korb. ›Und ihr kommt mit zu mir nach Hause.‹ Wanda protestierte und rang die Hände, doch wenn es darauf ankommt, bin ich sehr hartnäckig. Ich nahm Viktors kleine Schwester an die Hand, schleppte sie mehr schlecht als recht in unsere Villa und dort zu Martha in die Küche.«

Zuerst war die Köchin entsetzt über den ungebetenen Besuch, doch sie hatte im Grunde ein gutes Herz und die mageren Kinder taten ihr leid. Wanda holte unterdessen Elisabeths Mutter und gemeinsam beschlossen sie, dass die Kleine zu schwach für den Rückweg war und ein paar Tage bis zu ihrer Genesung in der Villa bleiben konnte.

»Als meine Mutter das Mädchen nach ihren Eltern fragte, stellte sich heraus, dass die beiden ihre Eltern im Krieg verloren hatten und seitdem bei einer Tante lebten, die jedoch krank war und kaum zurande kam«, erzählt Elisabeth weiter. »Meine Eltern hielten es für ihre Pflicht, zu helfen, und beschlossen, den Geschwistern – es gab noch einen jüngeren Bruder – für eine Weile unter die Arme zu greifen. Von da an waren sie jeden Samstag bei uns zum Essen eingeladen, und die kleine Christine bekam alle Kleider, die mir nicht passten, geschenkt. Die beiden Kleinen gaben schnell ihre Zurückhaltung auf und fühlten sich sichtlich wohl in unserem großen Haus und an der langen Tafel. Viktor hingegen, der sie stets begleitete, machte ein ernstes Gesicht und schwieg beharrlich. Wenn man ihn ansprach, antwortete er gehorsam, doch nie richtete er von selbst ein Wort an meine Eltern, geschweige denn an mich. Den ganzen Sommer über fragte ich mich, ob er irgendwann Vertrauen fassen und mit mir sprechen würde. Gelegentlich spürte ich, dass er mich verstohlen ansah. Doch wenn ich ihn anlächelte, wandte er den Kopf ab und widmete sich wieder dem Essen. Irgendwann fing ich an, ihm kleine Zettel zu schreiben. Wenn niemand hinschaute, schob ich sie ihm über den Tisch.«

»Was stand auf den Zetteln?«

»Was mir einfiel«, antwortet Elisabeth. »Mal ein Gedicht, mal eine Frage, zum Beispiel, ob ich sie ein Stück begleiten dürfte, wenn sie gingen …«

»Er hat nicht ein einziges Mal reagiert?«

Elisabeth schüttelt den Kopf. »Hat er nicht«, sagt sie lächelnd. »Aber dann wurde alles anders.«

Im Oktober 1946 erkrankte Elisabeth an einer Lungenentzündung und lag wochenlang mit Fieber, Husten und Schüttelfrost im Bett. Niemand durfte zu ihr. Es war nicht sicher, ob sie überhaupt mit dem Leben davonkommen würde.

Als es ihr endlich besser ging, sie aber noch geschwächt war und die meiste Zeit des Tages im Bett liegen musste, um zu Kräften zu kommen, klopfte es eines Tages zaghaft an ihre Tür.

»Das war Viktor, nicht wahr?«, frage ich.

Elisabeth nickt. »Er brachte mir das Mittagessen – einen Teller Kartoffelsuppe. Weil Martha zu beschäftigt war, hatte sie ihm erlaubt, ihr zu helfen. Später erzählte unsere Köchin mir, dass Viktor während meiner Krankheit mehrmals in der Woche zu ihr gekommen war, um sich nach meinem Befinden zu erkundigen. Von da an war das Eis zwischen uns gebrochen und wir wurden Freunde.«

Viktor und seine Geschwister kamen sie weiterhin regelmäßig jeden Samstag besuchen. Nach dem Essen verbrachten sie die Zeit spielend am Ufer des Sees, der an das Grundstück der Familie grenzte.

Die Jahre vergingen. Die Beziehung von Viktor und Elisabeth veränderte sich. Aus der innigen Kinderfreundschaft wurde eine zarte, erste Liebe. Elisabeths Eltern, die der Beziehung bisher wenig Aufmerksamkeit geschenkt hatten, änderten ihr Verhalten gegenüber Viktor. Sie hatten es als gute Tat angesehen, den Jungen aus ärmlichen Verhältnissen regelmäßig zum Essen einzuladen oder gelegentlich auf eine Bootsfahrt über die Havel mitzunehmen. Doch die aufkeimende Liebe der Jugendlichen störte sie.

»Letztlich war ihnen die unterschiedliche Klassenzugehörigkeit wichtiger als meine Gefühle, die sie wahrscheinlich für unreif und kindisch hielten.«

Als Elisabeth 16 wurde, verboten sie ihr schließlich den Umgang mit Viktor. Als sie sich weigerte, ihre Beziehung zu ihrem Freund aufzugeben, wurde sie, obwohl sie sich nach Kräften wehrte, zu entfernten Verwandten ins Saarland geschickt. Letztlich konnte sie nichts gegen den Willen ihrer Eltern ausrichten.

Elisabeth und Viktor, die Mittel und Wege fanden sich heimlich zu sehen, gelobten, einander niemals im Stich zu lassen, egal wie weit man sie voneinander entfernen würde.

»In der letzten Nacht, bevor ich nach Saarbrücken abreisen musste, verlor ich meine Unschuld an Viktor«, erzählt Elisabeth und ich sehe ihr selbst nach so vielen Jahren die Genugtuung an, sich über das Verbot ihrer Eltern hinweggesetzt zu haben. »Es war ein sehr besonderer Moment. Wir wollten und wir konnten uns einfach nicht loslassen. Als hätten wir geahnt, dass wir uns fünf Jahre nicht sehen würden.«

Ich seufze leise. Fünf Jahre! Das ist die Ewigkeit! Was hatte Elisabeth vorhin gesagt? Manchmal muss ein Augenblick voll Glück für viele Jahre reichen.

In den folgenden Jahren besuchte Elisabeth eine Handelsschule. Viktor fing nach dem Schulabschluss in Potsdam eine Lehre als Schlosser bei der Eisenbahn an. Sie schrieben sich. Jede Woche mehrere Briefe. Zum Glück hatte Elisabeths alte Tante, auf deren Gut sie lebte, nichts gegen die Korrespondenz einzuwenden.

»Dafür bin ich ihr noch heute dankbar«, sagt Elisabeth.

Fünf Jahre nur Briefwechsel. Wie hat sie das ausgehalten?

»Ich sehe Ihnen an, Rosa, was Sie wissen möchten«, fährt die alte Dame hellsichtig fort. »Sie fragen sich, wie unsere Beziehung halten konnte. Oh, das konnte sie. Sicherlich gab es neue Bekannte in dieser Zeit. Mit Deutschland ging es stetig bergauf, die Lebenslust kehrte ins Land zurück. Auf der Höheren Handelsschule waren wir viele junge Leute. Wir amüsierten uns nach Kräften, schlugen auch mal über die Stränge. Doch nie traf ich jemanden, der Viktors Platz in meinem Herzen einnehmen konnte, der in der Lage war, mich so tief zu berühren und zu verstehen, wie er das tat.«

1956 kehrte Elisabeth nach Berlin zurück.

Atemlos lausche ich ihrer Geschichte. Doch leider muss meine Auftraggeberin an dieser Stelle aufhören (wie in einer Soap! Immer wenn's spannend wird.). Sie hat einen Termin am Kurfürstendamm und ihr Fahrer wartet, um sie dorthin zu bringen.

»Nun, Rosa, alte Leute erzählen gerne Geschichten«, sagt Elisabeth. »Manchmal leben wir ein wenig mehr in der Vergangenheit als in der Gegenwart. Ich hoffe, ich habe Sie nicht gelangweilt.«

»Oh, nein«, antworte ich. »Ich bitte Sie, mir beim nächsten Besuch zu erzählen, wie es weiterging.«

Sie lächelt. Elisabeths Offenheit berührt mich. Die Haut um ihre klaren braunen Augen ist von Lachfältchen durchzogen. So sieht ein Mensch aus, der sich von den Schicksalsschlägen in seinem Leben nicht unterkriegen ließ und den Glauben an das Gute nicht verloren hat.

»Ich bin sehr froh, dass Sie mich als Ihre Schneiderin ausgesucht haben«, sage ich leise. »Und ich hoffe, Sie werden mit meiner Arbeit zufrieden sein.«

Egal, wie viel ich den nächsten Wochen zu tun haben werde. Ich bin heilfroh, dass ich trotz anfänglicher Bedenken hergekommen bin.

Wir sprechen noch kurz über den Termin. Anfang März soll die Hochzeit sein. Beim nächsten Besuch werde ich meine Entwürfe mitbringen, zusätzlich Stoffmuster und natürlich mein Notizbüchlein für die Maße.

»Wunderbar, dass wir uns einig geworden sind. Bitte bereden Sie weitere Einzelheiten mit Christine«, sagt Elisabeth, als ich ihr zum Abschied die Hand reiche. »Sie finden sie wahrscheinlich in der Küche, wo sie unser Abendessen vorbereitet. Oder in der Bibliothek, wo sie bei einem guten Buch das Abendessen vergessen hat. Rosa, sagen Sie ihr, wenn Sie etwas brauchen und Christine wird Sie bei allem, was nötig ist, nach Kräften unterstützen.«

»In Ordnung.«

Die Küche zu finden, erweist sich als nicht einfach. Ich

irre planlos durch das große Haus, bis ich aus dem Untergeschoss ein Geräusch höre und kurz entschlossen die Treppe hinuntersteige. Dort finde ich die Gesuchte tatsächlich inmitten einer Küche, die groß genug ist, dass man locker eine Hundertschaft Gäste darin bekochen könnte. Die schmale Christine wirkt fast ein bisschen verloren darin.

Plötzlich dämmert mir etwas.

»Entschuldigen Sie …«, setze ich an. »Elisabeth hat mir ein bisschen von sich erzählt und sie sagte mir, dass die Schwester ihres Bräutigams … Also, sie hieß genauso wie Sie.«

Christine nickt. »Ich bin seit dem Sommer 1961 in Elisabeths Haus«, antwortet sie. »Ich arbeite für sie und wir sind Freundinnen. Was sie vor vielen Jahren für mich getan hat, werde ich ihr nie vergessen.«

Ich grübele, wie es kommen konnte, dass Viktors Schwester all die Jahre bei Elisabeth gelebt hat, er selbst hingegen offenbar nicht. Rätselhaft. Aber Christine frage ich lieber nicht. Sie wirkt um einiges zurückgenommener und kühler als ihre Chefin. Außerdem würde ich lieber mit Elisabeth selbst sprechen. Ich hoffe, dass es bald eine neue Gelegenheit geben wird.

Christine und ich tauschen unsere Handynummern aus. Ich erläutere ihr meinen ungefähren Zeitplan, wobei ich nun doch ein wenig ins Schwitzen komme. Schließlich will ich nicht nur eine königinnengleiche Hochzeitsrobe entwerfen und nähen, sondern ›ganz nebenbei‹ noch einen Modewettbewerb gewinnen. Sowohl der Wettbewerb als auch Elisabeths Hochzeitskleid sind absolute Herzensprojekte. Beiden muss ich volle Zeit und Aufmerksamkeit schenken. Das wird eine richtig große Herausforderung!

»Der liebe Gott schickt einem stets so viele Aufgaben, wie er einem zutraut«, behauptet meine Oma immer. Ich glaube, damit liegt sie richtig. Bisher habe ich jedenfalls immer geschafft, was ich mir zugemutet habe.

»Ich möchte das Kleid für Elisabeth spätestens Mitte Februar fertig haben. Bis dahin werde ich mehrmals herkommen, zuerst Maß nehmen und dann Anproben machen müssen. Die Termine stimme ich mit Ihnen ab?«, frage ich.

»Wir erwarten ungefähr 200 Gäste zur Trauung«, wechselt Christine plötzlich das Thema und mustert mich skeptisch. »Sie wissen, dass wir im Vorfeld absolute Zuverlässigkeit und Diskretion erwarten.«

Ich nicke. »Ich werde nichts ausplaudern«, versichere ich. »Sie können sich hundertprozentig auf mich verlassen.«

Jetzt lächelt Christine. »Ich bin sicher, Sie werden Ihre Sache gut machen. Elisabeth hat Sie nicht ohne Grund anderen Designerinnen vorgezogen.«

Ich schlucke und fühle mich unglaublich geehrt. »Hatte sie denn so viele Angebote?«

»Was denken Sie denn? Aber Viktor und Elisabeth waren begeistert von Ihren Kostümen, also haben die beiden im Internet recherchiert und Sie tatsächlich gefunden.«

»Sie hat es mir erzählt«, sage ich und bin erstaunt, wie sich manchmal große Dinge anbahnen, ohne dass man das klitzekleinste bisschen davon bemerkt. Sofern es sich um positive Überraschungen handelt, ist das ein schöner Gedanke.

»Sie arbeiten zurzeit im Wedding?«, fragt Christine und

wirkt ein wenig pikiert. »Das hat mich allerdings ziemlich überrascht.«

»Das ist richtig. Ich bin nicht mehr beim Theater«, antworte ich und übergehe ihre kleine Spitze. Steht irgendwo geschrieben, dass es im Wedding keine guten Schneiderinnen gibt? »Noch eine Formalität: Auf wen darf ich die Rechnung ausstellen?«

»Haben Sie etwas zum Schreiben?«

»Nein«, sage ich. »Ich denke, ich kann mir den Namen merken.«

Christine schmunzelt. »Elisabeth Amalie Josephine Charlotte Sophie, Gräfin zu Warmbrunn und Saal-Seefeldt. Ihre Mutter war die Nichte der Großcousine des letzten deutschen Kaisers.«

Heiliger Himmel! Ihre Namen reichen locker für vier Frauen. »Ähm ...« Ich hätte wohl doch mitschreiben sollen. Jetzt ist es zu spät. »Sie hat mir erlaubt, sie Elisabeth zu nennen.«

»Elisabeth Seefeldt«, sagt Christine. »Den Namen mag sie am liebsten und der reicht auch für die Rechnung.«

»Und wenn sie ihren Viktor geheiratet hat? Wie heißt sie dann?«

»Haiden.«

»Elisabeth Haiden. Das ist sehr schön.«

Als ich Minuten später das Haus verlasse, bin ich ziemlich benebelt. Ich kann nicht fassen, was für eine Welt ich gerade betreten habe.

Zwar habe ich bereits Kleider für viele Gelegenheiten genäht – für Bälle, ein Musical, ein Filmfest, eine Modenschau ... Vickis Brautkleid. Für große, kleine, dicke, dünne Frauen ...

Doch eine echte Gräfin mit gefühlten 25 Namen, die mit dem letzten deutschen Kaiser verwandt ist, zählte bisher nicht zu meinen Kundinnen. Mann oh Mann. Wenn ich das Jola und Margret erzähle ... die werden sich wieder mal die Hände reiben und einen Riesenspaß haben.

Gegenüber vom U-Bahnhof liegt ein kleines Bio-Landgut mit einem Hofladen, in dem man Milch, Brot, Eier und Gemüse kaufen kann.

Ich beschließe, mir ein bisschen die Beine zu vertreten. Um in die Werkstatt zu fahren, ist es für heute sowieso zu spät. Außerdem ist es herrlich, durch den frischen hohen Schnee zu laufen. Hinterher werde ich für Vicki und mich etwas Biogemüse und ein paar Kartoffeln einkaufen. Zunächst steuere ich trotzdem erst mal den kleinen Hofladen an, da mir ziemlich kalt ist. Um mich etwas aufzuwärmen, will ich mir einen Kaffee gönnen – und einen Schokoriegel dazu.

Vielleicht kommen mir beim Spaziergang die ersten Ideen für Elisabeths Kleid. Ich staune, dass sie selbst keine fest gefügte Vorstellung hatte, wie man es eigentlich von einer Braut erwarten würde. Stattdessen hat sie sich voll und ganz in meine Hände begeben. Dieses Vertrauen in meine Arbeit empfinde ich als großes Kompliment.

Ich finde, sie sollte auf jeden Fall nicht in einem weißen Tüllkleid à la Sahnebaiser heiraten wie eine junge Frau. Sie ist eine alte Dame mit Stil und Geschmack. Ein Kostüm ist ebenfalls nicht geeignet. Klar, eine richtige Braut *muss* einfach ein zauberhaftes Kleid anhaben. Meine Idee, stilistisch ein bisschen im repräsentativen Kleiderschrank der englischen Königin zu wildern, dabei jedoch eigene Akzente zu setzen, hat ihr gefallen.

Ich habe nie zuvor ein Hochzeitsoutfit für eine alte Dame entworfen, das wird eine Riesenherausforderung. Doch die nehme ich gern an, denn Schönheit und Romantik machen vor dem Alter nicht Halt. Elisabeth ›von und zu ich weiß nicht was‹ ist auf jeden Fall eine sehr besondere alte Frau.

Kaffee gibt es im Laden leider nicht, Süßigkeiten schon. Genüsslich wähle ich den großen Schoko-Nuss-Riegel aus und laufe los. Aus der Ferne höre ich Kinderlachen. Ich hatte mir eigentlich einen ganz einsamen Spaziergang im knöcheltiefen Schnee erträumt, um in Ruhe nachdenken zu können. Daraus wird nun nichts, denn Scharen von Kindern machen mit ihren Schlitten das Landgut unsicher. Aber egal! Mir geht's gut und irgendwo müssen die Stadtkinder sich schließlich austoben.

Ein kleines Mädchen mit roten Wangen und fröhlichem Lachen kommt angesaust. Es ist … ich glaube es nicht … Juli! Hinter ihr läuft Basti und wirft mit einem Schneeball.

Ist das ein toller Zufall! Ich bin wahnsinnig glücklich. So kann ich meinen beiden liebsten Menschen gleich von meinem faszinierenden Auftrag erzählen und nebenbei mit ihnen zusammen die Schokolade verputzen.

Ich hebe die Arme, um zu winken. Doch ehe ich mich bemerkbar machen kann, sehe ich, dass Basti nicht allein hinter Juli herläuft. Es ist eine Frau bei ihm.

Kein Drama, Rosa!

Oh doch, es ist ein verdammtes Drama. Denn diese Frau ist Marlene.

Das kann doch wohl nicht wahr sein!

Reflexartig haste ich hinter einen ausrangierten Traktor, der den Kindern zum Klettern und Spielen dient.

»Was machst du da?«, fragt ein etwa fünfjähriger Junge, der gerade eifrig am Lenkrad dreht und den eiskalten Schnee auf dem Sitz beherzt ignoriert.

»Pst«, mache ich und lege meinen Finger an die Lippen. »Verrat mich nicht. Ich muss mich verstecken.«

»Vor dem bösen Wolf?«

Ich nicke. »Ja … so ähnlich.«

»Ich schieß ihn tot.«

»Danke dir.«

Fieberhaft frage ich mich, was das Stelldichein von Basti und Marlene zu bedeuten hat. Ich weiß, dass die beiden sich seit Langem kennen. Vor Jahren sind sich Marlene und Eva Andrees, Bastis Mutter, bei Dreharbeiten begegnet und meine Kollegin hat ihr Kostüme geschneidert. Marlene und Basti sind miteinander ausgegangen (und ebenfalls miteinander ins Bett), aber das Ganze hatte sich ziemlich schnell erledigt. Sie hatten sich jahrelang nicht gesehen und erst als ich am Theater mit Marlene zusammengearbeitet habe, sind sie sich wieder über den Weg gelaufen. Basti hatte allerdings gesagt, dass er kein Interesse hat, den alten Kontakt neu aufleben zu lassen – weder freundschaftlich noch sonst wie. Und jetzt toben sie in schönster Eintracht mit Juli durch den Schnee?

Der Tag verliert schlagartig seinen Zauber.

Ich flehe zum Himmel, dass Juli nicht auf die Idee kommt, dem Jungen auf dem Traktor Gesellschaft zu leisten. Und dass Basti nicht in meine Richtung schaut, denn das Gefährt bietet lediglich eine unvollkommene Deckung.

Selbstverständlich könnte ich jetzt zu den beiden hinüberspazieren, Basti lang und besitzergreifend küssen und Marlene auf diese Weise klarmachen, wie die Verhältnisse sind. Aber dafür bin ich nicht locker genug. Im Gegenteil – das plötzliche Auftauchen der drei überfordert mich vollkommen.

Mein Herz klopft wie verrückt und es rast noch schneller, als ich sehe, wie Marlene sich lachend bei Basti einhakt. Sie sieht wie immer absolut hinreißend aus. Ihre wohlgeformten Beine stecken in engen Jeans. Dazu trägt sie fetzige Cowboystiefeletten mit Fransen, eine karierte weite Jacke und um ihr langes, schweres Haar hat sie einen weißen Strickschal gelegt. Eine wunderschöne Frau. Könnte direkt einem Modejournal entsprungen sein. Mit Basti im Arm, der ebenfalls nicht gerade hässlich ist, sind ihr die neidischen Blicke diverser Mütter sicher, die nicht halb so entspannt mit ihren Kindern durch den Schnee ziehen.

Die Tränen auf meinen Wangen sind heiß, als ich sehe, dass mein Freund Marlenes Nähe nicht zurückweist. Im Gegenteil. Er strahlt sie an wie ein verliebter Kater.

Ein paar Minuten später ist der Spuk vorbei.

Ich schenke dem kleinen Jungen meinen unberührten Schokoriegel und fahre deprimiert und tief enttäuscht zurück in den Wedding an meine Nähmaschine.

4. Kapitel

Turbulenzen und Konsequenzen

»Was wird das?«, fragt Vicki und guckt mir über die Schulter. »Hast du einen Auftrag für eine Grufti-Friedhofsparty?«

»Nee«, antworte ich und betrachte missmutig die schwarzen Kleider, die ich in der letzten Stunde entworfen habe.

»Das hier sieht sogar richtig gut aus«, stellt meine Freundin fest und legt mir eine Hand auf den Arm. »Aber das ist nicht für den Wettbewerb, oder? Ich bezweifle nämlich, dass kleine Mädchen von schwarzen Roben kombiniert mit Lederhandschuhen und Sicherheitsnadeln statt Nähten träumen.«

»Das sieht doch cool aus.«

Ein Kleid, das, wie Vicki richtig erkannt hat, nicht genäht, sondern von zahlreichen Nadeln und Nieten durchlöchert und nur von ihnen zusammengehalten wird, passt wunderbar zu meiner augenblicklichen Stimmung. Ist es nicht, wie meine Beziehung zu Basti: instabil und erschreckend düster?

Du übertreibst maßlos, Rosa!

Was hat er mit Marlene zu schaffen, während ich arbeite? Für mich hat er selten Zeit, mit meiner besten Feindin hingegen spaziert er eingehakt wie ein altes Ehepaar über die Äcker von Dahlem. Ich kann es nicht fassen.

Das hast du verdient! Habe ich das? Muss ich jetzt leiden, wie Basti gelitten hat, als ich Hals über Kopf mit Leo durchgebrannt bin? Vielleicht ist es das, was man ausgleichende Gerechtigkeit nennt.

Abgesehen davon: Warum muss ausgerechnet Marlene ständig durch mein Leben spazieren und mich nerven? Wie kann ich sie endlich loswerden? Ich habe keine Idee.

Und überhaupt: Warum ist dieser ganze Männer-und-Frauen-Beziehungskram vermint wie ein Schlachtfeld? Warum können zwei erwachsene Menschen nicht einfach … unkompliziert zusammen sein und eine Menge Spaß miteinander haben?

Wer liebt, ist unglaublich verwundbar. Empfindlich wie ein neugeborenes Baby. Unser Verstand versucht zwar, unser weiches Herz zu schützen und vieles abzublocken. Und wenn wir verletzt werden, tun wir so, als wäre alles lässig, und heulen nur im stillen Kämmerlein. Bloß keine Schwäche zeigen! Doch unser Herz lässt sich nicht austricksen. Es tut weh, wenn es Kummer hat – so wie meins gerade. Dagegen kann der kluge Kopf rein gar nichts machen. Abgesehen davon glaube ich, dass es besser ist, Gefühle zuzulassen und sie zu zeigen, als sie mit aller Macht zu unterdrücken.

Ich werde nicht schlau aus Basti. Spielt er ein doppeltes Spiel mit mir? Falls es mit mir wieder nicht klappt, hält er sich zur Sicherheit Marlene warm?

Nein und nochmals nein. Das passt nicht zu ihm. Ich weiß es, jetzt muss ich es nur noch glauben. Das ist nämlich ebenfalls ein heikler Punkt. Vertrauen! Wenn wir es haben, sind wir manchmal die Dummen, denn es gibt Menschen, die täuschen und hintergehen uns. Haben wir es jedoch nicht, sind wir erst recht arm dran. Was wäre das für ein entsetzliches Leben, in dem man sich nicht fallen lassen, glauben und vertrauen kann?

Ich sehe, dass Vicki mein Mienenspiel genau beobachtet. Sie steht geduldig da und wartet darauf, dass ich mit ihr rede. Ihr vertraue ich hundertprozentig.

»Ich habe Basti mit Marlene gesehen«, sage ich schließlich und wehre mich nicht, als eine klitzekleine Träne (na gut, es sind ein paar mehr) meine Wange hinunterläuft. »Sie sind zusammen spazieren gegangen. Juli war auch dabei.«

»Und … das gefällt dir nicht?«

Ich schüttele den Kopf. »Wie sollte es auch?«, jammere ich. »Ich habe dir doch erzählt, wie sehr ich unter Marlene gelitten habe am Musicaltheater. Und das Schlimme ist, ich werde diese Frau nicht mehr los. Ich habe den ganzen Theaterquatsch, ja, selbst Leo, hinter mir gelassen, doch Marlene klebt an mir wie Kaugummi an der Schuhsohle. Sie kommt beinahe jeden Tag in die Werkstatt. Natürlich macht sie ebenfalls bei dem ›Estelle‹-Wettbewerb mit, und jetzt hat sie sich anscheinend vorgestellt, dass wir uns zu guter Letzt noch Basti teilen könnten.«

Vicki schweigt und lässt mich reden. »Du dramatisierst«, sagt sie schließlich, nachdem sie mir ein Taschentuch gegeben und geduldig abgewartet hat, bis ich mir die Nase geputzt habe. »Und wenn du erst mal damit anfängst, ist es nicht mehr lange hin, bis du richtig in Stimmung bist und irgendein Chaos anrichtest.«

»Was soll ich denn sonst machen?«

»Ich schlage vor, dass du mal was Neues ausprobierst.«

»Und das wäre?«

»Nicht so viel Drama, nicht so viele Fantasien, sondern Basti direkt darauf ansprechen, was er mit Marlene auf dem Bauernhof zu suchen hatte, und dann die Konsequenzen seiner Antwort aushalten.«

»Was für Konsequenzen?«, frage ich erschüttert.

»Mensch, Rosa«, sagt Vicki. »Manchmal bist du immer noch eine kleine Prinzessin auf der Erbse.«

»Wieso?«

»Überleg mal, was du Basti vor ein paar Monaten angetan hast. Du hast ihn, wenn man so will, eiskalt abserviert. Er hatte nicht die geringste Ahnung, dass du mit Leo angebändelt hast. Es hat ihn umgehauen, und er wird noch viel Zeit brauchen, bis er das verarbeitet hat und dir wieder voll vertrauen kann.«

»Und *deshalb* latscht er mit Marlene herum? So nach dem Motto, was die kann, kann ich schon lange? Aber wenn das der Grund ist, wird es nie mehr gut zwischen uns!«

»Es wird wieder gut«, antwortet Vicki. »Es ist längst wieder gut. Ich bin sicher, dieser Spaziergang mit Marlene bedeutet rein gar nichts für eure Beziehung. Aber es gab da diesen gewaltigen Vertrauensbruch zwischen euch und die Folgen davon sind nun mal da. Die habt ihr an der Backe, sozusagen.«

»Und die werden wir nicht mehr los?«

»Das meine ich mit Konsequenzen. Wenn Basti für sich geschlussfolgert hat, dass er dir, selbst wenn ihr wieder happy miteinander seid, nicht mehr alles erzählen will, musst du das aushalten.«

»Konsequenzen sind scheiße«, sage ich und reibe mir die verheulten Augen.

»Deshalb ist es vielleicht nicht verkehrt, mal ein wenig

nachzudenken, bevor man sich in eine Sache hineinstürzt, die nicht unkompliziert ist«, sagt Vicki.

»Ich wär viel lieber wie du«, antworte ich.

Jetzt lacht meine Freundin. »Ach Rosa, meine schöne Predigt war nicht für dich alleine gedacht. Ich habe mich damit gleich selbst zur Ordnung gerufen.«

Vicki hat recht. Ich werde Basti direkt fragen, was sein Spaziergang mit Marlene zu bedeuten hatte. Doch was ist, wenn ich eine unangenehme Antwort bekomme? Halte ich echte Konsequenzen überhaupt aus?

Ach verdammt, Marlene könnte sich einfach in Luft auflösen. Das wäre mir ehrlich gesagt das Liebste. Ohne sie wäre mein Leben perfekt.

»Zwischen uns lag die Zonengrenze, doch das störte uns nicht.«

Heute ist wieder ein Besuch bei Elisabeth angesagt. Ich habe sie gebeten, während ich gründlich an ihr Maß nehme, mir weiter ihre Lebensgeschichte zu erzählen. »Wir hatten uns fünf Jahre lang ausschließlich schriftlich verständigt, jetzt konnten wir uns endlich wieder regelmäßig *sehen*!«

»Waren Sie sich nicht fremd geworden?«, frage ich. Ich stelle mir vor, wie sehr sich die beiden verändert haben müssen. Als sie getrennt wurden, waren sie Teenager gewesen, beim Wiedersehen über 20 Jahre alt. Wenn ich bedenke, dass man seinen Freund manchmal schon nach *einem Tag* nicht mehr kapiert, sind fünf Jahre echt eine Ewigkeit.

Elisabeth schüttelt den Kopf. »Wir hatten unsere Briefe, kannten all unsere Gedanken, Träume und Wünsche. Wir waren uns unglaublich nah. Und äußerlich? Sicher, Viktor hatte sich verändert, aus dem schmalen Jungen war ein kräftiger Mann geworden. Die harte körperliche Arbeit bei der Eisenbahn hatte ihm ordentlich Muskeln eingebracht. Was mich natürlich nicht gestört hat.«

Wir lachen.

»Und Sie?«

Elisabeth zeigt auf die Wand über ihrem Schreibtisch. »Ganz rechts«, sagt sie. »Das bin ich an meinem 22. Geburtstag.«

Das Porträt in Schwarz-Weiß zeigt eine junge Frau mit blonden gelockten Haaren und leuchtenden Augen. Ein feines Lächeln liegt auf den vollen Lippen. Die schmale Nase und die hohen Wangenknochen runden das Bild einer schönen jungen Frau ab.

»Sie sehen toll aus«, sage ich aufrichtig. Und damit meine ich nicht allein das Foto aus ihrer Jugend. Elisabeth ist noch heute eine wunderschöne Frau. Falten und weißes Haar können einem Menschen nichts von seiner Attraktivität nehmen, wenn er eine einzigartige und lebensbejahende Ausstrahlung hat.

»Haben Sie sich denn oft getroffen?«, frage ich.

»So oft wie möglich«, antwortet Elisabeth. »Viktor war mittlerweile Lokführer. Das war von Anfang an sein Ziel gewesen, als er bei der Eisenbahn angefangen hatte. Gelegentlich, wenn er für die Alliierten Züge von Helmstedt nach Westberlin brachte, trafen wir uns in Lichterfelde West, Grunewald oder Charlottenburg.«

»Für die Alliierten?«

»Durch die DDR durften damals nur ostdeutsche Lokführer fahren, denn ihre westdeutschen Kollegen hatten dort keine Streckenkenntnis. Auf diese Weise kam Viktor regelmäßig nach Westberlin.«

Ich versuche, mir das Berlin der 50er-Jahre vorzustellen. Die Stadt war gezeichnet von den Wunden des Krieges, zusätzlich unterteilt in vier Sektoren. Ost- und Westberlin. Eine Aristokratin und ein einfacher Eisenbahner aus Potsdam, die sich lieben. Er im Osten, sie im Westen. Es gibt Paarkonstellationen mit weniger Hindernissen.

»Ich lebte nach meiner Rückkehr aus dem Saarland nicht mehr in der Villa am Wannsee, sondern bezog eine kleine Wohnung in Charlottenburg. Meine Eltern waren nicht sehr glücklich darüber, trotzdem ließen sie mich gewähren. Wahrscheinlich gingen sie davon aus, dass mir das einfache Leben bald nicht mehr genügen und ich zurückkommen würde.«

»Gaben sie Ihnen kein Geld?«

»Ich wollte keins«, antwortet Elisabeth. »Jedenfalls nicht geschenkt. Ich wollte selbstständig sein, ihnen keine Möglichkeit mehr geben, mich finanziell unter Druck zu setzen. Ich wollte wie Viktor sein, der hart arbeitete, seit er ein kleiner Junge gewesen war, aber frei war.«

»Frei?«, frage ich vorsichtig und denke darüber nach, wie mies es mir gegangen war, als ich nach der Lehre keinen Arbeitsplatz gefunden hatte. »Wenn man wenig oder kein Geld hat, ist man nicht frei.«

»Wenn man vom Geld der Eltern lebt, wie viel es auch sein mag, ist es man es ebenfalls nicht«, antwortet Elisabeth nachdenklich. »Ich hatte die Nase voll davon, eine arme reiche Prinzessin zu sein. Schließlich hatte ich eine

Handelsschule besucht und konnte arbeiten – auch wenn meine Eltern den Kopf über mich schüttelten. Ich fand eine Anstellung bei Siemens, verdiente mein eigenes bisschen Geld und brauchte, weil ich bescheiden lebte, keine Unterstützung von ihnen.«

Während ich mir Elisabeths Maße in mein Notizbuch schreibe, grübele ich darüber nach, wie seltsam das Leben doch ist. Meine ganze Kindheit habe ich davon geträumt, eine Prinzessin zu sein – ein superverhätscheltes Girlie auf der Erbse mit einem Kleiderschrank vom Ausmaß eines Ozeandampfers. Den ganzen Tag schminken, shoppen und nix tun – von gelegentlichen Besuchen im Reitstall, bei der Kosmetikerin und im Fitnessstudio mal abgesehen. Und jetzt erzählt mir eine echte, wohlgeborene Gräfin, dass sie genau das *nicht* hatte sein wollen, sondern lieber eine Bürokraft, die morgens um sechs mit einer Thermoskanne voll Kaffee und Butterstullen in der Aktentasche in die Firma geht. Soll mal einer sagen, dass die Welt nicht verrückt ist.

»Aber irgendwann sind Sie zurückgegangen?«

Eine derartig große Villa im besten Viertel Berlins ist mit dem Gehalt einer Sekretärin nicht mal drin, wenn man 24 Stunden an 7 Tagen die Woche arbeitet.

»Immer der Reihe nach, meine liebe Rosa«, sagt Elisabeth freundlich. Sie genießt es sichtlich, mich auf die Folter zu spannen. »Ich stellte meine Eltern auf eine harte Probe. Auch wenn sie beharrlich das Gegenteil prophezeiten – mein Leben gefiel mir. Ich genoss in vollen Zügen, endlich selbstständig zu sein. Sooft es ging, traf ich Viktor. Niemand verbot uns unsere Beziehung. Meine Familie ging wohl davon aus, dass wir einander längst aus den Augen verloren hätten.«

»Ging das denn, dass Sie beide ohne Trauschein zusammenlebten?«

Ich erinnere mich daran, wie meine Oma von den prüden und stockkonservativen 50er-Jahren erzählt hat. Die sogenannte ›wilde Ehe‹ wurde erst im nächsten Jahrzehnt erfunden.

»Nein. Das konnten wir nicht. Viktor musste in Potsdam bleiben. Er hatte nach dem Tod der Tante die alleinige Verantwortung für Christine und seinen jüngeren Bruder, die beide noch die Schule besuchten, und ihm wäre nie in den Sinn gekommen, sie zu vernachlässigen. Gelegenheiten für etwas Zweisamkeit fanden sich dennoch und die wussten wir durchaus zu nutzen.«

Um ihre Lippen spielt ein feines Lächeln. Anscheinend konnte man selbst in den prüden Fifties seinen Spaß haben.

Ernst wurde es erst, als Elisabeths Eltern beschlossen, ihre Tochter hätte nun genug vom einfachen Leben gehabt, und ihr einen *Bräutigam* präsentierten. Und wie praktisch: Der Erwählte, Karl Johann (selbstverständlich ebenfalls ein von und zu), hatte soeben eine leitende Position bei Siemens übernommen und machte ihr fortan eifrig den Hof.

»Ich mochte Karl«, erzählt Elisabeth. »Er war ein ruhiger, besonnener Mann, beinahe 20 Jahre älter als ich. Bei Kriegsende hatte er seine erste Frau verloren. Seine zwei Kinder sollten wieder eine Mutter bekommen. Aufgrund meiner Selbstständigkeit und Charakterstärke hielt er mich wohl für die geeignete Person, seinen Haushalt zu führen und seine Halbwüchsigen zu bändigen.«

Ich lächle und vermute im Stillen, dass eben jene Charakterstärke dafür gesorgt hat, dass die beiden *nicht* heirateten.

»Im Frühjahr 1957 spitzte sich die Situation zu und wurde überaus unangenehm. Ich konnte Karl, der das wirklich nicht verdient hatte, nicht länger hinhalten und vertrösten. Deshalb beschloss ich, vollendete Tatsachen zu schaffen und bat Viktor, mich heimlich zu heiraten. Ich plante gleich nach unserer Trauung, zu ihm und seinen Geschwistern nach Potsdam überzusiedeln.«

»In die Ostzone?«

»Ich hatte keine andere Wahl und wäre wohl auf den Mond gezogen, um endlich bei meinem Geliebten zu sein und das Versteckspiel aufzugeben. Im Grunde war es eine fürchterliche Situation. Für Karl Johann musste ich mir beinahe täglich neue Ausflüchte einfallen lassen, warum ich ihn nicht treffen, nicht mit ihm ausgehen, geschweige denn ihn heiraten wollte. Er tat mir leid und ich hasste das Doppelspiel. Die Wahrheit konnte ich ihm jedoch nicht sagen, denn dann hätten es meine Eltern erfahren und Himmel und Hölle in Bewegung gesetzt, um mich und Viktor auseinanderzubringen.«

»Die Wahrheit zu sagen, ist sauschwer«, sage ich nachdenklich, während ich mir vorstelle, was Elisabeth für einen Stress gehabt haben muss. »Das war offensichtlich schon immer so und hat sich bis heute nicht geändert.«

»Es ist nicht nur sauschwer«, bestätigt die alte Dame meine saloppe Aussage. »Es ist manchmal schlichtweg falsch. Um es klar zu sagen: Ich bin natürlich der Meinung, dass Ehrlichkeit eine Grundvoraussetzung im zwischenmenschlichen Umgang ist, aber man sollte für Enthüllungen von großer Tragweite unbedingt den richtigen Moment abwarten.«

»Haben Sie's also doch gesagt?«

»Ich nicht«, antwortet Elisabeth. »Aber Viktor. Er war schon immer eine – verzeihen Sie den Ausdruck, Rosa – verflucht ehrliche Haut und glaubte, er könne meine Eltern mit unserer Liebesgeschichte beeindrucken, die immerhin eine fünf Jahre währende Trennung überdauert hatte. Er stand einen Tag vor unserem Hochzeitstermin mit einem Blumenstrauß für meine Mutter in der Hand vor der ihm wohlbekannten Villa.«

»Nein!«

»Doch!«

»Ich fasse es nicht.«

Elisabeth lacht leise. »Sie haben einen Sinn für dramatische Geschichten, Rosa«, sagt sie und reibt sich die Hände.

Wie sehr sie den Nagel damit auf den Kopf getroffen hat, kann sie nicht wissen, vor allem wenn es darum geht, Dramen in meinem eigenen Leben zu produzieren. Aber ihre Story ist besser als alle Turbulenzen, in denen ich bisher gesteckt habe.

Es klopft an der Tür. Nik kommt herein und verhindert mit seinem Auftritt, dass ich das Ende des Dramas erfahre. Elisabeth müsse zu einem Termin, und zwar umgehend, erinnert er sie.

Die alte Dame verabschiedet sich herzlich, während ich mich entkräftet auf einen Stuhl plumpsen lasse. Wenn ich einen Hang zu Dramen habe, hat sie einen zu gekonnten Abgängen. Ich kann es kaum erwarten, wiederzukommen.

Beim nächsten Besuch werde ich einige Entwürfe im Gepäck haben und Elisabeth hoffentlich den Ausgang dieser törichten Aktion von Viktor.

»Ihre Großmutter ist der Hammer«, sage ich zu Nik, nachdem ich fahrig meine Siebensachen zusammengesucht und in die Handtasche gestopft habe. Er begleitet mich hinaus. Im Flur wartet der große Landseer auf ihn und springt freudig an ihm hoch.

»Da will jemand Gassi gehen«, sage ich lachend. Ich achte darauf, meine Worte klar zu artikulieren. Mein Opa hatte ebenfalls ein Hörgerät. Er war im Alter schwerhörig geworden und hat mir beigebracht, dass es in Gegenwart hörgeschädigter Menschen nicht nötig ist, herumzubrüllen. Es genügt, laut und deutlich zu sprechen.

»Begleiten Sie uns ein Stück, Rosa?«, fragt Nik und legt seinem Hund eine Leine an. »Wir gehen gern auf dem nahe gelegenen Landgut spazieren.«

»Unbedingt«, antworte ich und freue mich aus zwei Gründen sehr über das Angebot. Erstens: Nik ist mir ausgesprochen sympathisch. Und zweitens: Für den Fall, dass sich dort mein Freund wieder mit Marlene herumdrückt, habe ich dieses Mal ebenfalls einen Begleiter dabei. Einen echten Grafen! Ätsch!

Während ich das denke, zeige ich mir selbst innerlich einen Vogel. *Du spinnst, Rosa!*

Heute Abend kommt Basti. Dann werde ich Vickis Rat befolgen, mich auf das unbequeme Terrain der Ehrlichkeit und der Konsequenzen begeben und ihn fragen, was sein Bummel mit Marlene nun eigentlich zu bedeuten hatte.

Während ich an Nikolaus' Seite durch den Schnee stapfe, wird mir klar, wie spannend Elisabeths Geschichte noch werden wird. Wenn sie einen Enkel hat, muss sie schließlich Kinder haben (wenigstens eins). Doch sie hat selbst gesagt, dass sie nie verheiratet war. Also ein uneheliches Kind irgendwann in den 50er- oder 60er-Jahren? Das war bestimmt ein Riesenskandal!

Ich muss sagen, mein neuer Auftrag ist rundherum völlig nach meinem Geschmack!

»Hey, Basti! Hallo, Süße!«

Juli hüpft mir in die Arme und drückt mich. Über das Kind hinweg geben Basti und ich uns einen Begrüßungskuss. Er strahlt mich an. Ich versuche, in seinem Gesichtsausdruck irgendeinen Hinweis auf Distanz oder Kühle zu finden. Da ist nichts.

Mein aufgeregt pochendes Herz beruhigt sich ein wenig.

Princess, die mir in der Küche beim Gemüseschneiden Gesellschaft geleistet hat, gesellt sich schwanzwedelnd dazu.

»Prinzi!«, schreit Juli glücklich und rutscht von meinem Arm. »Meine süße, allerliebste Prinzi-Prinzessin!«

Schon kugeln sich die beiden auf dem Fußboden. Juli darf mit unserer Hündin alles machen, die beiden sind ein Herz und eine Seele.

Vicki kommt aus ihrem Zimmer, um unseren Besuch zu begrüßen. Sie hat wieder ihre hübschen Kirschbäckchen und sieht mit ihrem kleinen Kugelbauch dermaßen hinreißend aus, dass es kaum zu fassen ist.

»Wollen wir eine Runde mit ihr drehen?«, fragt sie Juli.

Die Kleine nickt begeistert. Ich atme erleichtert auf, denn das gibt mir Gelegenheit, Basti gleich auf Marlene anzusprechen und nicht warten zu müssen, bis Juli schläft.

Als die drei weg sind, gehen Basti und ich in die Küche. Ich schnippele nervös an einer Möhre herum, während er kurz von seinem Tag im Krankenhaus berichtet.

»Ich habe dich mit Marlene gesehen!«, platze ich heraus, als Basti kurz Pause macht und zum Kühlschrank geht, um sich ein Glas Orangensaft einzugießen.

Er sieht mich kurz überrascht an und antwortet dann locker: »Das wäre mein nächster Punkt gewesen.«

»Ach ja?«

»Ja, ich wollte mit dir über sie reden.«

»Ach so?«

»Wo hast du uns denn gesehen?«, fragt er.

»In Dahlem. Beim Schlittenfahren mit Juli.«

»Du warst dort? Und warum hast du uns nicht angesprochen?«

»Ich war total verwirrt, weil … weil ich nicht wusste, was ich davon halten soll, dass du mit ihr und Juli … Ihr saht scheißvertraut miteinander aus! Dabei habt ihr euch doch jahrelang nicht gesehen.«

Er setzt sich zu mir an den Tisch und nimmt meine Hand. »Lass mal die arme Möhre und hör zu«, sagt er ruhig. »Marlene rief mich neulich an. Sie war total verheult und brauchte dringend jemanden zum Reden, und da ich Juli einen Ausflug versprochen hatte, habe ich Marlene gefragt, ob sie nicht einfach mitkommen will, um sich etwas abzulenken.«

Was er erzählt, klingt vollkommen harmlos. Basti sieht aus wie ein Mann mit reinem Gewissen. Na, wenn das die Konsequenzen sind, von denen Vicki gesprochen hat, kann ich gut damit leben.

»Was war denn los mit ihr?«, frage ich. Marlene verheult? Ich denke kurz nach. »Als ich euch beide gesehen habe, sah sie eher wie das blühende Leben aus! Außerdem frage ich mich, warum sie ausgerechnet dich anruft.

Hat sie sonst keinen zum Quatschen?« Mein Misstrauen ist noch nicht beseitigt.

»Ich weiß nicht, wie gut ihr euch kennengelernt habt, als ihr zusammengearbeitet habt«, sagt Basti und überhört meine kleine Spitze. »Marlene ist kein einfacher Mensch.«

Mir rutscht ein undefinierbares Geräusch heraus – irgendetwas zwischen Belustigung und Entsetzen. Mein Freund schaut mich irritiert an.

»Es ist nur …«, sage ich. »Mann, das hast du echt vornehm ausgedrückt!«

Er guckt mich belustigt an.

»Ich finde sie fürchterlich«, ergänze ich beherzt, weil ich doch ab sofort immer ehrlich sein will. »Und ich hoffe inständig, dass du dich nicht häufiger mit ihr triffst. Sie ist zwar bescheuert, aber gleichzeitig eine irre schöne Frau, und ich habe Panik, dass sie dich noch einmal verführt.«

»Wow!«, sagt Basti grinsend. »Auf die Idee bin ich bisher nicht gekommen. Aber jetzt, wo du es sagst …«

Ich drohe ihm scherzhaft mit der Klinge von meinem Gemüsemesser.

»Ganz ehrlich, Rosa, was Marlene sucht, ist kein Mann. Wie du weißt, liebt sie seit einer Ewigkeit diesen Leo und wird wohl noch Jahre auf ihn warten. Was sie sucht, ist eine Freundin, und da hat sie auch schon eine ganz bestimmte Vorstellung.«

»Na, wie schön für sie. Die Auserwählte tut mir echt leid.«

»Rosa …«

»Mmh?«

»Sie will mit *dir* befreundet sein!«

»Das ist ein Scherz, oder?«

Er schüttelt den Kopf. »Nicht dass ich wüsste. Sie hat mir erzählt, dass sie sich sehr um dich bemüht, du aber ziemlich abweisend bist.«

Ich starre Basti entgeistert an. Plötzlich muss ich lachen. »Du willst mich veräppeln, nicht wahr? Marlene will mit mir befreundet sein? Dass ich nicht lache! Es gibt keinen Menschen, der im letzten Jahr so ätzend zu mir war wie sie, ausgenommen vielleicht Lila, als sie mir Rob ausgespannt und mich aus der Wohnung geschmissen hat. Und du willst mir weismachen, dass sie mich mag?«

»Ich sagte ja, sie ist nicht einfach. Frag Margret. Die kann dir ein paar Storys aus ihrer Kindheit erzählen, da wundert dich nichts mehr. Als ich … Als wir … Also, als wir vor einigen Jahren zusammen waren, da habe ich sie genauso erlebt wie du. Teilweise arrogant und herrisch, dann wieder verletzlich wie ein kleines Kind. Sie ist einsam, Rosa, weil sie sich keinem richtig öffnen kann.«

Margret hat genauso von ihr gesprochen. Und sie ging ebenfalls davon aus, dass es für Marlene heilsam wäre, eine Freundin wie mich zu haben. Früher kriegten die Frauen Ehemänner vermittelt, heute anscheinend Freundinnen.

»Marlene kann nicht meine Freundin sein«, sage ich ein bisschen verzweifelt, denn natürlich tut sie mir leid. »Ich mag sie nicht. Ich kann mit dieser sprunghaften, ätzenden Art nicht umgehen.«

»Außerdem hat sie ihren Job verloren …«

»Menno, Basti«, jaule ich auf. »Was denn noch? Ist sie todkrank?«

»Nicht dass ich wüsste, aber suizidgefährdet, wenn sie nicht langsam eine Freundin …«

Ich schmeiße das Küchenhandtuch nach ihm. Sozialtante Rosa greift ein. Vielleicht sollte ich eine Realityshow daraus machen …

Einerseits fühle ich mich geschmeichelt, dass ich als vertrauenswürdige, ja, beinahe heilsame Person angesehen werde. Andererseits bin ich komplett überfordert und habe eigentlich keine Lust, so zu tun, als sei Marlene eine meiner Freundinnen.

Basti nimmt das Küchentuch, legt es mir um den Hals und zieht mich damit zu sich.

»Müssen wir jetzt weiter über Marlene reden?«, frage ich zwischen zwei Küssen atemlos.

»Natürlich nicht«, antwortet er.

Und dann gibt es für eine Weile nur noch ihn und mich.

Das Kleid ist rot. Knallrot. Ein Traum aus schwerer Seide, die sich kühl und unendlich weich um den Körper schmiegt. Ein kurzärmliges Oberteil mit einem Rock, der direkt unter der Brust ansetzt und sich dann weitschwingend bis auf den Boden ergießt, hinten ein bisschen länger als vorn, sodass es wie eine kleine Schleppe aussieht. Der klassische Empireschnitt – vollendete Weiblichkeit und für beinahe jede Figur tragbar und schmeichelnd.

»Unglaublich!«, ruft Margret begeistert, als ich das fertige Kleid auf die Schneiderpuppe ziehe.

»Ist wunderschön«, bestätigt Jola.

Ich habe mal wieder Tränen in den Augen. Prinzessinnenkleider machen mich sentimental. Sie sind zu schön, um wahr zu sein.

Die Türglocke klingelt und Marlene steht im Laden. Am liebsten würde ich mich vor mein Kleid werfen, damit sie es nicht sieht, aber dann fällt mir ein, was Basti mir erzählt hat. Also reiße ich mich zusammen und begrüße Marlene mit einem Lächeln. Sie ist schnell wie der Blitz an der Schneiderpuppe und umkreist meine Arbeit mit neugierigen Blicken.

Mir geht durch den Kopf, wie fantastisch sie in dem Kleid aussehen würde. Es ist wie gemacht für ihren langen, schlanken Körper. Das werde ich ihr allerdings bestimmt nicht sagen. Wahrscheinlich weiß sie es sowieso selbst.

Sollte es tatsächlich stimmen, was Basti gesagt hat? Dass Marlene (diese bildschöne Traumfrau) eine einsame, arbeitslose und unglückliche junge Frau ist, die nie gelernt hat, Gefühle zuzulassen?

Plötzlich wird mir warm ums Herz. Ich bin eben doch eine Sozialtante. Keine Ahnung, wie ich dazu geworden bin, aber ich bin im Gegensatz zu Marlene immer geliebt worden, zuerst von meinen Eltern, meinen Großeltern, meiner Schwester. Ich hatte jederzeit Freundinnen und Freunde. Mein Leben war im Gegensatz zu Marlenes Dasein von Wärme und Herzlichkeit geprägt.

Das Glück ist das Einzige, was sich verdoppelt, wenn man es teilt. Das hat Albert Schweitzer mal gesagt und ich fand diese Aussage so überzeugend, dass ich sie mir gemerkt habe. Von meinem Glück gebe ich herzlich gern etwas ab.

»Willst du es mal anziehen?«, frage ich also und schaue Marlene aufrichtig an.

»Ist das dein Ernst?«

Marlene fällt beinahe die Kinnlade herunter und Margret und Jola schauen mich erstaunt an. Sie wissen, wie eigen ich normalerweise mit meiner Arbeit bin. Ich nicke, übervoll von Liebe und selig vor Glück.

»Ja, würde ich gern«, antwortet Marlene und schaut weiterhin skeptisch. »Für wen ist es?«

»Für die ›Estelle‹«, antworte ich wahrheitsgemäß.

»Du nähst die Sachen schon?«

»Nein, nicht alle«, antworte ich. »Nur einzelne Probestücke, um zu sehen, ob das Konzept funktioniert, das ich mir überlegt habe.«

»Und, funktioniert es?«

»Ich denke schon! Wie weit bist du mit deiner Kollektion?«

»Fertig entworfen«, sagt Marlene, während sie ihre Jacke auszieht und sie über einen Stuhl hängt. Anschließend betrachtet sie noch einmal intensiv das Kleid auf der Schneiderpuppe.

»Hast du sie schon abgeschickt?«, frage ich.

»Nein. Es ist ja noch eine Weile Zeit. Wer weiß, was mir noch in den Sinn kommt.«

»Das kenne ich«, sage ich lachend. »Im Grunde ist man bis zum Schluss nicht zufrieden.«

Marlene hat unterdessen ihre Musterung beendet und setzt sich mir gegenüber an die Nähmaschine. »Dein Kleid sieht super aus.«

»Findest du?«

»Ich würde es nicht sagen, wenn es nicht ehrlich gemeint wäre.«

»Danke!« Ich freue mich über Marlenes Kompliment. »Hast du Zeit heute? Dann könntest du mal mit zu mir zum Kaffee kommen.«

»Bist du sicher?«, fragt Marlene und schaut mich überrascht an.

»Ich würde es nicht sagen, wenn es nicht ehrlich gemeint wäre.«

Wir lachen.

Ich sehe, wie Jola und Margret sich zuzwinkern. Plötzlich fühlt es sich gut an, nett zu Marlene zu sein. Ein klitzekleines warnendes Stimmchen ist da in mir drin, doch ich überhöre es. Ich werde Marlene probeweise in mein Leben hineinlassen. Verlieren kann ich dabei nichts, nur eine Freundin dazugewinnen.

Nachdem Marlene mein Kleid anprobiert hat (sie sieht umwerfend darin aus), sitzt sie den Rest des Tages ziemlich still an Margrets Nähmaschine (die nun endlich Zeit für lange aufgestauten Papierkram hat) und arbeitet konzentriert. Ich bin nicht böse deswegen, denn so kann sie nichts Falsches oder Ruppiges von sich geben, was meinen Entschluss, ihr als Freundin eine Chance zu geben, gleich wieder ins Wanken bringen würde.

Schließlich fahren Marlene und ich zu mir nach Hause. In der U-Bahn taut sie plötzlich auf und fängt an, von unserer gemeinsamen Zeit am Theater zu schwadronieren, als wäre sie wunderbar gewesen. Na ja, wenn sie es unbedingt so sehen will. Bitte schön. Vielleicht habe ich auch manche ihrer Sprüche etwas zu persönlich genommen.

Als ich die Wohnungstür aufschließe, kommt mir Princess entgegengesprungen, stoppt jedoch, als sie sieht, dass ich nicht allein bin. Ich kraule ihr weiches Fell.

»Guck mal, Süße, ich habe Besuch mitgebracht. Das ist die Marlene.«

Obwohl ich Princess des Öfteren mit in die Werkstatt

nehme, sind sich die beiden bisher nicht begegnet. Marlene hockt sich hin und streichelt unsere Hündin. Princess hält still, guckt mich jedoch mit großen Augen an, als wollte sie fragen: »Muss das sein?«

Vielleicht täusche ich mich, glücklich scheint sie nicht über den Besuch zu sein. Womöglich ist sie eifersüchtig, denn normalerweise nehme ich mir nach der Arbeit Zeit für einen Spaziergang mit ihr. Heute ist jedoch Kaffeetrinken mit Marlene angesagt. Princess muss warten. Als sie mit der Leine im Maul antrabt, vertröste ich sie auf später. Enttäuscht läuft sie in mein Zimmer und legt sich dort auf den Fußboden.

»Schön wohnst du hier.« Marlene lässt ihre Blicke schweifen. »Echt hochherrschaftlich.«

Seit ich Elisabeths Haus kenne, weiß ich, was wirklich hochherrschaftlich ist, aber Vickis Wohnung ist natürlich ebenfalls ein Hammer.

»Ich bin Untermieterin«, erzähle ich. »Die Wohnung gehört meiner Freundin Vicki. Du hast sie bei der Musical-Premiere kennengelernt.«

Ich erinnere mich, dass die beiden sich auf der Feier kurz die Hand geschüttelt haben. Muss bei Gelegenheit mal Vicki fragen, ob sie Marlene sympathisch fand.

Ich bitte Marlene, sich zu setzen, während ich mit unserem schicken roten Automaten zwei Latte macchiato aufbrühe. Amaretti und Karamellsirup dazu, fertig ist eine nette kleine Kaffeetafel.

Wenig später sitzen wir zusammen in der Küche und quatschen. Ich wollte sie schon lange fragen, wie ihre Ausbildung an der Design- und Kunsthochschule in London abgelaufen ist. Wenn wir sonst nicht viel gemeinsam haben, wir teilen immerhin unsere Modeleidenschaft. Ein Gespräch darüber scheint mir (im Gegensatz zu einigen anderen Themen) ein unvermintes Terrain zu sein.

Marlene erzählt begeistert.

Ich brühe uns einen weiteren Kaffee auf.

»Hast du deine Kollektion fertig gezeichnet?«, fragt Marlene.

Dass wir, nachdem Marlene eines meiner Kleider gesehen hatte, noch einmal auf den Wettbewerb zu sprechen kommen, habe ich insgeheim erwartet und mir zurechtgelegt, wie ich reagieren würde. Offenherzig, wie sonst?

Ich habe 30 Kleider entworfen. Sollte ich sie präsentieren dürfen, werden die Zuschauer eine faszinierend bunte Show erleben – eine Rückkehr zu den Kinderträumen so mancher – eine Parade von zarten Feen, opulent ausstaffierten Prinzessinnen, verschleierten Orientalinnen aus 1.000 und einer Nacht, kunterbunten Harlekins, glitzernden Schneeköniginnen und prächtigen Paradiesvögeln. Es ist vielleicht ein bisschen verrückt, was ich da kreiert habe, ich stehe jedoch hundertprozentig dahinter. Das bin ich, Rosa Redlich, einfach Rosa, und das ist meine Mode!

»Möchtest du sie sehen?«, frage ich.

»Gerne«, antwortet Marlene und schaut mich, einmal mehr an diesem Tag, ungläubig an.

Ich weiß, Vicki würde mir einen Vogel zeigen. (»Das ist deine *Konkurrentin,* Rosa!«) Aber ich sehe das nicht so. Marlene und ich haben einen vollkommen unterschiedlichen Geschmack. Sie würde niemals eine Märchenkollektion schneidern. Das ist einfach nicht ihr Stil.

»Ich hol mal meine Mappe«, sage ich und gehe in mein Zimmer.

Marlene sagt keinen Ton und rührt ihren zweiten Kaffee nicht an, bis sie meine Zeichnungen zu Ende durchgeguckt hat.

»Unglaublich«, sagt sie.

Unglaublich gut? Oder unglaublich schlecht?

Eigentlich sollte mir ihre Meinung egal sein. Denn *ich* bin überzeugt von meinen Entwürfen. Trotzdem ist sie mir nicht gleichgültig, denn Marlene ist eine klasse Modemacherin. Ich merke, dass mir ihr Urteil etwas bedeutet.

»Gefallen sie dir?«

»Es ist ein tolles Gesamtkonzept«, sagt sie und nimmt endlich einen Schluck von dem Kaffee. »Von den Kleidern über die Frisuren, das Make-up und die Accessoires ... Es stimmt alles, es passt alles. Ich habe selten ein Talent gesehen wie dich. Leo hatte gar keine andere Wahl, als dich ans Theater zu holen.«

»Danke«, hauche ich. »Ich bin sicher, dass deine Kollektion auch ganz toll ist.«

Sie lächelt. »Sie ist völlig anders. So wie wir zwei vollkommen unterschiedlich sind.«

»Das habe ich mir gedacht«, antworte ich. »und ich finde, das ist gut so.«

Marlene rührt nachdenklich in ihrem Kaffee herum.

»Jemanden wie dich habe ich noch nie getroffen«, sagt sie kopfschüttelnd. Unvermittelt guckt sie mir direkt in die Augen. »Du bist entweder unglaublich mutig oder unglaublich blöd«, fährt sie fort, ohne mit der Wimper zu zucken.

Ah ja, da ist sie wieder, Marlene, wie ich sie kenne und nicht ausstehen kann. Es war wohl doch ein Fehler, sie mit zu mir zu nehmen und ihr meine Entwürfe zu zeigen.

Hat sie recht? Bin ich blöd, weil ich ihr einen Moment lang vertraut habe?

Mir wird plötzlich ganz heiß.

»Wie darf ich das verstehen?«, frage ich und versuche, cool auszusehen.

Sie springt auf und tigert durch die Küche, während sie redet. »Du traust dich was, verdammt noch mal! Du schneiderst unglaublich geile Klamotten, dabei hast du keine Modeschule von innen gesehen. Du kriegst einen Wahnsinnsjob, obwohl du nie zuvor ein Theater betreten hast. Zum Teufel, du wirst auch diesen Wettbewerb gewinnen, denn man kann gar nicht anders, als deine verdrehte Art toll zu finden.«

Wenn die wüsste, dass ich gerade schon wieder einen Exklusivauftrag an Land gezogen habe! Ich werde es ihr lieber nicht erzählen. »Und weshalb findest du mich nun blöd?«, frage ich einigermaßen verwirrt.

»Entschuldige«, sagt sie und errötet. »Das ist mir so herausgerutscht. Ich finde dich gar nicht blöd, aber du stellst mit deiner Art alle Regeln auf den Kopf, nach denen unsere Welt sonst funktioniert. Erst kommt A und dann kommt B. So ist das nun mal – nur bei dir nicht. Du nimmst die gewaltigsten Hürden, als wäre es ein Kinderspiel.«

»Du übertreibst«, sage ich energisch. »Und gehst anscheinend davon aus, mir würde alles in den Schoß fallen.«

»So sieht es aus!«

»So ist es aber nicht!«, widerspreche ich. »Du solltest wissen, wie kompliziert die letzten Monate für mich waren. Wie sehr ich kämpfen musste, um im Theater nicht unterzugehen und mich nicht bis auf die Knochen zu blamieren.

Du weißt genau, wie viele Fehler ich gemacht habe. Nicht nur auf der Arbeit, auch im Privaten. Ich habe meine Beziehung zu Basti zerstört. Sie wiederaufzubauen, ist schwer, und an manchen Tagen habe ich furchtbare Angst, dass ich alles kaputtmache, was ich anfasse. Wenn du behauptest, dass alles für mich ein einziges Kinderspiel ist, dann bist du es, die blöd ist.« So, das musste raus.

»Ich habe mich doch bei dir entschuldigt«, sagt sie und zuckt die Schultern.

»Wenn ich Kleider entwerfe, aber auch sonst ... im normalen Leben ... Ich versuche, einfach *ich selbst* zu sein. Ich lasse alles zu, was an Gefühlen, Träumen und Fantasien in mir entsteht. Und mit einem liegst du richtig: Manchmal kommt das B dann vor dem A.«

»Du entscheidest alles mit deinem Herz, nicht wahr?«, antwortet sie. »Und das scheint richtig so zu sein.«

»Eben nicht!«, protestiere ich. »Ich mache, wie gesagt, mehr als genügend Fehler. Aber eins weiß ich sicher.«

»Und das wäre?«

»Ich glaube daran, dass man im Leben mit Herzlichkeit weiter kommt und sich mehr Türen öffnen.«

»Sicher?«

»Marlene, ganz ehrlich. Wenn ich nicht daran glauben würde, dann säßest du heute mit Sicherheit nicht hier.«

Ich sehe, dass sie schluckt.

Ein bisschen erschöpft von unserer Auseinandersetzung, die allerdings – das ist mir klar – längst überfällig war, stopfe ich mir mehrere im Kaffee eingeweichte Amaretti in den Mund. Das süß-klebrige Geschmackserlebnis beruhigt mich ein bisschen.

In diesem Moment klingelt es an der Tür. Froh, der

eigenartigen Stimmung am Tisch entrinnen zu können, sause ich zur Tür. Ich hoffe, dass es meine Oma ist. Die bringt mit ihrer offenen Art jeden zum Lächeln. Vor ihr wird Marlene Respekt haben und nicht solche kruden Sachen sagen wie zu mir. Doch Oma ist es nicht.

»Nik?«

»Entschuldigen Sie die Störung, Rosa«, sagt er freundlich, in seiner etwas unbeholfenen Sprechweise, als er meinen verwirrten Blick sieht. »Ich dachte, Sie bräuchten das hier vielleicht.«

Er hält mir mein kleines Notizbuch hin, in das ich Elisabeths Körpermaße geschrieben habe. Ich hatte noch gar nicht gemerkt, dass es fehlt.

»Äh, danke. Bitte, kommen Sie rein, Nik. Ich ... ich habe Kaffee gemacht.«

»Ich will Sie nicht stören.«

»Bitte, das tun Sie nicht.« Im Gegenteil. Etwas anderes stört mich jedoch. Er ist ein absolut korrekter Mann, stets perfekt und todschick gekleidet, immer superhöflich – ein richtiger Gentleman. Außerdem hat er bestimmt – wie seine Großmutter – fünf Vornamen und selbstverständlich einen Adelstitel. Nichtsdestoweniger haben Nik und ich ungefähr das gleiche Alter, und ich würde ihn viel lieber duzen, als beim formellen und irgendwie verklemmten Siezen zu bleiben.

»Können wir nicht lieber zum Du übergehen?«, frage ich also und hoffe, dass er nicht beleidigt ist. Bestimmt gibt es irgendeine Benimmregel aus dem Mittelalter, die ich nicht kenne und die besagt, dass man als Normalsterblicher einem Grafen nicht zuerst das Du anbieten darf.

»Gerne«, sagt er und hält mir die Hand hin. »Sehr gerne, Rosa!«

Ich schlage ein. Wir strahlen uns an. Wenn ich mich nicht täusche, können er und ich dicke Freunde werden – und dazu muss mich keiner überreden. Nik ist ein wahnsinnig sympathischer Mensch. Ich mag ihn.

»Komm rein«, sage ich und reiche ihm einen Bügel für seinen schicken Mantel. »Ich habe Besuch. Ich hoffe, das ist okay für dich. Magst du einen Kaffee?«

»Auf jeden Fall! Schön wohnst du hier.«

Vickis Riesenwohnung muss ihm eigentlich wie eine Besenkammer vorkommen, doch selbst wenn, würde er sich das bestimmt nicht anmerken lassen.

»Danke, dass du mir das Notizbuch gebracht hast. Ich wäre ziemlich ins Schwitzen gekommen, wenn ich es nicht gefunden hätte. Wie peinlich, denn dann hätte ich deine Großmutter bitten müssen, noch mal ihre Maße nehmen zu dürfen.«

»Da wäre sie nicht böse gewesen«, antwortet er. »Sie mag dich sehr!«

»Wirklich?« Mir wird warm ums Herz. »Ich mag sie auch. Und ihre Liebesgeschichte ist unglaublich spannend.«

Er lächelt. Als er Princess entdeckt, die unseren Besucher neugierig begrüßt, fängt er regelrecht an zu strahlen. »Das gibt's nicht. Du hast auch einen Landseer?«

»Darf ich vorstellen: Das ist unsere Princess. Wir haben sie erst seit Kurzem.«

Kurz erzähle ich ihm, was es mit unserer Hündin auf sich hat. In diesem Moment gesellt sich Marlene zu uns. Ich hatte sie vor Überraschung über meinen zweiten Besucher für einen Moment vergessen. Ich hoffe, Marlene macht nicht gleich einen völlig unangebrachten Kommentar, wenn sie mitbekommt, dass Nik stark schwerhörig ist.

Die beiden schütteln sich die Hände, gucken sich kurz in die Augen und lächeln sich an. Während Nik ein bisschen mit Princess spielt, gehen Marlene und ich in die Küche. Bei Niks Anblick wedelte Princess direkt mit dem Schwanz, anders als bei Marlene, wo sie freundlich, aber nicht freudig reagierte. Ich wusste bisher nicht, dass Hunde ein so fein abgestimmtes Verhalten an den Tag legen können.

»Er hört schlecht«, sage ich in der Küche zu Marlene. »Du musst ihn angucken, wenn du mit ihm redest, sonst versteht er dich nicht.«

»Okay«, antwortet Marlene schlicht. »Wo hast du deine Kaffeegläser?«

»Im Regal unter der Mikrowelle«, sage ich und beobachte staunend, wie sie sich eifrig an die Zubereitung eines Kaffees für Nik macht. Während die Maschine läuft, geht sie zurück in mein Zimmer.

»Willst du Zucker zum Kaffee?«, höre ich sie mit klarer Stimme fragen. »Oder Sirup? Rosa hat eine ganze Batterie, Karamell, Nuss, Vanille ... Wie im Coffee-Shop.«

Marlene im Normalmenschen-Modus. Na guck mal, es geht doch.

Der Nachmittag verläuft, seit Nik zu uns gestoßen ist, über alle Maßen nett. Marlene stichelt nicht, nervt nicht und unterhält sich mit Nik, als würden sie sich seit Langem kennen. Als sie sich nach Stunden verabschiedet, bin ich froh, dass wir uns endlich einmal die Meinung gesagt haben. Das war zwar hart, denn eigentlich bevorzuge ich

Harmonie. Aber dass nach dem Streit die Wogen geglättet waren und eine angenehme Plauderstunde möglich war, bestärkt mich in meiner Überlegung, dass Marlene vielleicht doch zu meinem Freundeskreis gehören könnte. Jedenfalls wenn sie so weitermacht und nicht in alte Verhaltensmuster zurückfällt.

Warten wir es ab!

5. Kapitel

Happy Birthday

»Wir brauchen mindestens zwei Kästen Bier, jede Menge Cola, Fanta und so weiter, Saft, Wasser, Sekt und Orangensaft ...«

Meine Schwester Lila schreibt eifrig mit. »Zwei Kästen Bier reichen nicht«, sagt sie.

Wir bereiten unsere gemeinsame Geburtstagsfeier vor, die in wenigen Tagen in Vickis Wohnung stattfinden wird. Lila, die mein Zwilling ist und deshalb natürlich am gleichen Tag Geburtstag hat, wird für die Getränke sorgen, während ich mich um das Büfett für immerhin mehr als 20 Leute kümmern werde.

Seit Tagen wälze ich eifrig Koch- und Backbücher und habe schon zwei A4-Blätter mit den benötigten Zutaten vollgeschrieben. Diesen Großeinkauf wollen Basti, Daniel und ich in den nächsten Tagen erledigen. Und dann heißt es endlos schnippeln, kochen und backen.

»Bis der Arzt kommt«, spottet Vicki, während sie den Zettel mit meinen Ideen für das Büfett studiert. »Du willst wirklich das ganze Essen selbst zubereiten? Manche Gerichte hast du doch noch nie ausprobiert. Kardamom-Süßkartoffelpüree mit Paprikachutney? Marinierte Feigen mit Himbeersoße? Klingt lecker, aber findest du das nicht ein bisschen gewagt?«

»Nö«, antworte ich beherzt. »Ich kann doch neuerdings kochen. Außerdem macht es mir Spaß.«

»Typisch Rosa«, sagt Vicki und grinst mich an.

Ihre Skepsis macht mir nichts aus. Ich will in diesem Jahr groß feiern, mit allem Drum und Dran, und vor allem mit all den lieben Menschen, die mir im letzten Lebensjahr unendlich wichtig geworden sind. Da werden mich ein Zehnliter-Topf Kartoffelsuppe, mehrere Kuchen, Brote, Aufstriche und exotische Gerichte schon nicht aus der Bahn werfen.

Neben meinem Geburtstag ist ein weiterer besonderer Moment gekommen. Meine Wettbewerbskollektion für die ›Estelle‹ ist fertig und kann abgeschickt werden – wobei ich das eher im Stillen hinter mich bringen werde: zur Post gehen, den dicken Umschlag abgeben und ihm ein leises ›Bring mir Glück‹ hinterherschicken, wenn der Postbeamte ihn an sich nimmt. Seit zwei Tagen liegt der Brief fertig in meinem Zimmer. Ich freue mich darauf, dass er nun auf die Reise geht, denn ich bin so weit: Ich mag meine Kollektion. Das Bedürfnis, noch etwas zu ändern, habe ich nicht, und vor einer Konkurrenzschlacht mit Marlene muss ich keine Angst mehr haben. Seit sie bei mir zum Kaffeetrinken war, ist sie wie ausgewechselt. Freundlich, ausgeglichen, irgendwie völlig normal.

Margret sieht glücklich aus, wenn sie sieht, dass ihr Ziehkind und ich miteinander reden und in der Pause im ›Schraders‹ zusammen einen Kaffee trinken. Marlene kommt nach wie vor beinahe jeden Tag zu uns in die Werkstatt, zeitgleich ist sie jedoch eifrig auf Arbeitssuche. Sie hat uns in einer stillen Stunde endlich gestanden, dass sie ihren Job am Musicaltheater verloren hat. Ihr zeitlich begrenzter Vertrag wurde nicht verlängert. Ich bin überzeugt, dass sie bald etwas Neues finden wird. Sie hat eine gute Ausbildung und beste Referenzen – vermutlich dauert es keine zwei Wochen mehr, bis sie woanders angeheuert wird. Es ist gut möglich, dass sie dann nicht mehr in Berlin arbeiten wird. Vielleicht geht sie nach München, London, Paris ... Wahrscheinlich ist sie schneller aus meinem Leben verschwunden, als ich für möglich gehalten habe. Komisch, ausgerechnet jetzt, wo ich anfange, mich an sie zu gewöhnen.

Wie auch immer, weil Margret an Marlene hängt und sie sich wirklich gebessert hat, habe ich beschlossen, sie ebenfalls zu meinem Geburtstag einzuladen. Ich sage es ihr, als wir zusammen Mittag essen. »Am Samstag feiern Lila und ich unseren Geburtstag bei mir zu Hause. Wenn du magst, komm gerne vorbei. Um 19 Uhr geht's los.«

»Ist das dein Ernst?« Marlene hält überrascht die Luft an und verschluckt sich dabei an einem Salatblatt. Ihre Gesichtsfarbe wechselt von aristokratisch blass zu knallrot.

Ich lache. »Ja, warum denn nicht?«, antworte ich und klopfe ihr auf den Rücken. »Margret und Jola kommen doch auch. Warum sollte ich dich ausschließen?«

»Na ja«, sagt Marlene, hustet kräftig und nimmt einen großen Schluck Wasser. »Das muss ich dir nicht erklären, oder? Unser Streit neulich. Wir haben zwar hinterher nett geplaudert, aber was ich vorher zu dir gesagt habe ... Und überhaupt: Ich war wirklich nicht freundlich zu dir in den letzten Monaten.«

»Warst du nicht«, bestätige ich. »Aber mittlerweile haben wir uns ausgesprochen. Du hast dich entschuldigt und wir beide haben ein neues Bild voneinander. Ich jedenfalls von dir. Und du hoffentlich ebenso von mir.«

»Ja, das habe ich«, fügt Marlene hinzu. »Du bist ein lieber Mensch. Ich hätte das viel eher bemerken müssen.«

»Das kannst du laut sagen«, bestätige ich ihre Erkenntnis lachend.

»Hörst du eigentlich noch von Leo?«, fragt sie. »Nachdem du ihn abserviert hast ...«

»Abservieren würde ich das nicht nennen«, entgegne ich und rutsche unbehaglich auf meinem Stuhl herum. Ich weiß, meine Beziehung zu Leo ist ein besonders wunder Punkt bei ihr. »Und du? Meldet er sich manchmal bei dir?«

Sie schüttelt den Kopf. »Er interessiert sich schon lange nicht mehr für mich. Es wird Zeit, dass ich das akzeptiere und ... vielleicht ...«

Ich warte darauf, dass sie weiterredet. Doch sie schweigt.

Hat sie tatsächlich all die Jahre Leo geliebt? War da nie jemand anderes? Das muss ich sie unbedingt einmal fragen, wenn wir uns im Laufe der Zeit noch etwas näher kommen sollten. Ich schaue ihr zu, wie sie gedankenverloren mit der Gabel Maiskörner auf ihrem Teller herumschiebt. Ihre Stirn ist gerunzelt, die Finger der anderen Hand trommeln auf der Tischplatte. Kein Wunder, sie hat schließlich zum ersten Mal in meiner Gegenwart angefangen, über ihre Gefühle zu sprechen. Ich weiß, wie schwer ihr das fällt, und bedränge sie nicht. »Also, kommst du zur Party?«, frage ich und lächle sie aufmunternd an.

»Ja, gerne«, antwortet sie leise, »... und danke übrigens.«

»Wofür?«

»Für alles.«

Ich bin richtig beschwingt, als ich mich zurück an meinen Arbeitsplatz setze. Marlene muss nach dem Mittagessen weg und drückt mich zum Abschied. Wieder einmal hat sich gezeigt, dass es gut ist, nicht nachtragend und verbittert zu sein. Marlene wird sicher nicht meine beste Freundin werden, aber ich denke, sie bekommt dennoch einen Platz in meinem Freundeskreis … und in meinem Herzen.

»Und du bist sicher, dass das eine gute Idee war?«

Vicki und ich haben es uns auf der großen Couch im Wohnzimmer gemütlich gemacht und trinken Milchkaffee.

»Sicher bin ich nicht«, gebe ich zu. »Aber ich habe ein relativ gutes Gefühl, dass sie sich geändert hat. Wir haben uns jetzt schon mehrere Tage hintereinander gut verstanden.«

»Wow, das ist natürlich eine echt gefestigte Freundschaft«, spottet Vicki.

»Das will ich meinen«, antworte ich grinsend.

»Ich glaube nicht an derartige Wunder«, ergänzt Vicki nüchtern. »Allerdings kann ich mir nicht vorstellen, dass Margret mit ihrer im Grunde positiven Einschätzung von Marlene völlig danebenliegt.«

»Aha«, gebe ich einsilbig zurück. Bei *mir* kann sie sich das anscheinend sehr gut vorstellen. Von meiner Menschenkenntnis hat Vicki nie sehr viel gehalten – manchmal zu recht. Sie vergisst allerdings, dass ich lernfähig bin. Außerdem ist es eigentlich egal. Marlene kommt heute zu meiner Feier, und was soll dabei schon schiefgehen?

Vicki springt plötzlich auf und inspiziert mein Geburtstagsbüfett mit kritischem Blick. Hier und da stibitzt sie sich eine Kleinigkeit, angeblich um die Qualität zu testen, in Wirklichkeit jedoch, weil meine Freundin im Moment einen riesigen Hunger hat. In den ersten Monaten ihrer Schwangerschaft hat sie kaum einen Bissen heruntergebracht. Anscheinend hat sie beschlossen, das Versäumte nun doppelt nachzuholen. Zufrieden schnappt sie sich eine gefüllte Olive von der Antipasti-Platte.

Ich lächle und schweige. Erstens gönne ich ihr den Appetit, denn sie hat genug unter Brechanfällen und Übelkeit gelitten. Und zweitens ist es quasi ihr Büfett. Das heißt, es ist meins, aber sie hat es ausgesucht, gekauft und mir zum Geburtstag geschenkt.

Ich habe mich sehr darüber gefreut, als sie mich ein paar Tage vor der Feier mit dieser Idee überraschte. Was Vicki sagte, war schon richtig: Ein Geburtstagskind, das Tage vorher in der Küche steht, um für Unmengen Gäste zu kochen, ist bei der Feier zu nichts mehr zu gebrauchen. Und außerdem hatte ich letztlich doch ziemlichen Bammel, ob ich das alles gut hinbekomme. Meine Kocherfahrung ist ja noch sehr beschränkt. Wegen ihrer noblen Geste konnte ich heute ausschlafen, anschließend zum Friseur und zur Kosmetikerin gehen und mich anschließend ausführlich um meine Garderobe kümmern. Als ich nach Hause kam, war das köstliche kalte Büfett wie durch Zauberhand fertig aufgebaut. Welch ein wunderbarer Luxus!

Für die Party habe ich mir in einer Nacht- und Nebelaktion ein Kleid genäht. Obwohl ich am nächsten Morgen Augenringe hatte, hat es sich gelohnt. Ich bin gespannt auf die Reaktionen der Gäste, die in den nächsten ein bis zwei Stunden eintrudeln sollten.

Vicki jedenfalls war begeistert, als ich mit meiner neusten

Kreation aus dem Zimmer kam. Das Kleid ist aus schwarzem Seidentaft, ärmellos, liegt bis unter der Brust eng an und reicht mir bis knapp über den Po. Mein Busen wird von einer zarten bronzefarbenen Stoffschicht bedeckt, die im Nacken geknotet ist und in einem schmalen Streifen am Saum noch einmal aufgegriffen wird. Einen BH will ich dazu nicht tragen, aber alles sitzt prima und lässt keine übertrieben tiefen Einblicke zu. Außerdem habe ich, damit das Kleid nicht nur sexy, sondern zudem rosamäßig romantisch ist, hinten ab der Taille eine Schleppe aus schwarzer schwerer Spitze angenäht, die bis knapp auf den Boden reicht. Dazu dunkle Lackpumps mit 12-Zentimeter-Absatz. Ich fühle mich umwerfend.

»Wahnsinn«, sagt Vicki und pfeift durch die Zähne. »Du siehst toll aus. Warum kann ich so was nicht tragen?«

»Weil du schwanger und mit deinem süßen Kugelbauch sowieso die Allerschönste bist«, antworte ich lachend. »Und in wenigen Monaten …«

»… ist die Kugel eine monstermäßige Melone und ich renne in einem Kartoffelsack herum«, mault meine Freundin.

»Na, das werde ich zu verhindern wissen«, sage ich. »Umstandsmode habe ich bisher nicht entworfen, wird also Zeit. Außerdem wollte ich sagen, dass du in ein paar Monaten wieder gertenschlank bist und dann leihe ich dir mein Kleid herzlich gern.«

Wir drücken uns fest und ich muss mir die Freudentränen verkneifen. Vicki ist meine allerliebste Freundin. Ich bin glücklich, dass es sie gibt.

Nach und nach trudeln meine Gäste ein. Zuerst meine Schwester Lila mit ihrem Freund Rob. Die beiden bringen neben einem halben Getränkemarkt noch einige Freunde mit.

Kurz darauf Basti und Julia, dann Anne, Vickis Literaturagentin, die ich zwar selten sehe, aber unglaublich gerne mag und deshalb ebenfalls eingeladen habe. Kurz danach kommen meine Oma, Jola und Margret an. Sie haben Marlene im Schlepptau, die unsicher wirkt. Daniel, ein wenig misstrauisch beäugt von Vicki, nimmt sich ihrer jedoch an. Er zeigt ihr das Porträt von Vickis Tante Augusta und erzählt ihr haarklein, was sich im letzten Herbst zugetragen hat und warum Vicki jetzt Besitzerin eines kleinen Schlosses in der Mark Brandenburg ist. Geduldig hört sie ihm zu, als er seine Bau- und Sanierungspläne erläutert. Ich grinse in mich hinein, denn Marlene ist auch heute so zahm, dass ich sie kaum wiedererkenne.

Als es erneut klingelt, stehen meine ›Schwiegermutter‹ Eva Andrees und ihr Mann vor der Tür. Sie waren sich nicht sicher, ob sie kommen würden, denn Bastis Mutter ist wie immer mit Dreharbeiten beschäftigt. Ich fühle mich total geehrt, dass sie sich die Zeit für mich genommen hat, und begrüße sie besonders herzlich.

Meine liebe Theaterfreundin und Kollegin Tina ist natürlich mit von der Partie. Sie hat Lea, ihre neuste Flamme, mitgebracht.

Langsam wird es voll. Von Anfang an ist die Stimmung ausgelassen.

Als Lila und ich das Büfett eröffnen wollen, klingelt es erneut. Ich sause zur Tür.

Es ist Nik. Ich freue mich sehr, ihn zu sehen, denn ich hatte beinahe nicht damit gerechnet, dass er tatsächlich kommt. Ich weiß, dass er sich in Menschenmengen unwohl fühlt, vor allem, wenn die meisten ihn nicht kennen und somit nicht wissen, dass er schwerhörig ist.

»Manche Leute halten mich für dumm«, hat er mir neulich erzählt, als ich kurz in Dahlem war, um Stoffproben vorbeizubringen. »Weil ich manchmal mehrmals nachfragen muss. Andere denken, ich sei arrogant, weil ich nicht reagiere, wenn sie mich von hinten oder von der Seite ansprechen. Ich habe mir abgewöhnt, zu erklären, was mit mir los ist. Kaum jemand geht normal mit mir um, wenn er von meiner Behinderung erfährt. So oder so – es ist mühsam.«

Ich fand es von Anfang an nicht schwer, mit Nik zu sprechen. Es erfordert lediglich etwas mehr Achtsamkeit. Die kann im Umgang mit unseren Mitmenschen ohnehin nie schaden.

»Du bist eine echte Ausnahme, Rosa!« Mir wurde warm ums Herz bei seinen Worten, denn wie gesagt, ich mochte Nik vom ersten Moment an.

Zwischen uns stimmt die Chemie, wie man so schön sagt. Ich denke nicht groß darüber nach, wie ich mit ihm kommuniziere. Ich tue es einfach, und es klappt wunderbar. Wenn er etwas nicht versteht, wiederhole ich es. Na und?

»Wie schön, dass du gekommen bist«, begrüße ich ihn und falle ihm kurzerhand um den Hals. »Wir eröffnen gerade das Büfett und dann stelle ich dich allen vor, ja?«

Er überreicht mir ein hübsch eingewickeltes Päckchen. »Es ist von Elisabeth und mir«, sagt er fröhlich. »Ich soll dich von ihr grüßen. Alles Gute!«

»Danke!« Ich will Nik gerade ins Wohnzimmer bringen, da steht plötzlich Marlene neben uns.

»Hi«, haucht sie, schaut Nik mit kugelrunden Augen an und strahlt.

»Hallo, Marlene«, sagt er locker und reicht ihr die Hand. Den Gedanken, der sich mir aufdrängt, schiebe ich rasch beiseite. Toll wär's allerdings schon, wenn sich bei meiner Geburtstagsparty ein Pärchen finden würde. Ach nee, aber ausgerechnet Marlene und Nik? Ich glaube, das wird nichts. Sie ist viel zu unsensibel und anstrengend für einen außergewöhnlichen Mann wie ihn. Na, mal sehen, ich werde die beiden jedenfalls im Auge behalten.

Aus diesem Vorsatz wird jedoch nichts, denn als Geburtstagskind und Gastgeberin bin ich quasi rund um die Uhr im Einsatz und muss mich um alle Gäste kümmern. Was ich sehr gern tue, denn alle, die heute hier sind, bedeuten mir viel.

Basti ist an meiner Seite.

Juli hält oft meine Hand oder kuschelt sich an mich. Ich habe richtig mütterliche Gefühle für sie. Die Kleine ist unkompliziert und versteht sich mit jedem der anwesenden Erwachsenen. Erst als Bastis Eltern aufbrechen und sie mitnehmen wollen, wird sie unleidlich. Sie würde gern die ganze Nacht durchfeiern, verkündet sie, und bringt alle zum Lachen, als sie wenig später herzhaft gähnt und es sich auf Eva Andrees' Schoß gemütlich macht. Damit ihr der Abschied leichter fällt, darf sie mir und Lila beim Auspacken der Geschenke helfen. Denn dazu sind wir bisher nicht gekommen. Juli mobilisiert ihre letzte Energie und ist mit Feuereifer bei der Sache.

Ich bin gerührt über all die schönen Präsente, die meine Freunde und Familie mit viel Liebe und Geschmack ausgesucht haben. Am meisten freue ich mich über das Geschenk von Basti und seinen Eltern. Er und ich bekommen eine Woche Auszeit in Rom – in einem tollen Hotel nahe der Spanischen Treppe.

»Ich hoffe, wir kriegen das zeitlich überhaupt gebacken«, flüstert Basti in mein Ohr. »Wenn du erst den ›Estelle‹-Wettbewerb gewonnen hast …«

»Was dann?«

»… dann bist du eine europaweit bekannte Modemacherin und hast keine Zeit mehr für die Liebe.«

In meinem Bauch kribbelt es. Doppelt. Wegen der Liebe und weil es unglaublich spannend ist, an so einem tollen Contest teilzunehmen. Basti hat recht. Wenn ich wirklich unter die ersten 20 komme oder vielleicht sogar gewinne, bin ich schlagartig eine bekannte Modemacherin. Ich werde in der ›Estelle‹ vorgestellt. Meine Kollektion wird produziert. Jeder kann sie in Geschäften kaufen. Wer weiß, welche Türen sich mir dann noch öffnen. Es ist wahnsinnig aufregend.

Ich küsse Basti zärtlich. »Wir schaffen alles«, sage ich selig, »denn wir haben ja uns.«

Zu guter Letzt öffne ich das kleine Päckchen, das von Nik und Elisabeth stammt, und halte staunend und überwältigt ein Paar zarte Perlen-Ohrstecker in den Händen, die garantiert antik sind und genau deshalb meinen Geschmack treffen.

»Wow«, sagt Vicki, die sich in diesem Moment über mich beugt. »Die sind ein Traum.«

»Die kann ich gar nicht annehmen«, hauche ich und

verdrücke mir die Freudentränen. »Die sind bestimmt unglaublich kostbar.«

Ich bedanke mich der Reihe nach bei meinen Freunden für ihre Geschenke und stelle fest, dass Nik verschwunden ist. Ich hoffe sehr, dass er sich nicht unwohl fühlt, und mache mich auf die Suche nach ihm.

»Nik?«

Ich öffne die Tür zur Bibliothek. Eigentlich ein idealer Raum, um sich für einen Moment zurückzuziehen, wenn der Trubel zu laut und zu anstrengend ist. Und tatsächlich, da sitzt er. Und ... er ist nicht allein. Ihm gegenüber, in einem der gemütlichen braunen Ledersessel, hockt Marlene. Sie haben eine Flasche Sekt und Gläser bei sich. Marlene beugt sich vor und erzählt etwas. Er lacht leise. Ich bin total geplättet. Mein Eindruck von vorhin war richtig. Die beiden mögen sich. Marlene hat, obwohl sich mehrere Freunde von Rob und Lila (alles kräftige Tischlergesellen genau wie Rob) direkt balzend um sie geschart haben, es vorgezogen, mit Nik in der Bibliothek zu quatschen.

»Hey, Rosa«, sagt sie, als sie mich entdeckt. »Es ist für uns ein bisschen zu laut da drinnen.«

Sie hat genau die gleichen Kirschbäckchen wie Vicki, als sie mit ihrem alten Freund Alex (dem Mittelaltermusiker) gechattet hat. Marlene hat sich in Nik verknallt. Oder?

Das würde allerdings bedeuten, dass Vicki sich in Alex ... Nein, das wiederum ist ausgeschlossen. Rote Wangen kann man aus vielerlei Gründen haben. Ich interpretiere zu viel, damit wollte ich eigentlich aufhören. Stattdessen will ich, wenn es angebracht ist, ehrlich und direkt sein.

Soll ich die beiden also fragen, ob sie sich ineinander

verliebt haben? (»Na, hat euch Amors Pfeil getroffen? Hahaha ...«) Besser nicht, beschließe ich, denn erstens geht mich das im Grunde nichts an. Und zweitens gibt es einen kleinen, aber entscheidenden Unterschied zwischen Direktheit und Plumpheit. Letzteres möchte ich nun wirklich nicht sein.

»Ich ... ich wollte mich bedanken. Wegen der Geschenke«, stammele ich stattdessen. Von Marlene habe ich einen Bildband über Mode von Christian Dior bekommen.

»Ich hole uns ein bisschen Kuchen, ja, Nik?«, sagt Marlene und springt fröhlich auf.

»Gerne!« Er lächelt sie an.

Total süß, wie die beiden miteinander umgehen.

»Bist du sicher, dass ... ähm ... dass du mir diese absolut traumhaften Ohrringe schenken willst?«, frage ich, als Marlene draußen ist. *Himmel, Rosa, was für eine blöde Frage! Weshalb hat er sie dir schön verpackt überreicht?*

Direkt sein ist schwer für mich. Ich fange jedes Mal an zu stottern, wenn ich es versuche.

Falls Nik meine Frage blöd fand, merkt man es ihm nicht an. Diese Adligen sind verdammt gut erzogen.

»Bitte, nimm sie«, antwortet er. »Elisabeth besteht darauf, dass du sie bekommst. Und ich finde ebenso wie sie, dass sie sehr gut zu dir passen.«

»Aber ... aber sie sind doch bestimmt viel zu wertvoll.«

Er zuckt die Schultern. »Rosa, bitte. Du musst dich nicht genieren.«

»Danke«, sage ich gerührt. »Geht es dir gut? Fühlst du dich wohl hier?«

»Ich habe die angenehmste Gesellschaft, die man sich

wünschen kann«, antwortet Nik in seiner netten, etwas überkorrekten Art. »Allerdings werde ich jetzt aufbrechen. Ich muss morgen früh raus.«

Nik steht auf. Wir umarmen uns.

»Wolltest du nicht … Ich meine, Marlene holt euch doch gerade Kuchen.«

»Es ist spät«, sagt er. »Ich muss jetzt wirklich gehen.« Er tritt in den Flur.

»Okay. Ich bring dich zur Tür.«

»Sehr gerne!«

»Danke, dass du da warst«, sage ich.

»Ich danke dir! Es war ein netter Abend.«

Als ich mich umdrehe, entdecke ich Marlene mit einem Teller voller Kuchenstückchen. Ihr strahlendes Lächeln ist erloschen. Einen Moment lang tut es mir echt leid, dass ich die beiden gestört habe. Bestimmt wäre er sonst länger geblieben.

Ich umarme Nik zum Abschied, lasse die beiden allein und werfe mich wieder ins Festgetümmel. Kurz darauf ist Marlene mit von der Partie. Sie stürzt gierig zwei Gläser Sekt hinunter. Keine fünf Minuten später sitzt sie lachend und flirtend auf dem Schoß von Robs bestem Freund. Na bitte, offensichtlich habe ich mich getäuscht, als ich ihr zärtliche Gefühle für Nik zugeschrieben hatte.

Als die Party sich dem Ende zuneigt und die ersten Gäste langsam aufbrechen, klingelt es plötzlich an der Tür.

Ich öffne zaghaft, denn um diese Zeit kann es beinahe nur ein (mehr oder weniger) freundlicher Polizist sein, der im Namen der genervten Nachbarn um Ruhe bittet. Vor der Tür stehen jedoch keine Polizeibeamten, sondern zwei

Typen, die ich nie zuvor gesehen habe und die, gelinde gesagt, außergewöhnlich aussehen.

»Hi«, sagt einer der beiden. »Bist du Rosa?«

Unvermittelt drängelt sich Vicki in die Tür.

»Na super, dass ihr auch schon kommt«, sagt sie ungehalten. »Die Party ist sozusagen zu Ende.«

»Sorry, Süße«, antwortet der Attraktivere der beiden. Er nimmt Vicki in den Arm und drückt ihr völlig selbstverständlich einen Kuss auf den Mund. Mir schwant etwas. Diese seltsamen Leder-, Leinen- und Wollklamotten, die komisch geformten Schuhe, die schwarzen Instrumentenkoffer ... vor mir stehen der ›berühmte‹ Alex und einer seiner Mittelaltermusik-Kollegen. »Du siehst absolut hinreißend aus.«

Überflüssig zu erwähnen, dass Vicki rot wird, dieses Mal allerdings kräftig, tomatenmäßig sozusagen.

»Äh ... Vicki?«, mache ich mich bemerkbar. Ich kapiere gar nichts.

»Rosa, das sollte eine Überraschung für dich sein«, sagt meine Freundin und klingt ein bisschen verzweifelt. »Aber die Herren hier sind einfach viel zu spät.«

»Wir sind *früh*«, beteuert Alex, setzt einen Hundeblick auf und tritt ein. »Jetzt geht die Party doch erst richtig los.« Ich glaube ihm sofort, dass er die Nacht gerne zum Tage macht. Er sieht wild aus, lebenshungrig und sehr attraktiv. »Und jetzt spielen wir dem süßen Geburtstagskind kräftig auf.«

Uuups, schon spüre ich eine Hand auf meinem Hinterteil.

»Herzlichen Glückwunsch, Süße«, sagt Alex und grinst mich frech an. »Mmh, du riechst gut. Und dich gibt es sogar im Doppelpack, wie ich hörte?«

Völlig perplex winde ich mich aus dem Griff dieses vollkommen von sich überzeugten Gigolos und beobachte, wie die beiden Musiker unsere Wohnung erobern.

Ein Mittelaltermusik-Konzert für Lila und mich! Diese Überraschung ist Vicki echt geglückt. Allerdings frage ich mich, wie Daniel reagieren wird, wenn er sieht, mit welcher Vertrautheit dieser Alex mit seiner schwangeren Ehefrau umgeht. Der Typ guckt sie so hungrig an, als wollte er ihr umgehend in den Hals beißen.

Ich bin nun gar nicht mehr müde.

Die Herren Musiker schütteln allen die Hände. Alex' Kumpel stellt sich als Donar (das ist wohl als Künstlername zu verstehen) vor. Er grinst breit und zieht Marlene mit Blicken aus. Anschließend gießen beide je zwei Flaschen Bier zur Stärkung in sich hinein und packen ihre Instrumente aus. Ein Dudelsack, mehrere Flöten, zwei Trommeln und eine Geige.

Jetzt kriegen die Nachbarn gleich richtig Spaß und das nachts um 2 Uhr.

»Was sind denn das für wilde Gestalten?«, flüstert meine Oma mir zu. Sie feiert gern und ist deshalb eine der Letzten auf jeder Party. Auch Margret und Jola sind noch da. Natürlich Lila, Rob und sein Freund, der es wohl ernsthaft auf Marlene abgesehen hat und ihr nicht von der Seite weicht.

Wir setzen uns gemütlich ins Wohnzimmer (ich auf Bastis Schoß, um weiteren Handgreiflichkeiten der wilden Männer vorzubeugen), und los geht das Konzert.

Die Musik ist toll. Alex und Donar legen sich richtig ins Zeug. Sie musizieren wie die Teufel, mal leise flüsternd und lockend, mal laut und kraftvoll, sodass es uns kaum auf den Sitzen hält. Unglaublich faszinierend.

Als ich zu Vicki hinüberschaue, sehe ich, dass sie mit ihren Augen an Alex klebt, als er virtuos und in einem Wahnsinnstempo Geige spielt.

Wenn ich nicht wüsste, wie glücklich Vicki mit ihrem Mann ist, würde ich denken, meine Freundin ist verliebt. Prüfend schaue ich zu Daniel hinüber, der mit einer Flasche Bier in der Hand lässig auf einer Sessellehne sitzt und die Musik sichtlich genießt. Er misstraut seiner Vicki nicht. Und ich sollte das ebenfalls nicht tun.

Abgesehen davon: Wenn ich mich so umschaue – nicht nur Vicki verschlingt ihn mit Blicken. Auch alle anderen Damen, jung oder alt, lassen ihn nicht aus den Augen.

Ich schaue ihn mir verstohlen ein wenig genauer an. Puh! Selten haben ich einen Mann mit so einer – wie soll ich es nennen? – sexuellen Präsenz gesehen. Er ist unglaublich attraktiv, man kann sich seiner Ausstrahlung kaum entziehen. Dazu kommt, dass Musik sowieso alle Herzen öffnet. Musikalische Männer haben einen echten Vorteil gegenüber ihren unmusikalischen Geschlechtsgenossen – nämlich einen direkten Zugang ins Herz der Frauen, ohne dass sie auch nur einen Ton, geschweige denn etwas Intelligentes sagen müssen. Das macht alles das Instrument.

Mitten in der schönsten Musik höre ich ein lautes, polterndes Geräusch. Wenn ich mich nicht täusche, kommt es aus der Bibliothek. Ich gebe Vicki ein Zeichen, dass ich mich darum kümmere und erhebe mich von Bastis Schoß. Als ich die Tür öffne, sehe ich Marlene auf dem Fußboden sitzen. Sie hält sich ein Bein und heult.

»Was ist passiert?«, frage ich, während ich zu ihr laufe.

»Ich bin gestolpert«, jault sie.

In diesem Moment sehe ich die Bescherung. Marlene hat das kleine Tischchen umgestoßen, an dem sie und Nik vorhin gesessen haben. Leider standen die Gläser und die Flasche noch darauf, sodass jetzt alles auf dem Boden liegt. Der restliche Sekt hat sich über das Parkett ergossen, die Gläser sind in tausend Scherben zersprungen.

»Ich geh jetzt los«, sagt Marlene, in einem Tonfall, der dem eines trotzigen Kleinkindes ziemlich nahekommt. »Die Party gefällt mir nicht mehr.«

Beim Hochrappeln stützt sie die Hand auf den Boden, mitten in die Glassplitter.

»Pass auf«, rufe ich.

»Warum?«, fragt Marlene und betrachtet mit rollenden Augen ihre blutende Hand. »Warum sagst du das? Dir ist doch vollkommen egal, wie ich mich fühle und ob ich hier gleich verblute.«

Die Enttäuschung darüber, dass sie gerade wieder so ätzend wie früher klingt, ist mir wahrscheinlich deutlich anzusehen.

»Was redest du da?«, frage ich traurig. Schwankend steht sie vor mir. In dem Moment kapiere ich, dass sie total betrunken ist. »Das ist totaler Unsinn«, widerspreche ich energisch. »Du kommst jetzt mit ins Bad. Ich hole dir die Glassplitter aus der Wunde und dann verbinden wir die Hand.«

»Warum hast du Nik weggeschickt?«, jammert sie.

»Wie bitte?« Es wird ja immer verrückter.

»Ich bring dich zur Tür«, äfft sie mich nach. »Schon vergessen? Und dann deinen Arm um ihn geschlungen wie eine … eine Riesenschlange um ihre Beute. Dabei hast du … du hast doch einen Mann.«

Normalerweise werde ich mit zimperlichen Märchenfiguren verglichen. Eine Riesenschlange hat mich bisher noch keiner genannt. Unter anderen Umständen würde ich lachen, aber die Situation ist zu ernst dafür. Marlene blutet wie verrückt, sie ist blau und redet sich irgendeinen Mist ein.

»Quatsch! Ich habe ihn nicht weggeschickt«, protestiere ich. »Nik *wollte* gehen.«

»Das ist nicht wahr. Ich habe genau gehört, wie du gesagt hast, dass er gehen *soll*. Nur weil du nicht willst, dass er ... er und ich uns gut verstehen!«

Ich bin so perplex über ihre an den Haaren herbeigezogenen Vorwürfe, dass mir nichts mehr einfällt. Außerdem ist Widerspruch vollkommen sinnlos, denn Marlene hat sich anscheinend eine zwar alkoholvernebelte, dennoch felsenfeste Meinung gebildet.

Irritiert betrachte ich die Blutstropfen, die langsam, aber sicher den Fußboden übersäen.

»Komm bitte mit ins Bad!«, beharre ich und zerre an Marlenes unverletzter Hand. »Ich habe keine Ahnung, was du dir da für eine bescheuerte Verschwörungstheorie ausgedacht hast, aber du kannst mir glauben, dass alles kompletter Unsinn ist.«

Widerwillig lässt sich Marlene aus der Bibliothek schleifen. Erst jetzt merke ich, dass sie sich kaum noch auf den Beinen halten kann. Zum Glück müssen wir nicht durch das Wohnzimmer, von wo noch immer die wunderbare Musik ertönt.

»Ich hole jetzt Basti«, sage ich, nachdem ich sie vorsichtig auf den Klodeckel bugsiert habe. »Der guckt sich deine Wunden an und macht dir einen Verband. Ich hoffe, das muss nicht genäht werden.«

»Nähen?«, jault Marlene. »Spinnst du? Das tut doch weh.«

»Jetzt lass es Basti doch erst einmal ansehen.«

»Ich will nach Hause«, jammert das arme Elend und erhebt sich schwankend.

»Das kannst du vergessen«, sage ich streng. Gott weiß, was passiert, wenn sie in diesem Zustand durch die Straßen torkelt. »Du schläfst hier! Basti und ich fahren nachher in seine Wohnung und du kannst mein Zimmer haben. Morgen früh trinkst du mit Vicki schön Kaffee, isst etwas und *dann* kannst du gerne gehen.«

Ich drücke sie sanft zurück auf den Klodeckel, hole hastig das Verbandsmaterial aus dem Apothekenschränkchen und beschließe, die Wunde erst einmal notdürftig selbst zu versorgen. Wenn ich Marlene jetzt allein lasse, haut sie garantiert gleich ab.

»Wäre ich bloß nicht hergekommen«, schluchzte Marlene, bleibt aber brav sitzen.

Seufzend verzichte ich auf weitere Kommentare und konzentriere mich darauf, Marlenes zerschnittene Hand mittels Unmengen Verbandmaterial provisorisch zu verarzten. Sobald wie möglich werde ich Basti bitten, einen Blick auf die zahlreichen Schnitte zu werfen.

Marlene sitzt fügsam und schweigend da, heult aber Rotz und Wasser.

Sie tut mir plötzlich leid. Es heißt doch, dass Kinder und Betrunkene immer die Wahrheit sagen. Wenn das stimmt, ist Marlene wirklich einsam. Sie tut gerade so, als würde sie Nik niemals wiedersehen, dabei muss sie ihn doch nur anrufen, wenn sie halbwegs nüchtern ist. Basti hat recht. Sie weiß überhaupt nicht, wie ein normales zwischenmenschliches Verhalten funktioniert.

»Hast du seine Nummer?«

Sie schüttelt den Kopf und zieht die Nase hoch. Dann heult sie weiter.

»Ich gebe sie dir«, sage ich, während ich das Ende einer sterilen Mullbinde mit Pflaster befestige. »Morgen schreibst du ihm eine SMS, okay?«

»Und wenn er nicht antwortet?«

»Marlene! Natürlich wird er antworten.«

Und wenn es allein aus Höflichkeit ist. Das glaube ich jedoch in dem Fall nicht. Wenn ich die Blicke der beiden richtig gedeutet habe, gefällt ihm Marlene.

Ich lege Marlenes Arm um meine Schulter und bringe die Betrunkene in mein Zimmer.

»Ich lege dir ein Nachthemd hin, eine Zahnbürste und Handtücher«, sage ich energisch. »Fühl dich wie zu Hause. Wir sehen uns am Montag in der Werkstatt, ja?«

Als ich zwei Stunden später, nachdem alle Gäste gegangen sind, nach ihr sehe, liegt sie eingerollt wie eine Katze unter meiner Bettdecke und schläft. Ihre Wimperntusche ist vom Heulen verlaufen und ›verziert‹ in dicken schwarzen Schlieren mein Kissen. Ein echtes Kunststück ist, dass sie selbst in ihrem derangierten Zustand wie eine wunderschöne Prinzessin aussieht. Seufzend, aber erleichtert lächelnd, schließe ich die Tür.

Oh Mann! Da habe ich mal wieder einen Fang gemacht.

»Ist es okay, wenn ich Marlene deine Nummer gebe?«

Nik hat mich in die Villa gelassen. Marlene hat mir mit ihrem ganzen Geheule ein schlechtes Gewissen gemacht (wer weiß, wenn ich nicht in die Bibliothek gekommen wäre, hätten sie und Nik womöglich noch länger geredet, Marlene wäre nicht sturzbetrunken gewesen und all das Drama wäre nicht passiert …), dass ich heute unbedingt etwas Gutes für sie tun will.

»Das ist natürlich in Ordnung«, sagt Nik und strahlt. »Ich hätte sie ihr selbst gegeben, aber als ich gegangen bin, war sie plötzlich so … zurückweisend.«

»Sie ist manchmal ein wenig kompliziert«, sage ich vorsichtig. »Aber ich weiß, dass sie es sehr bedauert hat, dass du gehen musstest.«

»Nun ja, sie wirkte irgendwie stinksauer.«

Ich seufze. »In Wirklichkeit war sie traurig …« Marlene übertreibt es mit dem Überspielen ihrer Gefühle maßlos. Was wäre schlimm daran gewesen, wenn sie gesagt hätte: »Schade, Nik, dass du schon gehen musst. Wollen wir mal telefonieren?«

Marlene beschäftigt mich, dabei will ich das überhaupt nicht. Jedenfalls nicht in diesem Ausmaß.

»Gut«, sage ich, um das Thema abzuschließen. »Ich hoffe, sie meldet sich bei dir.«

»Ich werde ihr zuerst schreiben«, meint Nik, »wenn sie so große Probleme damit hat.«

»Ich glaube, das ist eine gute Idee!«

Er bringt mich in den Wintergarten, wo ein wunderschöner Teetisch gedeckt ist. »Ich hoffe, du magst Teatime«, sagt er.

Also bitte, wie kann man saftige Scones mit Orangenmarmelade nicht mögen? Dazu Gurkensandwiches und Earl Grey mit viel Zucker und Sahne. Mmh!

»Ich liebe Tee und all diese leckeren Sachen dazu«, sage

ich begeistert. »Aber eigentlich bin ich zum Arbeiten hier.« Ich habe eine Mappe mit Entwürfen mitgebracht und kann es kaum erwarten, sie Elisabeth zu zeigen.

»Es tut mir leid.« Nik räuspert sich. »Meine Großmutter ist für ein paar Tage nach Hamburg gefahren, weil sie dort beruflich zu tun hat. Keiner hat daran gedacht, dir Bescheid zu geben. Der Teetisch soll also unser schlechtes Gewissen beruhigen, dass du bei dem Mistwetter extra zu uns rausgefahren bist.«

Mistwetter ist es in der Tat. Ein Schnee-, Regen-, Graupel-Mix. Petrus konnte sich heute nicht entscheiden, was er wollte, und hat deshalb von allem ein bisschen geschickt. Nur Sonne hat er vergessen.

»Das ist nicht schlimm«, sage ich. »Das kann jedem mal passieren.«

Nik lädt mich ein, mich hinzusetzen. Von hier aus hat man einen tollen Blick in den parkähnlichen Garten. Draußen spielt Lucky, Niks Landseer, unbeeindruckt vom Wetter begeistert mit Christine Stöckchen fangen.

Nik gießt mir Tee ein.

Mich plagt die Neugier. »Elisabeth arbeitet noch?«

Er nickt. »Sie hat vor vielen Jahren eine Stiftung gegründet. Der Hauptsitz befindet sich in Hamburg. Im Augenblick wird dort ein Fernsehbeitrag gedreht und sie gibt ein Interview. Die Dreharbeiten wurden zuerst zig Mal verschoben und plötzlich musste dann alles schnell gehen.«

Gemeinnützige Arbeit passt zu der noblen Elisabeth. Sie ist genau der Typ, der andere am eigenen Wohlstand teilhaben lässt.

Nik und ich verbringen eine angenehm verquatschte Teestunde – mal lustig, mal nachdenklich.

Am Ende, nachdem wir über Gott und die Welt geredet und uns noch besser kennengelernt haben, bin ich mir sicher: Wenn einer die seelisch schwer angeschlagene Marlene auffangen kann, ist das Nikolaus von Saal-Seefeldt. Ich habe selten jemanden getroffen, der so in sich selbst ruht wie er.

Als ich gehe, nehme ich ihm noch einmal das Versprechen ab, sich bei ihr zu melden. Wir umarmen uns zum Abschied und verabreden uns für nächste Woche.

Meine Entwürfe für Elisabeth konnte ich nun leider nicht präsentieren. Dabei war ich so neugierig, wie ihr meine Ideen für ihr Hochzeitskleid gefallen.

In meiner Zeichenmappe liegt auch noch der Umschlag für die ›Estelle‹. In zwei Tagen ist Einsendeschluss. Wenn ich nicht umsonst gearbeitet haben will, sollte ich langsam zur Post gehen.

Mein Herz schlägt schneller, als ich den Schalterraum betrete. Ich bin ein bisschen nervös. Der Wettbewerb bedeutet mir viel. Ich habe fleißig gearbeitet. Mein Konzept ist stimmig.

Meine Kleider sind gut durchdachte, kleine Kostbarkeiten. Ja, vielleicht merkt man ihnen an, dass ich vor Kurzem noch Kostüme geschneidert habe. Vielleicht würden sich meine Entwürfe besser in einem Märchenfilm ausnehmen als auf einem hippen Laufsteg.

Aber ganz ehrlich: Sollen wir wirklich alles, was wir träumen, in die *Märchenwelt* verbannen? Gehören unsere Träume, Wünsche und Hoffnungen – unsere ganze positive Energie – nicht mitten hinein in unser Leben?

»Einmal den Brief hier bitte … als Einschreiben«, sage ich zu dem freundlichen Postbeamten.

»Mit Rückschein?«

»Ja … klar. Warum nicht?«

»Bring mir Glück«, flüstere ich, als ich den Brief über den Schalter reiche.

Ab jetzt werde ich ganz frech davon träumen, dass ich unter den ersten 20 lande. Ich weiß, dass ich eine Chance habe!

Und überhaupt: Träumen ist erlaubt. In meiner Welt jedenfalls!

Gleich zu Hause werde ich, falls Princess mich lässt, das nächste Kleid für meine Kollektion zuschneiden.

6. Kapitel

Geduldsspiele

»War heute was für mich im Briefkasten?«

Vicki schüttelt den Kopf.

»Sicher nicht?«

»Als ich von meiner Frauenärztin gekommen bin, schneite gerade die Postbotin rein«, sagt meine Freundin. »Sie hat mir unsere Post gleich in die Hand gedrückt.«

»Ach so.« Ich kann nicht verhindern, dass ich ein langes Gesicht mache.

»Ein Brief wäre sowieso nicht gut, Rosa«, versucht Vicki mich zu beruhigen.

So, oder so ähnlich hat sie es mir in den letzten Tagen schon hundertmal erklärt, immer ruhig und geduldig. Ich bewundere sie, denn ich selbst gehe mir schrecklich auf die Nerven, weil ich rund um die Uhr an nichts anderes denken und von nichts anderem reden kann als dem ›Estelle‹-Wettbewerb.

»Die Gewinner kriegen einen Anruf«, fügt Vicki hinzu, »nur die Absagen kommen per Post.«

»Aber dann müsste doch bald etwas kommen«, sage ich und merke selbst, dass ich quengelig klinge, wie Juli, wenn sie einen Extra-Schokoriegel will. »Die Modenschau ist schon in vier Wochen.«

Die Zeit vergeht zu *schnell* – denn mit jedem Tag schwinden meine Chancen. Gleichzeitig vergeht die Zeit zu *langsam* – denn ich platze vor Ungeduld.

Geduldig sein und abwarten – das ist nicht mein Ding und wird es wohl niemals werden. Ich schwöre, wenn das hier vorbei ist, werde ich nie mehr an irgendeinem Wettbewerb teilnehmen. Das halten meine Nerven nicht aus. Denn es wäre einfach unglaublich schön, wenn ich unter den Gewinnern wäre. Wenn ich meine Augen schließe, sehe ich meine Models über den Laufsteg gehen. Ich höre die Musik, spüre, wie begeistert das Publikum ist. Es fühlt sich total real an. Und so wunderbar!

Während Vicki täglich gebetsmühlenartig ihre beruhigenden Sätze wiederholt, amüsieren sich Margret und Jola über mich. »Würde ich jedes Mal einen Euro kriegen, wenn ich dich anspreche und du nicht reagierst, wäre ich bald steinreich«, sagt meine Chefin fröhlich.

»Wie bitte?«

Die beiden fangen an zu lachen.

Ich sitze zwar äußerlich brav an meiner Nähmaschine und arbeite, innerlich bin ich jedoch woanders unterwegs. Es nervt mich, dass ich nicht locker bin. Aber ich kann nicht anders.

»Ist sie eine kleine Träumerin«, sagt Jola und klopft mir auf die Schulter. »Lass du sie, Margret. Denkt sie sich wieder schöne Kleider aus.«

»Ach Leute. Ich halte das kaum noch aus bis zur Entscheidung«, antworte ich und kämpfe mit den Tränen. »Erst wollte ich bei dem Wettbewerb gar nicht mitmachen, und jetzt weiß ich nicht, wie ich es überlebe, wenn sie meine Kleider nicht gut finden.«

Jola streicht mir tröstend über den Kopf und sagt nichts.

Margret nickt. »Wir werden sehen.«

Ich weiß, dass die beiden mir fest die Daumen drücken. Aber Hellsehen können sie natürlich nicht.

Dann ist da noch Marlene. Sie hat sich nach ihrem Absturz auf meiner Geburtstagsfeier bei mir entschuldigt. Gleich am Montag danach stand sie in der Werkstatt, wirkte zwar etwas zerknautscht, sonst jedoch ganz vergnügt.

»Nik hat sich vorhin gemeldet«, sagte sie und grinste selig.

»Na, siehst du.«

»Wir treffen uns am Freitag.«

»Na also …« Ich tat unbeteiligt, wartete allerdings darauf, dass sie ein paar Worte über ihr reichlich seltsames Verhalten verlieren würde. Falls sie sich überhaupt daran erinnerte, blau wie sie gewesen war …

»Ach übrigens … Rosa …«

»Ja?«

»Es tut mir leid.«

»Mmh? Was denn?« Nö, ich wollte es ihr nicht leicht machen.

»Ich habe Mist geredet, euren Fußboden versaut, Gläser zerbrochen und dir schlimme Vorwürfe gemacht. Du hast es bestimmt bereut, dass du mich eingeladen hast.«

Na bitte, ging doch. »Ist in Ordnung, Marlene«, sagte ich großzügig.

»Du bist mir nicht böse?«

Ich schüttelte den Kopf und fragte sie, was mich im Moment von morgens bis abends beschäftigte: »Hast *du* schon was gehört?«

»Von der ›Estelle‹? Nein«, antwortete sie. »Ich sage dir

gleich Bescheid, wenn es passiert. Du bist die Erste, die etwas erfährt, okay?«

»Okay. Umgekehrt ebenso.«

Auch in den nächsten Tagen, die sie mehr oder weniger in unserer Werkstatt verbrachte, verhielt sie sich normal und freundlich. Ich merkte ihr an, wie sehr sie sich auf das Treffen mit Nikolaus freute. Zwar konnte ich nicht abschätzen, ob die beiden tatsächlich ein Paar werden würden und ob das momentan überhaupt das Richtige für sie wäre, aber die Freude auf Nik tat Marlene spürbar gut. Sie wird niemals meine beste Freundin werden. Nichtsdestoweniger wünsche ich ihr, dass die Kratzer auf ihrer Seele endlich heilen werden.

»Der Mantel sollte weiß sein, Elisabeth«, sage ich und halte der alten Dame meine Zeichnung hin. »Der Stehkragen wirkt elegant, aber etwas zurückgenommen. Wenn Sie es opulenter mögen, hätte ich noch folgende Idee …«

Ich zeige ihr eine weitere Zeichnung. Der gleiche Mantel, nur ist der Kragen nicht glatt, sondern in dezente Rüschen gelegt und auf den Stoff sind in regelmäßigen Abständen feine Perlen gestickt. Sehr festlich. Mein Favorit ist der schlichtere Mantel, zu dem ich ihr einen extravaganten weißen Hut empfehlen würde. Und dazu ein richtig verschwenderisch kostbares Kleid.

»Ich überlege es mir«, sagt Elisabeth und betrachtet die Zeichnungen eingehend. »Mir gefallen beide. Gute Arbeit, Rosa!«

Christine kommt herein und bringt uns frisch gepressten Orangensaft in einer hübschen Glaskaraffe. Elisabeth weist auf einen der Stühle am Fenster. »Haben Sie einen Moment Zeit, Rosa?«

»Selbstverständlich«, antworte ich und setze mich. Natürlich hoffe ich, dass sie nun endlich mit ihrer Lebensgeschichte fortfährt. Ich möchte unbedingt wissen, wie ihre Eltern reagiert haben, als Viktor ihnen von der geplanten Hochzeit erzählt hat.

»Ihre Freundin Marlene ...«

Ach du lieber Himmel, damit hatte ich überhaupt nicht gerechnet. Logisch, dass Nikolaus seiner Großmutter von seiner neuen Bekanntschaft erzählt hat. Ich schlucke ein »Sie ist noch nicht lange meine Freundin« herunter und hoffe, dass mir Elisabeths Fragen nicht allzu viele Flunkereien abverlangen. Auf keinen Fall will ich Marlene anschwärzen, zu einem lieblichen Engel mit goldenen Flügeln werde ich sie jedoch ganz gewiss nicht hochstilisieren.

»Es ist das erste Mal, dass er eine junge Frau mit zu uns bringt«, erzählt Elisabeth, »seit etwas mehr als vier Jahren.«

Oh ja. Nun kann ich mir noch besser vorstellen, dass sie sehr gespannt ist. »Und davor?«

»Er war verlobt. Sie hat sich kurz vor der Hochzeit von ihm getrennt.«

»Mist«, sage ich. »Das hat ihn schwer getroffen, nehme ich an.«

Missglückte Hochzeiten scheinen bei den Saal-Seefeldts eine Art ›Familientradition‹ zu sein. Bisher dachte ich, Adlige seien besonders begehrte Heiratskandidaten und wer sich einen geangelt hätte, würde ihn niemals mehr hergeben. Immerhin gibt es Leute, die bereit sind, viel Geld auszugeben, um einen schicken Titel zu tragen. Im Falle einer Eheschließung bekommt man den edlen Namen sogar gratis dazu.

Na ja, das ist nicht mein Thema. Ich würde *niemals* einen Mann heiraten, den ich nicht liebe! Und wenn es ein Thronfolger mit 25 Titeln und drei Grafschaften wäre.

»Natürlich«, antwortet Elisabeth. »Es ging ihm sehr schlecht. Sie müssen wissen, mein Enkel ist nicht der Typ, der sich holt, was er will. Das liegt zum großen Teil an seiner Behinderung. Er war schon immer ein zurückhaltender Mensch.«

»Aber er ist so wunderbar«, sage ich und hoffe, dass Elisabeth meine kleine Schwärmerei nicht missversteht.

Sie lächelt. »Er mag Sie ebenfalls.«

»Irgendwie ist unsere Welt kein leichter Ort für Leute, die … die anders sind oder eingeschränkt.«

»Was denken Sie, Rosa, kann Ihre Freundin damit umgehen, dass Nikolaus stark hörgeschädigt ist?«

Die Frage kann ich – zumindest für den Moment – guten Gewissens bejahen. Was ich gesehen habe, ist durchweg positiv. Nik zaubert auf wundersame Weise ihre guten Seiten hervor. »Ja, das kann sie«, antworte ich also aufrichtig. »Sie unterhalten sich ungezwungen und Marlene ist … sie ist verliebt in ihn, glaube ich.«

»Ich habe immer das Bedürfnis, ihn zu beschützen«, sagt Elisabeth und schaut nachdenklich hinaus in den verschneiten Garten. »Typisch Oma eben …«

Ich sehe, dass sie in Gedanken weit weg ist, und schweige.

Plötzlich gibt sie sich einen Ruck und lächelt mich an, nun wieder völlig präsent. »Meine liebe Rosa, Sie denken sicherlich, ich sollte mich lieber um meine eigenen Angelegenheiten kümmern.«

Nein, das denke ich nicht. Wer sich allein um sich selbst kümmert, verpasst eine Menge vom Leben. Aber selbstverständlich sollte man nicht *nur* an andere denken, sonst verpasst man womöglich die eigenen Chancen.

»Also, Ihre Angelegenheiten sind auf jeden Fall ein Anlass zur Freude«, antworte ich. »Noch drei Wochen …«

Elisabeth schüttelt beinahe ungläubig den Kopf. »Ich kann kaum glauben, dass Viktor und ich es doch noch zum Standesamt schaffen«, sagt sie. »Wahrscheinlich trifft einen von uns der Schlag, bevor es so weit ist.«

»Nicht doch«, rufe ich erschrocken, kann ihre Bedenken aber verstehen. Ich habe ebenfalls manchmal Mühe, an mein Glück zu glauben. Zuweilen drängt sich mir das Gefühl auf, dass bestimmte Wünsche niemals in Erfüllung gehen werden. Dabei habe ich in meinem Leben viel Glück gehabt. Was soll Elisabeth erst sagen?

Das ist der passende Moment für mein Anliegen. »Sie wollten mir erzählen, warum … äh … warum es beim ersten Mal nicht geklappt hat mit Ihrer Heirat.«

»Wo war ich denn stehengeblieben?«

»Viktor ist mit einem Blumenstrauß zu Ihren Eltern gegangen und hat ihnen von den Heiratsplänen erzählt.«

Sie schüttelt erneut den Kopf. »Ja«, sagt sie. »Es war eine verrückte Idee, heimlich zu heiraten. Ich hätte es gern anders gehabt, und das wusste Viktor. Seine Idee, unser Geheimnis ausgerechnet meinen Eltern anzuvertrauen, war jedoch ungleich verrückter.«

»Wie konnten Ihre Eltern die Hochzeit denn verhindern?«, fragte ich.

Unvermittelt fällt mir die Geschichte von Vickis Urgroßtante Augusta ein, deren Tagebuch ich vor einigen Monaten unter einem Schrank in unserer Bibliothek gefunden habe. Bei ihr hatten sich die Eltern ebenfalls eingemischt (was Anfang des 20. Jahrhunderts in besseren Kreisen wohl vergleichsweise normal war). Beinahe hätte die junge, verträumte Augusta jemanden heiraten müssen, der sie nicht liebte und den sie selbst nicht einmal mochte.

Aber das war vor den beiden Weltkriegen gewesen. Frauen hatten zu dieser Zeit nahezu keine Rechte. Sie waren meist abhängig – zuerst von den Eltern, dann vom Ehemann – und geheiratet wurde nach Stand und Vermögen, keinesfalls aus Gründen der romantischen Liebe. Außerdem war Augusta bei Weitem nicht so selbstständig wie die junge Elisabeth. Dieses Manko machte sie allerdings durch eine gehörige Portion Eigensinn wieder wett, sodass am Ende, wie es sich gehört, die Liebe den Sieg davontragen konnte.

»Viktor traf meine Mutter allein an«, erzählt Elisabeth. »Sie nahm ihn sehr freundlich in Empfang, bot ihm eine Tasse Tee an und fragte höflich nach seiner Familie. Viktor fasste Vertrauen zu ihr. Warum auch nicht? Meine Eltern hatten sich in all den Jahren, als er noch ein Junge und mein liebster Spielgefährte war, niemals unfreundlich ihm gegenüber verhalten. Und auch als sie mich wegschickten, weil ihnen unsere jugendliche Liebe nicht passte, fiel nie ein böses Wort in seiner Gegenwart. Meine Eltern waren Meister des guten Benehmens und so wäre es meiner Mutter niemals eingefallen, ihre Gefühle unbedacht zu äußern, als Viktor sie um ihren Segen zu unserer Hochzeit bat. Ich kann mir die Szene wunderbar vorstellen. Wahrscheinlich wurde Mutter bleich im Gesicht, vielleicht hätte ein aufmerksamer Beobachter einen Augenblick ihre vor Schreck geweiteten Augen sehen können. Sekundenbruchteile später hat sie sich jedoch sicher wieder in ihrer Gewalt gehabt. Wahrscheinlich dankte sie Gott im Stillen dafür, dass mein Viktor gleichermaßen verliebt wie gutgläubig war.«

Wäre er nur einen Tag *nach* der Hochzeit zu Elisabeths Mutter gegangen! Na ja, schlau war das nicht, trotzdem kann ich ihn gut verstehen. »Und dann? Hat sie die Heirat verboten?«

Elisabeth lacht. »Das hätte sie nicht gekonnt. Viktor und ich waren längst erwachsen. Sie hatte eine bessere Idee, und hätte sie mir damit nicht das Herz gebrochen, würde ich sie für ihre Findigkeit bewundern.«

Vor Spannung rutsche ich unruhig auf meinem Stuhl herum.

»Jahre später hat mir Viktor erzählt, wie sie ihn im wahrsten Sinne des Wortes überlistet hat: Meine Mutter seufzte laut und vernehmlich. ›Ach! Mein lieber Junge‹, sagte sie, stand auf und ging zur Kommode, auf der einige Fotografien standen. Sie nahm eine davon – ein Familienfoto, erst einige Wochen zuvor aufgenommen. Wir hatten mit einigen Freunden der Familie einen Bootsausflug auf der Havel unternommen. Es war ein wunderbarer, sonniger Tag gewesen. Karl Johann und seine Kinder hatten uns begleitet. Natürlich hatten meine Eltern gehofft, dass wir uns an diesem Tag einander erklären würden und sie bereits am selben Abend unsere Verlobung bekannt geben könnten. Wie Sie sich sicher denken können, Rosa, kam es nicht dazu. Dennoch ist an diesem Tag ein Foto entstanden, auf dem er und ich aussehen wie ein glückliches

Paar. Irgendjemand hatte einen Witz gemacht. Wir lachten alle und Karl Johann, der mir den ganzen Tag über kaum von der Seite gewichen war, legte für einen Moment seinen Arm um mich. Mein Kopf lehnte an seiner Schulter und ich strahlte wie die glücklichste Frau unter der Sonne. Diese Fotografie präsentierte Mutter dem nun völlig überraschten Viktor. Sie musste lediglich noch ein geheucheltes: ›Oh Gott, junger Mann, Sie haben nichts von Elisabeths Verlobung gewusst?‹, hauchen und ihm mitleidig die Hand auf die Schulter legen, schon hatte sie gesiegt.«

»Ist nicht wahr«, bringe ich atemlos hervor. »Sie … sie hat ihn ja wirklich eiskalt ausgetrickst.«

Elisabeths Lächeln ist bitter. »Das kann man wohl sagen. Als Viktor die Villa meiner Eltern verließ, glaubte er, ich würde in drei Wochen Karl Johann heiraten und hätte niemals vorgehabt, ihn zu ehelichen.«

»Und er ist nicht zu Ihnen gekommen und hat nachgefragt?« Das passt eigentlich nicht zu einem selbstständigen jungen Mann, finde ich.

»Das hatte er vor … Selbstverständlich. Unglücklicherweise kommt nun etwas ins Spiel, was man wohl nur …«, sie wägt ihre Worte ab, »Schicksal nennen kann.«

Oh ja, *Schicksal,* mein Lieblingswort! Ich kriege sofort eine Gänsehaut. Allerdings nicht vor Wonne!

Vor nicht allzu langer Zeit hatte ich eine Menge Probleme mit diesem schwergewichtigen Wort – in Form von Glückskeksprophezeiungen (›Heute hält das Schicksal etwas für Sie bereit!‹), die mein ganzes, bis dato gemütliches Leben durcheinandergewirbelt hatten und mir einen Schock nach dem nächsten bescherten.

Bis ich begriff, dass nicht die Glückskekse, sondern *ich*

selbst mein Leben weitestgehend gestalte, dauerte es eine ganze Weile.

»Was ist passiert?« Ich ahne Schlimmes.

»Am gleichen Tag, als Viktor meine Mutter aufsuchte, besuchte mich Karl Johann. Er stand mit Blumen, Pralinen und einem kostbaren Seidenschal für mich vor meiner Wohnungstür. Ich bat ihn herein, sagte ihm jedoch, dass es weder angemessen noch nötig sei, mir solche Geschenke zu machen. Wir setzten uns und plauderten. Ich weiß noch, dass ich mich trotz der etwas ungewöhnlichen Situation wohlfühlte. Schließlich sollte am nächsten Morgen mein Hochzeitstag sein. Nun, gegenüber Karl Johann hatte ich ein schlechtes Gewissen, war mir allerdings sicher, er würde darüber hinwegkommen, dass ich nicht seine Frau werden würde. Schließlich hatte ich ihm niemals Hoffnungen gemacht. Eine Stunde später verabschiedete er sich. Ich öffnete die Tür, ließ ihn heraus und reichte ihm zum Abschied die Hand. Er bat mich lachend um einen Abschiedskuss. Ich hielt ihm züchtig meine Wange hin. Er jedoch fasste mein Kinn, drehte meinen Kopf zu sich und küsste mich auf den Mund. Völlig überrumpelt hielt ich einen Moment lang still. Auf dem Treppenabsatz stand, von mir unbemerkt, Viktor, der mit dem scheinbar innigen Kuss natürlich bestätigt sah, was meine Mutter ihm erzählt hatte.«

»Nee, oder?«

Das war Schicksal! Aber hallo! Oder soll man das, etwas weniger dramatisch, Zufall nennen? Egal! Es ist auf jeden Fall gruselig, wie ein paar lumpige Sekunden über ein ganzes Leben entscheiden können.

»Und dann?«

»Am nächsten Morgen schlüpfte ich in mein Hochzeitskleid. Ich habe es noch heute – wenn Sie mögen, Rosa, können Sie es anschauen. Ich hatte es mir bei einer Schneiderin nähen lassen, zusammengespart von meinem eigenen Geld. Es ist sehr schlicht, ein weißes Trägerkleid aus Baumwolle mit kleinen roten Tupfen und einem schönen schwingenden Rock. Ganz die flotte Mode der 50er. Ich brauchte keinen Taft, keine Rüschen, keine Seide, keinen Schleier. Ich war stolz, ich war glücklich. Ich wollte keine Prinzessin sein, sondern Viktors Frau … für den Rest meines Lebens. Die Gefährtin eines Potsdamer Eisenbahners und Mutter seiner Kinder.«

»Und dann ist er … ist er nicht gekommen?«

Sie schüttelt den Kopf. Ihre Augen blicken in die Vergangenheit.

Ich könnte heulen bei der Vorstellung, wie sie voller Freude und schließlich mit wachsender Sorge und Angst allein in ihrer kleinen Wohnung gesessen und gewartet hat.

»Ich wollte ihn suchen gehen«, erzählt sie weiter, »doch ich verließ die Wohnung nicht. Zu groß war meine Angst, er würde genau in diesem Moment eintreffen und ich wäre nicht da. Als es abends an der Tür klingelte – unser Standesamtstermin war seit Stunden vorüber –, dachte ich erleichtert, er wäre endlich da und würde mir erklären, was ihn aufgehalten hatte. Aber es waren meine Eltern, die gekommen waren, um mich nach Hause zu holen.«

»Nach Hause?«

»Besser gesagt: in mein Elternhaus.«

»Sie sind zurück zu ihnen an den Wannsee gezogen?«

»Zuerst dorthin. Ein Jahr später dann hierher in dieses Haus.«

»Aber warum? Sie waren so … so stolz auf Ihre Unabhängigkeit!«

»Die, meine liebe Rosa, verlor ich in dem Moment, als ich erfuhr, dass ich ein Kind erwartete.«

»Jetzt stell dir vor. Als hätte Elisabeths Mutter nicht schon genug angerichtet, ist sie am Abend der geplatzten Hochzeit zu ihrer Tochter gefahren, um ihr zu erzählen, dass Viktor bei ihr gewesen wäre, um die Hochzeit abzusagen. Angeblich, weil er eben nur ein einfacher Lokführer und somit der höheren Tochter nicht würdig sei.«

Vicki und ich trinken einen alkoholfreien Rotkäppchen-Sekt und lümmeln auf der Couch im Wohnzimmer.

»Nicht doof«, sagt Vicki. »Denn auf diese Weise hat sie verhindert, dass Elisabeth loszieht und ihren Viktor zur Rede stellt.«

»Sie hätte es trotzdem tun sollen. Ich meine, es ging doch um ihre große Liebe!«

Vicki schüttelt energisch den Kopf. »Ich hätte es auch nicht getan«, sagt sie. »Guck mal. Er hat sie sitzen lassen – so sah es in ihren Augen jedenfalls aus. Sie war total gedemütigt. Und dann noch schwanger. Heiliger Himmel!«

Ich denke darüber nach, während ich den etwas eigenwillig schmeckenden Sekt schlürfe (was tut man nicht alles für seine beste Freundin!), wie seltsam sprachlos wir Menschen manchmal sind. Wir reden den ganzen Tag und *sagen* oft trotzdem nichts.

Wäre ich an Elisabeths Stelle zu Viktor gegangen? Hätte ich ihn zur Rede gestellt: ›Hey, jetzt spinn nicht rum, schließlich kriegen wir beide ein Kind!‹? Wahrscheinlich nicht. Krisensituationen machen uns hilflos. Je näher uns etwas geht, desto schwerer ist es, die richtigen Worte zu finden. Es gehört eine Menge Mut dazu, zurückgewiesen zu werden und trotzdem zu seinen Gefühlen zu stehen. Ich weiß genau, dass ich immer kneife, wenn mich eine Situation überfordert. Insofern darf ich nichts über Elisabeth sagen. Ihr Verhalten war im Grunde ganz menschlich.

Die Geschichte der alten Dame hat mich dermaßen in den Bann gezogen, dass ich sogar meine eigene Situation ausblenden konnte.

Jetzt, wo ich langsam entspanne und den Arbeitstag hinter mir lasse, kommt natürlich alles wieder hoch. Wettbewerb hier und Wettbewerb da. Nervig!

Ich frage Vicki wie immer nach der Post. Sie schüttelt den Kopf.

Auf meinem Handy erwarten mich ein nicht angenommener Anruf von Basti und eine SMS von Margret – nichts von der ›Estelle‹. Ach Mist! Wieder ein Tag, an dem ich meine nicht vorhandene Geduld strapazieren muss.

Als ich in die Küche gehe, um für Vicki und mich Spaghetti zu kochen, höre ich das Handy meiner Freundin klingeln. Wenig später ist sie bei mir.

»Du, Süße«, sagt sie. »Ich kann nicht mitessen. Anne hat mich gerade angerufen. Wir treffen uns spontan am Potsdamer Platz.«

Wahrscheinlich hat Vickis Literaturagentin wieder einen neuen Vertrag für ihren Schützling an Land gezogen. Was natürlich schön ist für die beiden, aber blöd für mich, denn ich habe keine Ahnung, wie ich diesen Abend allein überstehen soll. Basti ist arbeiten und hat keine Zeit, nicht mal, um kurz zu telefonieren. Alle anderen habe ich in den letzten Tagen so oft mit meinen Sorgen, Ängsten, Nöten und Fantasien zum Thema ›Estelle‹-Wettbewerb behelligt, dass sie bestimmt nicht mehr ans Telefon gehen, wenn sie meine Nummer auf dem Display sehen (Basti ›muss‹ ja rangehen, schließlich ist er mein Freund).

»Sie könnte herkommen«, schlage ich vor. »Dann essen wir zusammen.«

»Ach nee, lass mal.«

»Was gibt es denn Neues?«, frage ich.

»Das werde ich ja hören«, antwortet Vicki knapp. Etwas zu knapp, finde ich. Der Anruf von Anne hat sie in wilde Hektik versetzt. Als ginge es um Leben und Tod.

Na ja, wer weiß, wie ich mich fühle, wenn die ›Estelle‹ ... Ooch nee, jetzt geht das schon wieder los. Ich gebe es langsam auf.

Das Nudelwasser kocht.

»Viel Spaß«, wünsche ich meiner Freundin, die sich im Flur eilig ihren todschicken schwarzen Wollmantel überwirft, dazu einen kuscheligen, bestickten Schal und schwere mit Lammfell gefütterte Boots. In diesem Outfit ist ihr Schwangerschaftsbäuchlein kaum zu sehen. Ihre langen Haare stopft sie lässig unter eine weite Strickmütze, sodass nur ein paar Strähnen herausgucken.

»Himmeldonnerwetter, bist du schön«, sage ich. Mit Küchenschürze und Kochlöffel bewaffnet komme ich mir ein bisschen bieder vor.

»Du auch«, sagt Vicki und küsst mich auf die Wange.

Princess, die den ganzen Abend unter dem Küchentisch

geschlafen hat, kommt begeistert angesaust, ihre Leine im Schlepptau.

»Ach Prinzi«, sagt Vicki und krault ihren Hals. »Ich kann dich nicht mitnehmen.«

»Princess!«, rufe ich. »Komm, meine Süße, wir essen zusammen, lecker Nudeln und Hundefutter.«

»Igitt!« Vicki schüttelt sich und zieht ein Ekel-Gesicht. Dann ist sie weg.

»Ich habe nicht Nudeln *mit* Hundefutter gesagt«, rufe ich ihr lachend hinterher und schließe die Tür.

Jetzt weiß ich, was mir hilft, den Abend zu überstehen. Ein großer Teller Pasta, ein feines Glas Rotwein und ein extra langer Spaziergang mit unserer Hündin.

Zwei Stunden später stehen Princess und ich ausgehfertig an der Tür. Es ist längst dunkel draußen. Man hört den Wind um die Hausecken heulen und an den Fensterscheiben klebt matschiger Schneeregen. Eigentlich ideal, um sich eine Decke über den Kopf zu ziehen oder sich bei Kerzenlicht und Entspannungsmusik in die Badewanne zu legen.

Der Februar ist ein Monat, den ich nicht besonders mag. Abgesehen davon, dass ich Geburtstag habe und mir einen Tag davon mit Geschenken und einer Feier versüßen kann, gibt es keine tristeren Wochen im Jahr: Weihnachten ist längst vorbei. Die guten Neujahrsvorsätze sind im Januar flöten gegangen. Die ersten lauen Frühlingslüfte sind weit weg. Nicht einmal der kleinste Grashalm lässt sich blicken, weil der Boden zu Stein gefroren ist. Und Karneval (das wäre immerhin was Lustiges) wird in Berlin nicht wirklich groß gefeiert.

Was also soll ich mit dem Februar?

Aber egal, welche Jahreszeit ist und ob sie mir passt oder nicht – unsere Princess muss Gassi gehen. Ich nehme es positiv. Vielleicht passiert ein Wunder und der eiskalte Wind weht mir meine idiotischen Gedankenspiele aus dem Kopf.

Wider Erwarten ist es nicht ganz so kalt draußen. Der Schneematsch klebt am Profil meiner Schuhsohlen fest, sodass ich zwar im Nu ein paar Zentimeter größer bin, mich allerdings fühle, als hätte ich Blei an den Füßen. Ich verstecke mich hinter meinem Schal und stapfe tapfer drauflos.

Im nahen Park lasse ich Princess von der Leine und werfe ihr Schneebälle zu. Ein richtiger Park ist das natürlich nicht, da würde ich mich im Dunkeln auch nicht hineintrauen, nicht einmal mit unserem großen Hund. Es ist eher ein begrünter Platz mit einer Rasenfläche und einem Springbrunnen in der Mitte. Im Sommer sitzen die Leute dort auf Parkbänken und lassen sich von der Sonne bescheinen. Jetzt spenden immerhin vereinzelte Straßenlaternen etwas Licht.

Nach wenigen Würfen sind meine Handschuhe klatschnass und meine Hände eiskalt.

Princess stört sich nicht an Matsch und Frost. Sie tollt begeistert durch den kleinen Park und fängt geschickt die Schnee(matsch)bälle, die ich ihr zuwerfe. Plötzlich hält sie inne und lauscht. Im nächsten Moment saust sie quer über den Platz auf zwei dick vermummte Gestalten zu und bellt freudig.

»Princess?«, rufe ich verwundert.

Bellen ist eigentlich nicht ihre Art. Das macht sie äußerst selten und nur, wenn sie sich richtig freut. Mein Herz klopft schneller, weil ich einen Moment lang hoffe, dass

Basti durch den Schnee auf mich zukommt. In seinen Armen würde ich meine ›Estelle‹-Krise für einige Zeit vergessen. Aber das kann nicht sein. Es sei denn … Vielleicht hat er seinem Chefarzt verklickert, dass er heute lieber bei mir als im Krankenhaus wäre und der hat ihm gönnerhaft freigegeben. *Träum weiter, Rosa!* Außerdem, wer sollte die zweite Person sein? Marlene mal wieder? Ach, nee danke. Dann bleibe ich lieber allein.

Als Princess begeistert an einer der vermummten Gestalten hochspringt, erkenne ich endlich, dass es Daniel ist. Fröhlich begrüßt er unsere Hündin und wuschelt ihr kräftig durchs feuchte Fell.

»Hey, Dani! Ich bin hier!«, rufe ich und winke.

Daniel und … wer ist das eigentlich? Sieht aus wie eine Frau, äh … Moment mal … das ist doch … nicht doch … Das kann nicht sein …

»Hi, Rosa«, sagt Anne da und hält mir die Hand hin. »Du bist eine echte Heldin. Bei dem Wetter bringst du es fertig, dein warmes Zimmer zu verlassen?«

»Anne? Bist du es wirklich?«, frage ich überflüssigerweise.

»Ja …« Sie guckt irritiert. »Wer sollte ich denn sonst sein?«

Daniel liefert sich ein Wettrennen mit Princess. Er lacht laut. Sie bellt freudig.

»Ich … also … du …« Ich kichere blödsinnig.

»Rosa, gibt es irgendetwas, was du mir sagen willst?«

Oh ja, das gibt es. Vicki ist vor einer Stunde losgefahren, um sich mit ihrer Agentin am Potsdamer Platz zu treffen, doch jetzt steht sie hier vor mir, was bedeutet, dass sich Vicki nicht mit ihr getroffen haben kann – es sei denn das Treffen wäre in Lichtgeschwindigkeit über die Bühne gegangen und Anne hätte Gedächtnisschwund, aber den Eindruck macht sie nicht auf mich.

Mit wem, zur Hölle, trifft sich meine liebe Freundin dann?

Ich habe einen dicken Kloß im Hals, als sich mir ein Verdacht aufdrängt.

Verdammt, Vicki!

»Hi, Rosa«, sagt Daniel, der mit geröteten Wangen und ziemlich aus der Puste angelaufen kommt. »Anne und ich haben uns zufällig beim Italiener getroffen. Ich hatte ein stinklangweiliges Geschäftsessen.«

»Ich auch«, ergänzt Anne.

»Wir haben beschlossen, dass wir den Abend aufpeppen wollen und deshalb bei euch vorbeischauen.«

Ich grinse und fühle mich komplett überfordert. Hätte Daniel nicht wenigstens vorher anrufen können? Wäre ich die abgebrühte Mutter von Elisabeth, hätte ich sofort eine Erwiderung auf der Pfanne. Aber ich bin nur Rosa, die überhaupt nicht gut schwindeln kann und deren Gehirn außerdem gerade auf Sparflamme läuft.

»Wollen ... wollen wir noch ein bisschen spazieren gehen?«, frage ich und schiebe meine eiskalten Hände in die Jackentaschen.

Wie soll ich erklären, dass Vicki zu nachtschlafender Zeit nicht zu Hause ist? Ich brauche Zeit, um mir etwas einfallen zu lassen.

»Wenn du nichts dagegen hast ...«, erwidert Anne. »Ich bin ziemlich durchgefroren und würde gern einen schönen, heißen Tee mit euch trinken. Mit Vicki könnte ich nebenbei ein paar Kleinigkeiten wegen des neuen Vertrages durchsprechen.«

Nun ist es sonnenklar. Die beiden haben sich wirklich nicht getroffen.

»Habt ihr schon gegessen?«, fragt Daniel. »Soll ich euch rasch eine Pizza holen?«

»Pizza!«, rufe ich fröhlich und zu laut. »Super Idee. Ich habe einen Riesenhunger und am besten besorgst du die von ›Da Remo‹, die Spinatpizza. Du weißt doch, die mag Vicki am liebsten.«

»›Da Remo‹? Das ist ein bisschen weit, findest du nicht?«

Daniel sieht nicht begeistert aus, das ist mir allerdings egal. Hauptsache, er ist eine Weile unterwegs.

»Sie wird sich riesig freuen …«, sage ich und mache Kulleraugen.

»Okay«, gibt Daniel schließlich nach. Er ist ein richtiger Schatz! Er würde seiner Frau eine Pizza aus Rom holen, würde sie sich das wünschen. »Princess, komm! Komm her! Auto fahren.«

Unsere Hündin liebt Auto fahren, vor allem in Daniels riesigem Chevy. Sie setzt sich immer auf den Beifahrersitz und guckt neugierig aus dem Fenster.

»Na, lauf«, rufe ich ihr zu, als sie mich fragend anschaut. »Ihr zwei könnt ruhig noch eine Weile spielen!«

»Ich denke, du hast einen Bärenhunger?«, fragt Daniel.

Ich kann nicht von Zwölf bis Mittag schwindeln. Und das hier ist erst der Anfang. Was mache ich bloß, wenn Daniel zurückkommt?

»Vicki!«, rufe ich laut, als Anne und ich wenig später die Wohnung betreten. »Guck mal, wer hier ist!« Ich komme mir superdämlich vor. Natürlich erhalte ich keine Antwort.

Unterdessen bereue ich, dass ich den beiden nicht einfach gesagt habe, sie sollen mit raufkommen, auch wenn Vicki gerade nicht zu Hause ist und ich nicht weiß, wann sie wiederkommt. Was wäre so schlimm daran gewesen?

Aber Vickis Schwindelei hat mich völlig aus dem Konzept gebracht. Was hat sie sich nur dabei gedacht, mir solch einen Bären aufzubinden? »Vicki?«

Anne hängt ihren Mantel an die Garderobe und zieht ihre Stiefel aus. »Herrlich kuschlig hier«, sagt sie und man sieht ihr an, wie sie die Wärme in unserer Wohnung genießt.

Mein Gesicht glüht. Allerdings weniger wegen der angenehmen Raumtemperatur.

»Schläft Vicki etwa schon?«, fragt Anne, nachdem (logisch!) keinerlei Reaktion auf unsere Ankunft erfolgt.

Ich tue so, als hätte ich sie nicht gehört. »Ähm, ich … ich gehe mir kurz die Hände waschen«, sage ich und sause ins Bad. Ich zücke mein Handy und wähle zehn Sekunden später bereits Vickis Nummer. Der Rufton erklingt, einmal, zweimal, dreimal … Sie geht nicht ran.

»Hör mal, Vicki!«, zische ich ihr auf die Mailbox (am liebsten würde ich brüllen). »Ich habe keine Ahnung, was los ist. Jedenfalls sitzt Anne hier … jaaaaa, richtig gehört, Anne … bei uns in der Wohnung und dein Mann kommt ebenfalls gleich vorbei. Ich weiß nicht, wo du bist und was du gerade machst … Ich weiß nicht mal, ob ich es überhaupt wissen will. Scheinbar ist es etwas, was du sowieso geheim halten willst. Aber wenn du das hier hörst, komm sofort hierher und überleg dir unterwegs eine gute Ausrede. Menschenskind!«

War das zu streng? Sie ist erwachsen und kann gehen, wohin sie will. Kein Problem!

Doch durch einen Zufall habe ich mitbekommen, dass sie mich angelogen hat, hänge nun automatisch in der Sache drin und muss ebenfalls schwindeln, wenn ich sie nicht ans Messer liefern will. Lügen haben kurze Beine. So sagt man doch. Wieder einmal bestätigt sich, dass die guten alten (öden!) Sprichwörter gar nicht so verkehrt sind.

Gerade will ich das Bad verlassen, als mein Handy klingelt. »Rosa!«, schreit Vicki hysterisch. Ich halte den Hörer ein Stück von mir weg. »Hör mal, du musst ihnen sagen, dass ich spazieren gegangen bin, verstehst du? Ich komme so schnell wie möglich zurück.«

»Okay«, seufze ich erleichtert. »Beeil dich, ja?!«

Bis Daniel da ist, wird Vicki zurück sein. Ich bin heilfroh.

»Vicki ist ja gar nicht da«, sagt Anne, als ich aus dem Bad komme.

»Sie ist spazieren gegangen«, antworte ich. »Müsste demnächst wiederkommen.«

»Ach so?« Anne guckt mich schräg von der Seite an. »Warum hast du das nicht gleich gesagt?«

»Hatte ich vergessen«, erwidere ich schlapp. Vor zwei Minuten habe ich lauthals nach Vicki gerufen. Jetzt komme ich vom Klo und behaupte, dass sie draußen herumläuft. Nichts ist logisch. Nichts passt zusammen.

Es gibt ein Buch, das heißt ›Der Ehrliche ist der Dumme‹. Ich hatte nie Lust, es mir zu kaufen. Sollte mal ein Ratgeber namens ›Ihr Weg zum Erfolg: Gut und richtig lügen‹ auf dem Markt erscheinen, den hole ich mir sofort.

»Willst du mein neustes Kleid sehen?«, frage ich Anne rasch, bevor sie auf die Idee kommt, mich für komplett durchgedreht zu erklären. Oder schlimmer noch: genauer nachzufragen. Sie ist ein großer Fan meiner Mode und kauft sich in regelmäßigen Abständen Stücke aus meiner Werkstatt.

Es klappt: Sie nickt und folgt mir in mein Zimmer. Ohne irgendwelche unangenehmen Fragen zu stellen. Ein bodenlanges grünes Seidenkleid mit weißem Spitzenunterrock und ultratiefem, sexy Rückenausschnitt begeistert sie sofort.

»Rosa! Das muss ich haben! Das ist absoluter Wahnsinn«, ruft sie.

Ich kann ihr nur zustimmen. Dieses Kleid ist eines der schönsten, die ich je genäht habe. Jetzt muss nur noch das Telefon klingeln und die ›Estelle‹ dran sein, dann begeistere ich damit bald die ganze Welt.

»Und jetzt mal für die doofe Rosa zum Mitschreiben: Wo warst du eigentlich?«, frage ich schnippisch.

Vicki räumt hektisch und laut scheppernd die Spülmaschine aus. Ich sitze am Küchentisch und habe das Gefühl den Bauch voller Wackersteine zu haben – genau wie der böse Wolf. Würde ich jetzt ins Wasser fallen, ginge ich direkt unter. (Dabei habe ich das nicht verdient, schließlich habe ich Vicki den Hintern gerettet.)

Daniel meinte es gut und brachte für Vicki und mich gleich *drei* Pizzen mit. Da ich behauptet hatte, einen gewaltigen Hunger zu haben, musste ich kräftig zulangen. Die Nudeln in meinem Magen bekamen Gesellschaft von einer ganzen Pizza. Vicki, die kurz vor Daniel ziemlich blass und abgehetzt in die Wohnung gestürmt war, schob Schwangerschaftsbeschwerden vor (wie praktisch!) und aß nur drei kleine Bissen. Nach dem Essen verließen uns die beiden; Vicki sah so fertig aus, dass Daniel ihre Bitte, allein zu sein, sofort akzeptierte.

»Ach Rosa«, sagt Vicki jetzt. »Es ist alles kompliziert.«

»Wie du weißt, ist das mein Spezialgebiet«, versuche ich, sie aufzumuntern. »Je komplizierter, desto besser.«

»Ich kann noch nicht reden.«

»Okay.«

Ich kann warten. Zumindest die nächsten fünf Minuten. Denn ich spüre genau, dass Vicki reden will. Jetzt brüht sie Tee auf, stellt zwei Tassen und Zucker für uns hin. Von Müdigkeit keine Spur.

Plötzlich muss ich lachen.

»Was ist los?«, fragt Vicki und schaut mich verwundert an.

»Wenn Anne dich in den nächsten Tagen fragt, ob ich psychische Probleme habe, darfst du dich nicht wundern«, erzähle ich. »Ich habe komplett geistesgestört gewirkt, als sie plötzlich vor mir stand.«

Während ich berichte, fängt Vicki an zu weinen. »Was ist denn jetzt los?«, frage ich, springe auf und umarme meine Freundin. Dabei spüre ich ihren kleinen, runden Bauch an meinem. Das berührt mich sehr.

»Es tut mir lei…heid«, schluchzt sie und zieht die Nase hoch. »Ich will dich nicht in Schwierigkeiten bringen.«

»Ach Vicki«, erwidere ich. »Nun heul doch deswegen nicht. Das war nicht schlimm, eigentlich war es lustig. Jetzt sag mir lieber, was mit dir los ist.« Wie gesagt: Ich habe längst einen Verdacht, doch ich will sie nicht in die

Enge treiben. Sie muss selbst entscheiden, wann und was sie mir erzählen will.

Wieder sagt sie nichts. Sie liegt in meinen Armen. Langsam, aber sicher durchnässen ihre Tränen die Schulterpartie von meinem Strickkleid. Ich streichle ihr übers Haar und lasse sie heulen. Muss schließlich mal sein.

Irgendwann lässt sie mich los, reißt ein Stück von der Küchenrolle ab und putzt sich geräuschvoll die Nase. Ich setze mich hin, gieße uns Kräutertee ein und warte.

»Ich war vorhin essen«, sagt Vicki schließlich. »Deshalb habe ich nichts von der Pizza runtergebracht.«

Gut, es kann nicht jeder so ein Held sein wie ich. Aber wir sind noch lange nicht beim spannenden Thema angekommen. »Mit?«

»Wie … mit?«

»Na, mit wem warst du essen?« Ich bemühe mich, nicht ungeduldig zu klingen, hoffe aber, dass ich Vicki nicht jedes Wort aus der Nase ziehen muss. Das könnte sonst eine lange Nacht werden.

Sie seufzt laut. Dann tropfen erneut Tränen. »Alex. Es war Alex …«

Ich hatte es geahnt, trotzdem rutscht mir das Herz in die Hose.

»… und ich weiß überhaupt nicht, was mit mir los ist«, fährt Vicki fort, während ich mich bemühe, die Neuigkeit zu verdauen. »Ich hatte ihn völlig vergessen all die Jahre. Na gut, nicht völlig, aber so gut wie, und als er dann wieder vor mir stand, hatte ich plötzlich Schmetterlinge im Bauch.«

Ich seufze laut. Es sind doch immer wieder die gleichen scheiß Geschichten. Das Gen, das uns Menschen ermöglichen würde, in Ruhe, Frieden und Glück vor uns hinzuleben, scheint der liebe Gott am siebten Tag seiner Schöpfung vergessen zu haben.

»Aber ihr wart doch nur zusammen essen, oder?«, frage ich vorsichtig.

»Ja, na klar. Was denkst du denn?«

»Na, was wohl«, antworte ich schulterzuckend. »Du hättest vorhin bei deinem eiligen Abgang einfach sagen können, dass du mit Alex essen gehst. Meinst du, ich hätte dir deswegen den Kopf abgerissen oder den Moralapostel gespielt? Erst durch deine Lügen hast du es aufgebauscht.«

»Ich weiß«, sagt Vicki und zieht die Nase hoch. »Jetzt sieht es aus, als hätte ich etwas zu verbergen.«

»Dass du mit Alex essen gehst, ist okay, solange nichts weiter passiert. Was hältst du also davon, es Daniel zu erzählen?«

»Bist du wahnsinnig?«

»Du sollst ihm natürlich nicht von den Schmetterlingen berichten, aber sag ihm doch, dass du Alex zum Essen triffst, während er in Berlin ist.«

»Das soll ich tun?«

»Ja«, erwidere ich überzeugt. »Du gehst mit Alex aus, und ich schwöre dir, nach ein paar Treffen erkennst du, was ich gleich beim ersten Mal gesehen habe, und kannst ihn abhaken.«

»Und das wäre?«

»Vielleicht spürst du ein Kribbeln im Bauch wegen der schönen Erinnerungen an ihn, aber der Typ könnte dich heute kein halbes Jahr lang glücklich machen. Der sucht doch gar keine feste Bindung. Er führt das Leben, das er liebt, und dazu kann man ihn nur beglückwünschen.

Aber er will gewiss keine Familie gründen und sesshaft werden.«

»Ich weiß«, gibt Vicki zu.

Eigentlich ist es nicht die Art von uns Frauen, uns gegenseitig vollendete Ratschläge zu geben, das ist eher ein Männerding. (»Hier ist das Problem. Jetzt musst du erstens das und zweitens das machen und dann hast du es gelöst. Fertig! Noch Fragen?«) Frauen lösen Probleme, indem sie darüber reden, es von allen Seiten beleuchten, durchdenken, durchleiden und sich schließlich besser fühlen. Völlig ohne Schlachtplan.

Heute muss ich jedoch eine Ausnahme machen. »Sag es Daniel!«, fordere ich meine Freundin erneut auf. »Sonst passiert dir und ihm das Gleiche, wie uns beiden vorhin. Weil du geschwindelt hast, dachte ich – ehrlich gesagt – nicht an eine harmlose Verabredung zum Essen.«

»Vielleicht hast du recht«, antwortet Vicki nachdenklich.

»Oder ganz einfach: Du triffst Alex vorsorglich gar nicht mehr«, ergänze ich. »Ganz ehrlich, ein Blinder konnte sehen, dass er es auf dich abgesehen hat. Und wenn bei dir schon die Schmetterlinge unterwegs sind …«

Vicki sieht mich mit ihren verheulten Augen treuherzig an. »Das ist alles vollkommen verrückt«, sagt sie kopfschüttelnd.

»Das kannst du laut sagen«, bestätige ich. »Ich habe mich bisher zwar nicht als weise Frau qualifiziert und bitte dich trotzdem, meinen Rat zu befolgen. Lass Alex sausen, aber wenn du mit ihm ausgehst, sag es deinem Mann.«

»Okay, Rosa!«

Ich nicke ihr aufmunternd zu. Vicki liebt ihren Daniel. Ich bin sicher, sie wird das einzig Richtige tun.

7. Kapitel

Ein Unglück kommt selten allein

»Warum nimmst du dir den Mantel?«, fragt meine Meisterin und sieht mich skeptisch an.

»Ich habe gehört, dass die Kundin ihn schnell zurückhaben will«, antworte ich, »was angesichts der andauernden Minusgrade nicht verwunderlich ist.«

»Das war nicht die Antwort auf meine Frage«, behauptet Margret.

»Doch! Das war sie. Du hast eine Änderungsschneiderei. Ich bin deine Angestellte und da mache ich Änderungen, zumindest manchmal.«

Jola hört unserem Dialog schmunzelnd zu, schweigt aber.

»Aha!« Margret lässt von ihrer Arbeit ab, steht auf und baut sich vor meiner Nähmaschine auf. »Da kommen wir der Sache schon näher. Du sollst doch gar keine Änderungen machen. Auf dich wartet deine Wettbewerbskollektion und wenn ich das richtig sehe, hast du nicht mal die Hälfte der Kleider fertig, geschweige denn die Schals, Tücher, Täschchen und dieses ganze Federzeugs.«

»Hat sie recht«, bestätigt Jola und hört ebenfalls auf zu nähen. »Und was ist mit Hochzeitskleid für die alte Dame?«

»Ich wollte einfach einen Tag nur ausbessern, sonst nichts«, antworte ich trotzig, »und den ganzen Stress vergessen.«

Das klappt bei mir wirklich. Wenn ich einen Stapel Änderungsarbeiten vor mir habe, kann ich total gut entspannen. Ich konzentriere mich auf meine Arbeit, die viel Präzision erfordert, und blende alles andere aus. Ich löse vorsichtig einen kaputten Reißverschluss ab, repariere ein eingerissenes Knopfloch oder kürze akkurat eine zu lange Hose. Keine Träumereien von Laufstegen, kein Lauern auf Post oder Telefon. Das tut gut und muss mal sein! Außerdem kann ich nicht wochenlang zusehen, dass die beiden die mühseligen Änderungen allein bewerkstelligen und kaum Zeit für eine Mittagspause haben, während ich in meiner Modewelt herumspaziere.

»Rosa, du brauchst kein schlechtes Gewissen zu haben«, sagt Margret, als hätte sie soeben meine Gedanken gelesen, »wenn du im Moment keine Änderungen vornimmst. Wie auch immer der Wettbewerb für dich ausgeht, wir werden am Ende alle drei etwas davon haben. Wenn du unter die ersten 20 kommst oder sogar gewinnst, rennen uns die Kundinnen die Bude ein. Und wenn du nicht gewinnst, können wir deine zauberhafte Kollektion verkaufen. So oder so, es ist für Jola und mich vollkommen okay, wenn du dich auf das Hochzeitskleid und den Wettbewerb konzentrierst.«

In diesem Moment geht die Tür der Werkstatt auf. Nein, sie wird *aufgerissen*.

»OhmeinGottohmeinGottohmeinGott ….« Marlene steht mit hochrotem Gesicht vor uns und wäre mir nicht schlagartig klar, was los ist, würde ich denken, sie sei durchgedreht.

»Hast du auch …?«, schreit sie. Ihre Stimme überschlägt sich fast. »Haben sie dich auch gerade angerufen?«

In meinen Adern breitet sich Kälte aus. Ich schüttele den Kopf.

»Dann machen sie es gleich«, sagt Marlene schwer atmend. »Wo ist dein Handy? Nimm es an dich! Bei mir haben sie vor 30 Minuten durchgeklingelt.«

Ich nicke, gehe mechanisch zum Garderobenschrank und hole folgsam mein Telefon aus der Handtasche. Abgesehen davon, es hat einen lauten Rufton, den ich durch drei Türen hören würde.

Es hat nicht geklingelt. Es wird nicht klingeln.

Ich weiß nicht, woher ich die Gewissheit nehme, aber manchmal spürt man, wenn man verloren hat. Und jetzt wird mir klar, dass ich es die letzten Tage über bereits gewusst habe: *Ich* werde nicht unter den ersten 20 im ›Estelle‹-Modewettbewerb sein! Daumen runter für Rosa Redlich und ihre Märchenkollektion.

»Wollen wir gleich feiern gehen?«, ruft Marlene.

»Jetzt warte einen Moment!« Margret klingt für ihre Verhältnisse recht barsch. Normalerweise fasst sie Marlene mit Samthandschuhen an.

Endlich kapiert das aufgeregte Huhn, was los ist, und hört auf, herumzugackern. Es wird für einen Moment still. Viel zu still. Mein Handy schweigt beharrlich. Ich höre mein Herz aufgeregt gegen den Brustkorb schlagen. Sonst nichts.

Es ist vorbei, Rosa! Ausgeträumt!

Hätte ich doch lieber eine hippe Denim-, Leder-, Lack-Kollektion entwerfen sollen? Vielleicht wäre ich dann …? Aber nein, wie Basti sagte: Das wäre nicht *ich,* das wäre nicht mein Stil. Es war ein Versuch. Ich bin mir treu geblieben und gescheitert.

Jetzt heißt es, ein würdiger Verlierer zu sein! »Ich gratuliere dir«, sage ich und reiche der glücklichen Gewinnerin die Hand. Margret atmet hörbar aus.

Hat sie gedacht, ich kratze Marlene die Augen aus?

»Ich … ich würde dich gern mal in den Arm nehmen«, sagt Marlene und schaut mich unergründlich an.

»Ja, na klar«, sage ich. Die Tränen, die ich eigentlich erfolgreich zurückhalten wollte, tropfen nun doch aus meinen Augen.

»Ach, Mensch, Rosa!«

Ehe ich mich versehe, liege ich in Marlenes Armen und schluchze hemmungslos.

Es ist schon okay. Es war ein Spiel, ich habe verloren, das Leben geht weiter. Trotzdem tut es verdammt weh!

Aus meinen tränenverschleierten Augen sehe ich eines meiner Kleider auf der Schneiderpuppe hängen – eine weiße Robe für eine Orientprinzessin, mit zierlichen Schläppchen aus Goldbrokat und luftigen Schleiern. Ich würde mich gern losreißen und alles durch das Fenster werfen, sodass die Scheibe in tausend Stücke zerspringt. Aber Marlene, als würde sie spüren, dass nach meinem Schmerz die Wut kommt, hält mich fest. Auch Margret und Jola stehen dicht bei uns, als würden sie meine zerstörerische Energie spüren und mich vor ihr beschützen wollen.

»Du bist eine großartige Modemacherin und bekommst eine neue Chance«, flüstert Marlene in mein Ohr. »Das weiß ich genau und das verspreche ich dir.«

»Danke«, sage ich und löse mich aus ihren Armen. Ich finde es lieb, dass sie mich tröstet, und mir ist bewusst, dass sie recht hat. Das Leben ist keine Einbahnstraße, zum Glück. Ich habe einen Rückschlag erlitten. Nicht zum ersten Mal. Und deshalb weiß ich genau, dass ich darüber hinwegkommen werde. Ich weiß nur noch nicht, wann.

Margret reicht mir ein Taschentuch. Ich putze mir die Nase. Erneut fällt mein Blick auf das Orient-Kleid, doch der aggressive Moment ist vorbei. Es ist ein wunderbares Kleid und irgendwann … irgendwann wird es seinen Auftritt haben.

»Gehen wir einen Kaffee trinken?«, fragt Marlene. »Oder bist du mir böse?«

Den Ausdruck in ihren Augen kann ich nicht deuten.

Ist es ein verletztes, ängstliches Kind in ihr, das da zum Ausdruck kommt? Glaubt sie wirklich, dass ich nicht mehr mit ihr rede, weil sie unter den ersten 20 ist und ich nicht? Oder labt sie sich an meinem Schmerz und genießt, dass *sie* dieses Mal gewonnen hat?

Puh! Ich und aus Augen lesen. Eins der endlos vielen Dinge, die ich *nicht* kann.

Ich schüttele den Kopf. »Ich bin dir nicht böse«, sage ich wahrheitsgemäß. »Warum sollte ich? Aber … sorry … ist es okay, wenn ich für heute Schluss mache? Ich muss einen Moment alleine sein.«

Eier in Senfsoße. Das ist besser als Psychotherapie, besser als Alkohol, besser als Glückskekse und Horoskope zusammen.

So richtig habe ich zwar nicht raus, wie man eine sämige Soße ohne Mehlklumpen kocht, aber das wird noch. Ich bin nämlich in den letzten Monaten eine recht passable Köchin geworden, allerdings nicht perfekt, denn für Soßen nutze ich bisher meistens Fertigpäckchen. Das Problem dabei ist, dass die Fabriksoße leider nicht den gleichen psychotherapeutischen Nutzen hat wie selbst gekochte.

Leckeren Kartoffelbrei dazu kann ich aber, mit richtig schön viel Butter und einer Prise Muskat.

Ich stehe gerade im Supermarkt vor dem Eierregal und heule. Mir tun die armen Käfighühner unglaublich leid. Deshalb kaufen Vicki und ich immer Bio-Eier und die, wenn es irgendwie geht, direkt beim Bauern.

»Alles in Ordnung, junge Frau?« Eine ältere Dame bleibt neben mir stehen.

Ich schrecke auf. *Himmel, Rosa Redlich, was machst du denn hier?* Eigentlich wollte ich Zutaten für mein Abendessen kaufen, stattdessen versinke ich in einem wilden Mix aus Selbstmitleid und Weltschmerz.

»Ich ... ich hab was im Auge«, antworte ich und lächele tapfer unter Tränen. »Das nervt mich schon seit Stunden.«

»Wirklich alles in Ordnung?«

»Mmh!«

Die Frau geht weiter, ohne noch einmal nachzufragen. Ihr Glück, denn beim nächsten Nachhaken hätte ich ihr bestimmt meine ganze Lebensgeschichte erzählt.

Eine halbe Stunde später bin ich in der Wohnung und schleppe zwei Netze Kartoffeln und zwei Packungen Eier in die Küche, dazu eine Tüte Mehl, zwei Liter Milch sowie eine dickbauchige Flasche Rotwein.

Vicki und Princess sind nicht da. Wer weiß, wo meine Freundin mal wieder steckt. Heute soll es nicht meine Sorge sein, ich habe genug mit mir selbst zu tun.

Du bist nicht in der engeren Auswahl, Rosa! Hast nicht gewonnen! Nicht gewonnen! Nicht gewonnen! Während dieser belastende Gedanke in Endlosschleife durch mein Gehirn zieht, fange ich an, Kartoffeln zu schälen.

Eigentlich bin ich gar nicht böse, dass niemand zu Hause ist. So kann ich ungestört ein paar Liter Tränen auf die Kartoffeln tropfen lassen. Na und? Die kocht man schließlich in Salzwasser.

Nachdem ich das erste Netz leergemacht habe, widme ich mich dem zweiten. Vicki wird sich totlachen, wenn sie sieht, dass ich vier Kilo Kartoffeln geschält habe. Aber sie hat auch keine Ahnung, wie wunderbar man beim Kochen heulen und grübeln kann.

Ich überlege gerade, ob ich meine Oma wegen der Soße anrufe (irgendeinen Trick gegen die blöden Mehlklumpen muss es doch geben), da klingelt es an der Haustür.

Wahrscheinlich der Paketbote. Na gut, der wird mein verheultes Gesicht schon verkraften. Besser als einen Hund, der ihn ins Bein beißt.

Doch vor der Tür steht Lila. »Schwesterherz«, sagt sie und drückt mich fest. »Stell dir vor, ich hatte heute eher Feierabend und dachte, ich schaue mal bei dir vorbei.«

Vorbeischauen ist gut. Sie wohnt und arbeitet am anderen Ende der Stadt.

»Du bist lieb«, sage ich. Ich freue mich riesig, dass sie mich besucht, obwohl ich nicht die geringste Ahnung habe, wie sie auf die Idee kommt, ich könnte um diese Zeit zu Hause sein.

»Voilà«, ruft sie und zaubert aus ihrem Einkaufskorb eine dicke Papiertüte. »Für meine Süße was Süßes!« Zwei Becher Karamellmacchiato in XXL für uns und eine Extratüte Amaretti für mich. Meine Lieblingskaffeekombi!

»Ach Lila«, heule ich. »Ich bin so froh, dass du da bist.«

»Kein Thema«, sagt sie. »Lass alles raus!«

Wahrscheinlich hat Margret sie angerufen. Wie lieb von ihr. Und wie klasse, dass Lila sich sofort aufmacht, um mich zu trösten.

Als wir in der Küche sitzen und unseren Milchkaffee schlürfen, erzähle ich ihr alles.

»Jetzt gib bloß nicht auf«, beschwört mich Lila.

»Na ja …«

»Das war nicht deine letzte Chance, auch wenn es dir im Moment vielleicht so vorkommt.«

»Ich weiß. Es ist nur … ich hatte ein gutes Gefühl bei der Sache. Ich … kann nicht glauben, dass ich mich dermaßen getäuscht habe.«

Sie greift nach meiner Hand. »Du hast dich nicht getäuscht. Deine Kollektion ist Weltklasse und sie bekommt eine Chance, glaub mir!«

Meine Schwester ist wunderbar.

»Weißt du, wie man Senfsoße ohne Klumpen hinkriegt?«

»Klar«, antwortet Lila. Sie kocht zehn Jahre länger als ich, und die traditionelle deutsche Küche ist ihr Steckenpferd. Niemand macht Gulasch und Klöße so gut wie sie.

Ich höre, wie sich der Schlüssel im Schloss dreht. Es wird Vicki sein.

»Rosa?«

Oh mein Gott, es ist Basti! Aber … er hat doch heute Spätschicht, müsste längst auf dem Weg ins Krankenhaus sein. »Basti, was machst du …?«

Er verschließt meine Lippen mit einem Kuss. Ich lasse

mich fallen. Küssen und geküsst werden tut unglaublich gut.

»Frag nicht«, sagt er, nachdem wir uns voneinander gelöst haben, und winkt ab. »Mein lieber Kollege Bernd *muss* morgen frei haben, also hat er mal wieder den Dienstplan auf den Kopf gestellt und mich gefragt, ob er heute für mich arbeiten kann. Hey, Lila, du kochst was? Ich habe einen Riesenhunger!«

»Wo ist Juli?«, fragt meine Schwester. Sie begrüßt Basti mit Küsschen rechts und links.

»Übernachtet bei ihrer besten Freundin. Das haben die beiden schon ewig geplant«, antwortet er. »Soll ich den Tisch decken?«

Lila schüttelt den Kopf. »Ihr könnt in Ruhe ein bisschen quatschen«, sagt sie und grinst. »Ich hab erst einmal zu tun.« Sie zeigt auf die Kartoffelberge und Eierkartons. »Rosa wollte Eier in Senfsoße für die ganze Straße kochen.«

Ich zeige ihr lachend einen Vogel.

Basti nimmt mich an der Hand. Wir gehen in mein Zimmer.

»Bernd wollte gar nicht tauschen, stimmt's?«, frage ich.

Er schüttelt den Kopf. »Jola hat mich angerufen«, erzählt er. »Davon abgesehen, Bernd tauscht wirklich oft und ich hatte was gut bei ihm. Wie geht's dir, Kleines?«

Ich zucke die Schultern und warte darauf, dass die Tränen wieder fließen. Aber nichts passiert. Entweder sind sie aufgebraucht, mein Körper hat Lieferschwierigkeiten und muss erst nachproduzieren oder … oder was? Geht es mir etwa schon besser?

Als es erneut an der Tür klingelt, ruft Lila aus der Küche: »Ich geh schon!«

Zwei Minuten später steckt meine Oma ihren Kopf in mein Zimmer. »Kind, jetzt stell dir vor«, sagt sie außer Puste, »meine Tiefkühltruhe ist hinüber und mir taut das ganze schöne Obst vom Sommer auf. Also habe ich kurzerhand einen riesigen Topf rote Grütze gekocht, den ich unmöglich alleine leer essen kann.«

Na, jetzt wird es aber langsam verdächtig. Mal gucken, wen Margret und Jola noch alles angerufen haben. Ich muss lachen. »Wer wohl jetzt die Vanillesoße dazu bringt?«, frage ich und umarme meine Großmutter.

»Da findet sich wer«, sagt Oma. »Du glaubst doch nicht, dass wir dich heute alleine sitzen lassen!«

Ich habe wohl etwas geahnt, als ich vier Kilo Kartoffeln geschält habe.

Omas Handy klingelt. Sie entschuldigt sich und geht ran. »... die dänische. Ja, du musst die dänische nehmen. Die ist die beste. Wenn sie die nicht haben ... Ach, die haben sie? Gut!« Sie legt auf.

»Das war Vicki«, verkündet sie lachend. »Wegen der Vanillesoße!«

In meinem Bauch breitet sich ein warmes Gefühl aus, obwohl ich noch kein einziges Senfsoßen-Ei gegessen habe. Und zum ersten Mal, seit ich kapiert habe, dass ich nicht zu den Besten des ›Estelle‹-Wettbewerbs gehöre, kann ich tief ausatmen und ein kleines bisschen loslassen.

Rosa Redlich! Es wird alles wieder gut! Vielleicht nicht heute und nicht morgen, aber es wird wieder gut.

Eine Stunde später sitzen wir am Tisch, essen und lachen. Lila hat eine wunderbare sattgelbe, dickflüssige Senfsoße gekocht. Mmh! Ich habe mit großem Appetit zugelangt und jetzt geht es mir wirklich besser. Was natürlich nicht nur am Essen liegt, sondern daran, dass ich nicht allein bin.

Neben Lila, Basti, Oma und Vicki sind noch Jola und Margret vorbeigekommen (»Marlene schmeißt die Werkstatt heute ohne uns«, sagte meine Meisterin. »Ich habe ihr an die 20 Hosen zum Kürzen hingelegt. Da kriegt sie wenigstens keinen Höhenflug.«).

Als die Eier fast aufgegessen sind, schneit Daniel herein. »Ich komme gerade aus Kletzin«, sagt er und drückt mich an seine breite Brust. »Auf dem Weg hierher ist mir eingefallen, dass du dort, wenn wir fertig renoviert haben, bei der Einweihungsfeier eine Modenschau machen solltest.«

Was für eine tolle Idee!

Vickis Landgut ist wunderschön und schon im kommenden Sommer soll es in alter Pracht erstrahlen. Ich sehe meine orientalische Prinzessin auf dem Marmorboden der Eingangshalle sitzen. Der Harlekin rutscht das Treppengeländer herunter. Die dunkelgekleidete Königin der Nacht lehnt ihren Kopf gegen eine bröckelnde Säule und schaut sehnsuchtsvoll in die Ferne, während eine schwarze Träne ihre Wange hinunterläuft.

Meine Kollektion ist schön! Vickis Schloss ist eine traumhafte Kulisse dafür. Die Bilder vom hippen Laufsteg in meinem Kopf sind gelöscht. Na ja, zumindest kurzfristig überschrieben.

»Danke, Daniel«, sage ich gerührt. »Ich danke euch allen. Wenn die Absage von der ›Estelle‹ kommt, schmeiße ich sie gleich in die Tonne. Dank euch stehe ich das jetzt gut durch.«

»Du solltest sie lesen«, sagt Vicki, während sie sich eine weitere Portion Kartoffelbrei auf ihren Teller schaufelt. Anscheinend hat sie ebenfalls etwas Psychotherapie nötig.

Ich frage mich, ob sie meinen Rat in die Tat umgesetzt hat und entweder Alex nicht mehr wiedersieht oder Daniel eingeweiht hat, dass sie den Musiker gelegentlich trifft.

»Warum?«, fragt Lila. »Da steht doch nur Blabla drin.«

»Vielleicht nicht«, denkt meine Freundin laut. »Vielleicht schreiben die eine Begründung rein oder etwas Aufmunterndes.«

»Dann liest *du* den Brief«, schlage ich vor. »Und wenn es tatsächlich keine Standardabsage ist, sagst du mir Bescheid.«

»Wie geht es dir jetzt mit Marlene?«, will Margret wissen. »Sie war ziemlich aufgelöst. Einerseits total froh, andererseits ... na ja, ich glaube, sie hat Angst, dass du stinksauer auf sie bist.«

Ich bin gerührt von meiner einstigen besten Feindin.

»Na, ich schlage vor, wenn die Modenschau stattfindet, gehen wir sie alle anfeuern«, sage ich beherzt.

Ich meine es genau so, wie ich es sage, und es fühlt sich sogar einigermaßen okay an. Ich werde Marlene unterstützen – aus Kollegialität. Es wird seinen Sinn haben, dass ich aus dem Wettbewerb ausgeschieden bin. Ich bin zwar Lichtjahre davon entfernt, diesen zu erkennen, das heißt dennoch nicht, dass ich es Marlene nicht gönne. Sie ist eine supergute Designerin und hat Unterstützung verdient.

Als ich ein paar Tage später zu Elisabeth nach Dahlem fahre – ihr fertiges Hochzeitskleid in der Tasche –, wird mir wieder klar, dass meine Sorgen Pipifax sind. Klar, eine berufliche Niederlage ist schmerzlich und nagt am Selbstbewusstsein.

Aber das, was Elisabeth als junge Frau durchgemacht hat, war von existenzieller Bedeutung. Sie wollte heiraten. Ihr Bräutigam ist nicht erschienen, weil er auf eine Lüge ihrer Mutter hereingefallen ist, und zu allem Überfluss war sie auch noch schwanger.

Ich bin gespannt, wie ihre Geschichte weitergeht. Leicht wird es nicht für sie gewesen sein, soviel steht fest.

Nik ist heute nicht da. Schade, denn ich hätte zu gern erfahren, wie es mit ihm und Marlene läuft. Sie ist seit Tagen nicht mehr bei uns in der Werkstatt aufgetaucht, was mich nicht wundert, denn sie hat nun alle Hände voll zu tun mit ihrer Kollektion. Natürlich könnte ich sie anrufen und nachfragen, aber so gut befreundet sind wir dann doch nicht.

Elisabeth empfängt mich in ihrem großen, sonnigen Schlafzimmer, weil es dort einen bodentiefen Spiegel gibt. Als ich das fertige Kleid aus dem Kleidersack nehme, hält sie für einen Moment die Luft an.

Mein Herz schlägt schneller. Da ist er wieder – der besondere Moment, in dem ein Kleid von mir in die Hände seiner Besitzerin übergeht.

»Es ist wunderschön«, sagt Elisabeth, als ich es ihr präsentiere.

Wir haben uns für einen relativ einfachen, geraden, leicht taillierten Schnitt entschieden. Das Kleid ist knöchellang. Es hat schmale Ärmel und einen runden, nicht allzu tiefen Ausschnitt. Elisabeth wird weiße Schuhe dazu tragen und den schlichten weißen Mantel mit Stehkragen, der allerdings aus einem sehr feinen Wollstoff mit zart glänzendem Futter gearbeitet ist. Einen Hut dazu lässt sie sich noch anfertigen. Sie hat mir verraten, dass er ausgefallen sein wird. Natürlich trägt sie weiße Handschuhe und uralten Schmuck ihrer Familie – eine mehrreihige Perlenkette mit passenden Ohrringen.

Das wirklich Kostbare an Elisabeths Kleid ist der Stoff – feiner glänzender Taft, cremefarben und über und über in Handarbeit mit zarten Blumenornamenten bestickt.

Ich helfe ihr beim Ankleiden und schließe vorsichtig den schmalen Reißverschluss im Rücken. Als sie sich vor dem Spiegel dreht und wendet, kann ich sehen, dass ihr das Kleid wie angegossen passt. Sie sieht aus wie eine Königin. Erleichtert atme ich auf.

»Soll ich Ihnen die Schuhe dazu bringen?«, frage ich.

»Sehr gern.«

Ihr Schlafraum grenzt an ein riesiges Ankleidezimmer, wie man es manchmal im Fernsehen sieht. Das Ganze ist einem Bekleidungsgeschäft nicht unähnlich – zwei Wände voller Bügel mit Kleidern, Kostümen, Jacken und Hosen. An der Stirnseite das Schuhregal. Und natürlich die Hüte – einer exotischer und ausgefallener als der andere.

Elisabeths Hochzeitsschuhe sind noch verpackt. Vorsichtig öffne ich den Karton, hole ein Paar weiße Pumps aus Lackleder heraus und helfe ihr beim Hineinschlüpfen.

Als sie anschließend still vor dem Spiegel steht, sehe ich, dass sie den Tränen nahe ist.

»Ist das zu glauben?«, fragt sie. »Ich bin eine uralte Frau und heule vor Glück wie ein Mädchen.«

»Freudentränen!«, sage ich gerührt. »Das sind die guten Tränen!«

»Da stimme ich Ihnen zu, Rosa!«, antwortet sie. »Es ist nur … Ich hätte gern mein ganzes Leben mit Viktor verbracht. Nun bleiben uns, wenn wir Glück haben, höchstens ein paar Jahre. Ich will nicht undankbar sein. Aber gerade habe ich für einen Moment das junge Mädchen gesehen, das ich einmal war. Verstehen Sie mich bitte richtig. Ich will nicht jammern. Es lief zwar nicht alles wie gewünscht, aber ich habe mich stets bemüht, trotz allem das Schöne in meinem Leben zu sehen, wissen Sie?«

Genau diese Einstellung unterscheidet am Ende die verbitterten von den zufriedenen Menschen. Wenn ich alt bin, möchte ich sein wie Elisabeth.

»Wie ging es weiter, nachdem … also, nachdem Viktor und Sie nicht geheiratet hatten?«, frage ich zögerlich. »Sie erwarteten ein Kind. Das war bestimmt nicht leicht, oder?«

Elisabeth schaut aus dem Fenster. In Gedanken versunken. Dann gibt sie sich einen Ruck.

»Wundervoll«, sagt sie. »Das Kleid ist wundervoll. Meisterhaft! Ich bin sicher, Sie haben etwas Glück für mich hineingenäht.«

»Ich habe mich jedenfalls bemüht«, antworte ich.

»Wenn Sie Zeit haben, trinken wir beide gleich einen Tee und ich erzähle. Ach, besser noch, mein liebes Kind, wir trinken heute ein Glas Champagner.«

»Sehr gerne«, sage ich lachend, während ich Elisabeths Hochzeitskleid (nun gehört es nicht mehr mir, sondern ihr) sorgfältig auf einen Bügel im Ankleidezimmer hänge.

»Haben Sie nie versucht, mit Viktor zu reden?«

Christine hat uns Champagner, Wasser und eine Platte mit köstlichen Häppchen gebracht. Wir sitzen im kuschelig warmen Wintergarten und während draußen Flocken vom Himmel tanzen, genieße ich die Ruhe, die von mir Besitz ergriffen hat, seit ich Elisabeths Kleid fertiggestellt habe. Seltsamerweise trägt sogar die Schlappe beim ›Estelle‹-Wettbewerb zu meinem Wohlgefühl bei. Natürlich tut die Niederlage noch immer weh, aber dass ich nicht in Windeseile die restlichen Kleider der Kollektion nähen muss, sondern die Hände in den Schoß legen und genießen darf, ist trotzdem ein gutes Gefühl. Wer weiß, wie aufgelöst und fertig ich jetzt mit den Nerven wäre, wenn ich eine Modenschau vorbereiten müsste.

Man muss eben das Gute sehen! Selbst wenn man es manchmal in einem großen Haufen Schutt mit der Lupe suchen muss. Es ist immer da!

»Zuerst nicht«, antwortet mir Elisabeth. »In gewisser Weise war das einfältig, doch ich glaubte meiner Mutter die Geschichte von Viktors Besuch bei ihr und dass er beschlossen hatte, von der Hochzeit mit mir abzusehen.«

»Kam es Ihnen nicht komisch vor, dass er es Ihnen nicht selbst gesagt hat?«

»Ich war viel zu verletzt, um einen klaren Verstand zu haben«, bestätigt Elisabeth, was Vicki neulich vermutet hatte. »Er war nicht zu unserer Hochzeit gekommen. Das war deutlich! Der Schmerz und die Enttäuschung beherrschten mich. Zumindest in den ersten Wochen.«

»Ich glaube, das wäre mir genauso gegangen.«

»Manchmal muss man erst Kräfte sammeln, bevor man sich einer Auseinandersetzung stellen kann«, fährt Elisabeth fort. »Als sich herausstellte, dass ich ein Kind erwartete, wurde mir langsam klar, dass ich irgendwann mit ihm sprechen musste. Ich fand, er hätte ein Recht darauf zu erfahren, dass er Vater wurde. Allerdings hatte ich nicht gleich die Kraft dazu. Eine ledige Schwangere … das war in den 50ern nicht leicht. Ich hatte versucht, mich von meinen Eltern abzunabeln und war gescheitert. Resigniert gab ich meine Arbeit auf, ebenso die Wohnung. Ich zog zurück an den Wannsee und vergrub mich in meinem Mädchenzimmer.«

Elisabeth schwach? Damit hatte ich allerdings nicht gerechnet.

»Irgendwann in dieser Zeit hatte ich wohl mein Selbstbewusstsein verloren«, sagt die alte Dame, als hätte sie meine Gedanken gelesen. »Während ich vor Kummer vollkommen erstarrt und willenlos war, verfolgten meine Eltern beharrlich ein einziges Ziel: mich unter die Haube zu bringen.«

»Karl Johann?«

Elisabeth nickt. »Und stellen Sie sich vor, Rosa, er war im Grunde ein anständiger Mann – sowohl bereit mich zu heiraten, als auch Viktors Kind als sein eigenes anzunehmen.«

»Das ist schon nett«, sage ich zögerlich und frage mich, wo der Haken ist.

»Ich war energielos und unglücklich … und ich willigte ein. Es sollte und musste alles unglaublich schnell gehen. Schließlich schritt meine Schwangerschaft mit jeder Woche fort und wurde, wenn man genau hinsah, langsam sichtbar. Bald würde niemand mehr glauben, dass ich allein vom guten und reichlichen Essen zunahm.« Der Hochzeitstermin wurde festgesetzt, ein prachtvolles Brautkleid mit einem extra weiten Rock geschneidert und eine stattliche Schar von Gästen eingeladen. »Zwei Tage vor der Hochzeit hörte ich durch Zufall meine Mutter mit meinem Vater darüber reden, dass sie glücklich sei, mich vor einem großen Fehler bewahrt zu haben. Ich wurde zwar stutzig, dachte mir allerdings nicht viel dabei. Es waren erst wenige Wochen vergangen, seit Viktor mich sitzen gelassen hatte. Mein Leben verlief vollkommen anders, als ich es geplant hatte. Es war mir, wenn man so will, abhandengekommen. Ich war eine Marionette geworden.«

Das ist ein tolles Bild für einen Menschen, der sich aufgegeben hat und nun absolut fremdbestimmt ist. Ich mochte Marionettentheater noch nie, schon als Kind nicht. Die Puppen sehen immer so traurig aus.

»Dann sind Sie zu Viktor gegangen, nicht wahr?«

Sie nickt. »Endlich wurde mir klar, dass ich nicht heiraten konnte, ohne die große Liebe meines Lebens noch einmal wiedergesehen zu haben. Ich weiß, das war reichlich spät, dafür stand jedoch mein Entschluss nun felsenfest. Ich war stark genug, von Viktor selbst zu hören, dass er mich nicht mehr liebte.«

»Sie haben sozusagen die Fäden wieder selbst in die Hand genommen.«

»Es war überfällig«, sagt Elisabeth und winkt ab. »Ich hätte es viel eher tun sollen. Ich erklärte also meiner Mutter, die mich keine fünf Minuten am Tag aus den Augen ließ, dass ich mit zwei Freundinnen am Kurfürstendamm bummeln gehen würde. Sie willigte ein und ich fuhr mit der nächsten Bahn nach Potsdam. Die Chancen, Viktor anzutreffen, standen nicht sehr gut. Schließlich musste er als Lokführer im Schichtdienst arbeiten. Doch ich hatte Glück … Wenn man so will …«

Ich platze fast vor Neugier. Wie er wohl reagiert hat?

»Viktor arbeitete im Garten, als ich eintraf. Ich musste nur einen Moment in seine Augen sehen und verstand plötzlich, was meine Mutter wenige Tage zuvor gemeint hatte. Ich hatte keine Ahnung, *wie* sie es geschafft hatte, aber ich wusste, dass wir beide einer Intrige zum Opfer gefallen waren. Viktor liebte mich nach wie vor, und er hätte niemals von sich aus unsere Heirat abgesagt. Ich stand vor ihm und weinte …«

»Hat er …? Ich meine, konnte man den Babybauch bei Ihnen schon sehen?« Spätestens dann musste Viktor doch alles begriffen haben!

Elisabeth schüttelt den Kopf. »Noch nicht so sehr, aber ich hatte selbstverständlich vor, es ihm zu sagen. Doch vorerst standen wir einander gegenüber und schauten uns an. Ich weiß nicht, wie lange wir einfach dagestanden haben. ›Du wirst heiraten?‹, fragte er schließlich und ich nickte. ›Morgen‹, antwortete ich wahrheitsgemäß, anstatt mich in seine Arme zu werfen und ihm alles zu sagen, was ich fühlte.«

Da ist sie wieder – die blöde Sprachlosigkeit, wenn es darauf ankommt.

Was sind wir Menschen nur für schrecklich unbeholfene Wesen!

Warum hat er nicht gesagt: »Elisabeth, ich liebe dich und ich begreife nicht, warum du diesen reichen Fuzzi heiratest und nicht mich.«? Dann hätte sie antworten können: »Hör mal zu, *du* bist schließlich nicht zu unserem Hochzeitstermin erschienen und jetzt erklärst du mir, warum, du verrückter Kerl, und danach wirfst du den Spaten weg, an dem du dich die ganze Zeit krampfhaft festhältst und nimmst mich in den Arm. Ich fühle mich nämlich ziemlich schlapp, weil ich bei der Hitze und mit unserem Kind im Bauch gerade nicht so fit bin wie sonst.«

Ein paar Sätze, und das wäre es gewesen. Danach hätten sie heiraten können. Happy End! Stattdessen:

»In dem Moment, als ich endlich ansetzte, ihm zu sagen, dass es niemals mein Wunsch gewesen war, Karl Johann zu heiraten, trat eine junge Frau aus seinem Haus und stellte sich neben ihn.«

Neeeiiiin!

»Ich schluckte, doch ich riss mich zusammen und lächelte freundlich. ›Wir haben Besuch?‹, fragte die schmale blonde Person und musterte mich ein wenig misstrauisch. ›Willst du uns nicht miteinander bekannt machen?‹ Viktor wirkte wie erstarrt. Als er endlich sprach, klangen seine Worte hölzern, ohne Leben.«

Mir ist total schlecht, denn ich ahne, was jetzt kommt.

»Elisabeth, darf ich vorstellen? Das ist Annemarie, Annemarie Haiden, meine Frau.«

»Das ist nicht wahr, oder?«, rufe ich hilflos. »Das *darf* nicht wahr sein!«

»Ich erinnerte mich dunkel, dass Viktor von ihr erzählt hatte. Sie war seine Nachbarin gewesen und die beiden teilten ein ähnliches Schicksal. Auch sie hatte beide Eltern im Krieg verloren und hatte sich um jüngere Geschwister kümmern müssen. Sie arbeitete ebenfalls bei der Eisenbahn. Wenn man so will, passten die beiden hervorragend zusammen.«

Elisabeth wirkt seltsam kühl, während sie vom vorläufigen Ende ihrer Liebe erzählt. Wahrscheinlich hat sie diesen schicksalhaften Moment in ihrem Leben so oft Revue passieren lassen, ihn so oft durchlitten, dass sie all ihren Schmerz mittlerweile überwunden hat.

Ich jedoch leide wie ein Hund. Viktor hatte eine andere geheiratet, ohne noch ein einziges Mal mit seiner großen Liebe Elisabeth gesprochen zu haben? Unfassbar! »Sind Sie dann gegangen?«

»Viktors Frau bestand darauf, mich zu einem Glas Wasser ins Haus zu bitten, doch ich lehnte ab. Ich hatte genug gesehen.«

»Allerdings«, sage ich kraftlos und völlig platt von dieser tragischen Liebesgeschichte.

Warum haben die beiden nur nicht miteinander geredet? Warum haben sie sich stattdessen wortlos in Ersatzpartnerschaften gestürzt?

Doch Moment mal. Da fällt mir ein, Elisabeth war nie verheiratet! Sie hatte lediglich ein paarmal ein Brautkleid an. So hat sie es mir an unserem ersten Nachmittag erzählt.

»Und Sie?«, frage ich also. »Wie sind Sie mit der Situation fertiggeworden?«

»Am nächsten Morgen ließ ich mich für die Hochzeit ankleiden. Ich war wie betäubt, willenlos. Ich habe keine Ahnung mehr, wie ich es in die Kirche geschafft habe. Da waren viele Menschen, das weiß ich noch. Die Orgel dröhnte, kleine Mädchen aus der Verwandtschaft streuten Blumen … Doch damit endet meine Erinnerung. Es ist nichts mehr da. Sie setzt erst wieder ein, als ich mich einige Wochen später in einem Heim für ledige werdende Mütter befand.«

»Und Karl Johann?«

»Er konnte wohl kaum eine Frau heiraten, die ohnmächtig vorm Altar lag«, antwortet Elisabeth kichernd. »Und nach alldem, was vorgefallen war, hat er es niemals wieder versucht. Er hat einige Monate später eine meiner Cousinen geheiratet, und sie ist sehr glücklich mit ihm geworden, wie meine Mutter niemals müde wurde zu betonen.«

Ich sehe, dass Elisabeth blass geworden ist. Sie sieht geschafft aus. Kein Wunder – diese Erinnerungen sind belastend.

Christine kommt leise, wie es ihre Art ist, in den Wintergarten und räumt das Geschirr ab. Ich habe bisher kaum etwas gegessen, deshalb ergreife ich die Gelegenheit beim Schopf und stibitze mir mehrere Lachshäppchen von der Platte.

»Es ist Zeit für die Medikamente«, sagt Elisabeths Haushälterin.

Ein wenig mühsam erhebt sich meine Gastgeberin. Mir wird klar, dass sie vielleicht gar nicht mehr so fit und gesund ist, wie sie auf den ersten Blick wirkt. Mein Herz krampft sich zusammen.

Bin ich froh, dass ihr Kleid fertig ist – es ist nämlich höchste Zeit für eine Hochzeit!

Während der Fahrt in der U-Bahn grübele ich darüber nach, wie verrückt es im Leben zugeht. Und ich frage mich, warum wir Menschen manchmal blödsinnig und geistlos unser Glück verschleudern. Ich bilde da keine Ausnahme. Schließlich habe ich meine große Liebe vor wenigen Monaten ziemlich unbedarft aufs Spiel gesetzt. Was für ein Glück, dass Basti nicht kopfüber eine andere Frau geheiratet hat.

Elisabeth war da weniger gut dran – und zudem schuldlos.

Ob es gut gewesen wäre, wenn sie Karl Johann geheiratet hätte? Scheinbar war er ein netter Kerl und sogar bereit, das Kind eines anderen Mannes großzuziehen. Heute ist das vergleichsweise normal und nennt sich lustig Patchwork-Familie, aber vor 50 Jahren? Nun, da wurde Elisabeth ins Heim für ledige Mütter verfrachtet.

Leicht hat sie es sich jedenfalls nicht gemacht. Ich bin wie immer sehr gespannt, wie es weitergeht. Bis mir einfällt, dass ich gar keinen Grund mehr habe, sie bei sich zu Hause aufzusuchen. Meine Arbeit ist getan. Sollte es Probleme mit dem Kleid geben (wovon ich nicht ausgehe), würde ich natürlich sofort zu ihr fahren.

Elisabeth (und ihre Lebensgeschichte!) werden mir fehlen. Ein paar Wochen nach der Hochzeit werde ich bei ihr anrufen und fragen, wie alles gelaufen ist. Vielleicht finde ich vorher sogar Fotos davon in der Gala. Die berichten doch gerne über Adelshochzeiten.

Mir ist wehmütig zumute.

Als ich die Wohnungstür aufschließe, sehne ich mich nach meinem Basti. Leider muss er jedoch arbeiten und hat erst in drei Tagen länger Zeit für mich. Ich hoffe, dass wenigstens Vicki und Princess mir Gesellschaft leisten.

Ich habe Glück. Unsere Hündin kommt mir fröhlich entgegengesprungen.

»Hey, meine Süße«, begrüße ich sie. »Wo ist denn die Vicki?« Ich gehe auf die Knie und wuschele durch ihr herrlich weiches Fell, während sie sich auf den Rücken legt.

Ich merke, dass ich mich bereits besser fühle (ehe ich mich überhaupt richtig schlecht fühlen konnte, wie praktisch). Dank sei unserer Prinzessin! »Ja, wo ist denn die Vicki?«

»Das wüsste ich auch gern«, sagt da eine Grabesstimme neben mir.

Ich erschrecke fast zu Tode, denn im Spiel habe ich nicht gemerkt, dass Daniel neben mich getreten ist und mit blassem Gesicht auf mich und Princess herunterschaut.

»Bist du krank?«, frage ich und stehe auf. »Du siehst richtig fertig aus!«

»Kommst du?«

Er geht ohne ein weiteres Wort in die Küche. Ich folge ihm mit aufgeregt pochendem Herzen. Auf dem Tisch steht Vickis Laptop. Daniel setzt sich davor und beginnt hektisch zu tippen.

»Bitte schön«, sagt er schließlich und dreht den Bildschirm zu mir.

»Das sind Vickis Mails«, sage ich, nachdem ich einen kurzen Blick auf die Seite geworfen habe. »Die kann ich doch nicht …«

»Lies!«, befiehlt er.

»Dani, du machst mir Angst!«

Er lacht bitter. »*Ich* mache dir Angst? Na gut, dann will ich dir mal erklären, was passiert ist. Ich bin hergefahren, weil ich mit Vicki zum Essen verabredet war. Als ich ankam, war sie nicht da. Ich habe sie auf ihrem Handy angerufen, doch sie ging nicht ran. Also dachte ich, dass ich mir die Zeit, bis sie eintrudelt, mit etwas Arbeit vertreibe und bin an ihren Computer, um Mails an unsere Handwerker zu schreiben …«

»Aber …«

»Ja, ich weiß, was du sagen willst. Warum nimmt er nicht seinen eigenen Laptop? Der ist im Auto und bei dem Wetter hatte ich keine Lust, noch mal runterzugehen, und überhaupt war es bisher kein Problem, wenn ich mich an Vickis Computer gesetzt habe.«

»Klar«, sage ich hilflos und riskiere einen Blick auf den Bildschirm.

»Lies das ruhig«, fordert mich Daniel auf. »Oder kann ich davon ausgehen, dass du sowieso längst Bescheid weißt?«

»Was ... was soll ich denn wissen?«

Mir wird ganz schwarz vor Augen. Etwas widerwillig überfliege ich eine Mail, die der sexy Mittelaltermusiker meiner verheirateten Freundin geschickt hat. Sie lässt an Deutlichkeit nichts zu wünschen übrig. Kein Wunder, dass Daniel blass wie die Wand ist.

Warum zum Teufel hat Vicki die Mail nicht sofort nach dem Lesen gelöscht? Und überhaupt, warum schreibt er ihr solche Mails? Ist zwischen den beiden doch mehr vorgefallen, als Vicki mir gebeichtet hat?

»Das ist bestimmt ein Missverständnis«, sage ich und könnte mich selbst ohrfeigen, weil mir in dieser Situation nur der platteste aller platten Sätze eingefallen ist. »Hast du Vicki schon angerufen?«

Er schüttelt den Kopf.

»Du ... du glaubst doch nicht, dass sie ... dass sie gerade bei ihm ist?«

»Was weißt du, Rosa?«, fragt Daniel und sieht mich eindringlich an.

»Nicht viel«, antworte ich. »Sie kennen sich von früher und ... und du hast bei meinem Geburtstag gesehen, wie dieser Typ drauf ist. Ich bin sicher, du musst dir keine Sorgen machen.«

»Keine Sorgen machen, wenn dieser … dieser Alex fröhlich verkündet, dass er meiner Frau beim nächsten Treffen die Kleider vom Leib reißen wird?«

Verdammte Scheiße. Es läuft nicht gut. Während ich den Wettbewerb abhaken musste und wochenlang umsonst geträumt und gearbeitet habe, schlittert Vicki gerade in eine handfeste Ehekrise, wenn sie Daniel nicht umgehend klarmacht, dass nichts, aber auch gar nichts läuft zwischen ihr und Alex.

Wie sagt man? Ein Unglück kommt selten allein.

Schon wieder erweist sich ein ödes, blödes Sprichwort als wahr. Die Dinger sind fast so lästig wie Glückskekse.

8. Kapitel

Gordische Knoten

»Er geht nicht ans Handy. Er ist nicht zu Hause. Seine Sekretärin sagt, sie weiß nicht, wann er zur Arbeit kommt … Verdammter Mist!«

Vicki hat uns bei der Arbeit aufgeschreckt.

Bis dahin war es ein ruhiger Vormittag gewesen. Wir hatten alle Hände voll zu tun gehabt und uns nach einem kurzen Frühstück an die Nähmaschinen gesetzt. Heute war Marlene mit von der Partie. Allerdings nicht, um uns beim Ändern zu helfen, sondern um an Margrets Spezialmaschine eine Lederhose für ihre Kollektion zu nähen.

»Setz dich erst einmal«, sagt Margret und stellt Vicki einen Stuhl hin, »und dann erzählst du der Reihe nach.«

Natürlich konnten Margret und Jola nicht wissen, was gestern Abend bei uns zu Hause geschehen war.

Daniel und ich hatten uns noch eine Stunde unterhalten. Ich redete mit Engelszungen, um ihn davon zu überzeugen, dass Vicki ihn niemals betrügen würde. Er schüttete verzweifelt mehrere Gläser Rotwein in sich hinein. Sein Blick wurde immer glasiger.

»Und wenn das Baby …«, setzte er nach dem vierten Glas an. »Wenn es … es …«

»Stopp!« Ich schrie ihn beinahe an, weil ich absolut nicht hören wollte, was sein alkoholüberschwemmtes Gehirn gerade für einen kranken Gedanken ausbrütete.

Klar, Männer können sich nie sicher sein, ob das Kind im Bauch ihrer Frau von ihnen ist. Es sei denn, sie machen einen Vaterschaftstest. Aber hallo? Wie scheußlich wäre das denn? Ein Leben ohne Vertrauen ist kein wirkliches Leben. Es ist voller Stress und Angst und Kontrolle und … irgendwie armselig.

Daniel sollte und durfte also gar nicht erst anfangen, an Vickis Treue zu zweifeln. Allerdings war es dafür zu spät, er tat es schon. Verflixt!

»Warum schreist du so?«, brummte Daniel und sah mich böse an. »Du erinnerst dich sicher, dass meine liebe Frau es nicht für nötig hielt, mir von ihrer Schwangerschaft zu berichten, bis *du* es schließlich herausposaunt hast.«

»Ja, genau, sie hat natürlich die ganze Zeit angestrengt überlegt, wie sie dir das Baby unterjubeln kann«, sagte ich. »Das hat ein bisschen gedauert.«

»Verdammt!« Er schlug mit der Faust auf den Tisch.

Ich merkte endlich, dass Besoffene keinen Sinn für Ironie haben, und versuchte meinen Patzer wiedergutzumachen.

»Hör mal«, beschwor ich Daniel und starrte ihn eindringlich an (lieber hätte ich ihn allerdings geschüttelt). »Vicki liebt dich. Sie liebt dich schon immer. Dieser Alex … Der ist nicht mehr als eine Erinnerung, ein Strohfeuer maximal. Es ist scheiße, was er ihr geschrieben hat, aber ich bin sicher, hörst du …, ganz sicher, dass Vicki dich nicht mit ihm betrügen wird.«

»Das sagt die Spezialistin für Treue und Ehrlichkeit!«

Autsch. Das tat weh! Kapieren tun sie nix, die Betrunkenen, austeilen können sie hingegen bestens. Äußerst unsympathische Mischung.

»Vielleicht solltest du dich jetzt hinlegen«, knurrte ich säuerlich. »Vicki wird gleich kommen.«

»Und wenn sie *nicht* kommt? Meinst du, ich warte hier, um mir das anzusehen? Damit ich mir die ganze Nacht über vorstellen darf, dass meine Frau es gerade mit einem anderen treibt! Du hältst mich für einen Idioten, Rosa.«

Mit Letzterem hatte er nicht unrecht, jedenfalls wenn er sich weiterhin benahm wie jetzt.

So derartig neben der Spur hatte ich den ruhigen und besonnenen Daniel bisher nie erlebt. Vickis Mail-Austausch mit Alex war ihm richtig an die Nieren gegangen. Was einerseits verständlich war, andererseits war ich hundertprozentig sicher, dass Vicki und Alex keine handfeste Affäre miteinander angefangen hatten.

Ich hätte mir allerdings gewünscht, dass Vicki die verfahrene Situation längst geklärt hat.

Was konnte ich tun? Im diesem Augenblick fiel mir nichts Sinnvolles ein, aber das würde schon noch kommen, wenn die beiden nicht selbst einen Weg fanden, ihre Probleme aus dem Weg zu räumen. Eine weitere Liebesgeschichte à la Elisabeth und Viktor konnte ich echt nicht gebrauchen.

Daniel war vorerst gefangen in seiner negativen Gedankenwelt.

»Ruh dich ein bisschen aus!«, bat ich ihn nochmals.

»Ich verschwinde jetzt«, beschloss er plötzlich.

»Du kannst nicht mehr Auto fahren«, rief ich ängstlich. »Du bist ...«, ich schluckte mühsam ›zu besoffen‹ hinunter. »Du hast viel zu viel getrunken.«

Ohne ein weiteres Wort stand er auf und verließ die

Wohnung. Ich blieb wie vom Donner gerührt zurück. Dieser Abend war ja wohl echt das Letzte!

»Kurz nachdem Daniel abgezogen war, kam Vicki«, erzähle ich weiter. Keiner näht mehr. Alle hören atemlos zu. »Ich habe ihr alles brühwarm berichtet.«

»Ich bin sofort zu meinem Auto gerannt und hinter ihm hergefahren«, ergänzt meine Freundin. »Also, das dachte ich zumindest. Aber der Himmel weiß, wo er hin ist. In seiner Wohnung war er jedenfalls nicht. Ich habe fast zwei Stunden dort gewartet, bis ich es nicht mehr ausgehalten habe.«

»Warum bist du nicht dageblieben?«, fragt Margret.

Vicki zuckt die Schultern. »Da ging es mir wie ihm. Ich hatte Angst, dass ich die ganze Nacht warte und er nicht kommt.«

»Hast du diesen Alex wirklich getroffen?«

Vicki nickt. »Als ich die besagte Mail gelesen habe, wusste ich, dass ich den Kontakt sofort beenden muss. Ich habe mich ins Auto gesetzt und bin zu ihm gefahren.«

»Du hättest ebenfalls eine Mail schreiben können«, wirft Marlene ein.

»Hätte ich«, antwortet Vicki. »Wollte ich aber nicht. Es war mir zu wichtig, und er sollte das kapieren. Mails und Handynachrichten sind meiner Meinung nach dafür nicht das richtige Mittel. Wie auch immer: Alex und ich sehen uns nicht wieder. Und ausgerechnet da findet Daniel die beschissene Mail.«

»Ihr beide«, sagt Jola, »habt großes Missverständnis. Wird höchste Zeit, dass ihr redet miteinander.«

»Du solltest ihm reinen Wein einschenken und zugeben, dass du dich in einen anderen Kerl verknallt hast!«, platzt Marlene in diesem Moment heraus.

Ich gucke sie entgeistert an. Sie darf, auch wenn sie nicht zum engsten Kreis gehört, gern mithören. Wir können sie wegen Vickis Problemen schlecht aus der Werkstatt schmeißen, aber sie sollte, wenn sie schon mit*redet*, besser etwas Konstruktiveres beitragen.

Vicki wirft ihr einen kurzen, erstaunten Blick zu, geht jedoch nicht auf die Bemerkung ein.

»Hör auf Jola«, sage ich rasch. »Ihr müsst reden.«

»Das will ich ja«, seufzt Vicki. »Aber er ist vom Erdboden verschluckt.«

»Hoffentlich ist ihm nichts passiert«, erschrecke ich.

»Wenn er einen Unfall gehabt hätte, wüsste ich das«, antwortet Vicki ruhig. »Die rufen doch gleich den nächsten Angehörigen an.«

»Er lässt sich irgendwo schön trösten!«

»Marlene!«, fauche ich wütend. »Sag mal, was ist denn in dich gefahren?«

»Rosa ... können wir rüber ins ›Schraders‹?«, fragt Vicki. »Ich höre hier so komische Geräusche.«

Vicki kann, wenn es nötig ist, äußerlich herrlich cool bleiben. Das bewundere ich an ihr.

Margret wirft Marlene einen nicht gerade freundlichen Blick zu. »Geht ruhig!«, sagt sie.

Als wir draußen stehen, schüttelt Vicki sich wie ein nasser Hund. »Die spinnt doch, oder?«

»Jetzt weißt du, was ich meine«, sage ich. »So wie eben war sie am Theater *immer*. Eigentlich hatte sie sich in letzter Zeit recht gut gefangen. Sie ... sie war sogar richtig freundschaftlich, hat mich getröstet und so. Vielleicht macht sie das immer mit jemandem, den sie noch nicht so gut kennt?«

»Eine wirklich reizende Art, sich vorzustellen«, antwortet Vicki kopfschüttelnd. »Ich habe eher den Eindruck, sie hat *Spaß* am Unglück anderer, Rosa.« Sie hakt sich bei mir ein, als wir über die Straße in unser Lieblingsrestaurant gehen. »Halt dich lieber von ihr fern.«

Eigentlich hatte ich meinen Frieden mit Marlene gemacht und gehofft, sie würde durch Nik normaler werden. Vielleicht läuft es schief mit ihm? Ich nehme mir vor, bei Gelegenheit mit Nikolaus zu sprechen. Wie auch immer: Marlene ist bei mir erst einmal untendurch.

Nach einer Tasse Kaffee und einem Stück Obsttorte geht es Vicki noch nicht besser. »Ich bin so eine Idiotin«, sagt sie wütend.

»Warum hast du diese bekloppte Mail nicht gelöscht?«

»Totale geistige Umnachtung.«

»Dass du dich beschimpfst, hilft dir nicht weiter«, versuche ich, sie zu stoppen. »Jetzt musst du Daniel finden!«

Vicki seufzt. »Meinst du, er glaubt mir?«

»Wenn du ganz ehrlich bist, wird er das«, bestärke ich sie.

»Er denkt mit Sicherheit, dass ich ihn betrogen habe, aber bis auf Essen gehen, ein paar tiefe Blicke und gelegentliche Hintergedanken ist nichts passiert. Ich schwöre!«, fleht sie.

»Ich glaube dir.«

»Ich bin trotz allem zu weit gegangen, ich weiß.«

»Wichtig ist, du bist nicht fremdgegangen«, sage ich. »Du hast nur ein bisschen fremdgeträumt. Das ist nicht toll, aber ehrlich gesagt halb so schlimm und er wird es dir nachsehen.«

Daniel wird Vicki glauben. Er muss!

»Du hast recht«, sagt Vicki. »Tut mir leid, dass ich dich da mit reingezogen habe.«

»Ist schon okay«, beschwichtige ich sie. »Das ist vielleicht nicht gerade feinfühlig und passt nicht zum Thema, aber ich muss dich noch etwas ganz anderes fragen. Hast du in den letzten Tagen zufällig einen Brief von der ›Estelle‹ aus dem Briefkasten gezogen?« Immerhin ist einige Zeit vergangen, seit Marlene ihren erlösenden Anruf bekommen hat.

»Bisher nicht«, antwortet meine Freundin.

»Ach so!«

»Soll ich da anrufen?«

»Wie bitte?«

»Du hast richtig gehört«, sagt Vicki. »Ich könnte anrufen und fragen, wann alle Teilnehmer über das Ergebnis benachrichtigt werden und ob diejenigen, die nicht weiterkommen, zum Trost eine kostenlose Eintrittskarte für die Show bekommen.«

»Nee, lass mal. Es … es war nur so eine Frage.«

Vicki schaut mich unergründlich an. Dann lächelt sie. »Okay. Ach, und danke übrigens, dass du dich gestern um meinen leidenden Mann gekümmert hast.«

»Ist doch selbstverständlich«, antworte ich. »Nur blöd, dass ich nicht viel ausrichten konnte.«

Vicki winkt ab. »Ich setze mich jetzt ins Auto«, sagt sie entschlossen. »Ich habe da so eine Idee, wo ich ihn finden kann.«

Als ich wieder an meiner Nähmaschine sitze, habe ich,

was meine Freundin Vicki und ihren Mann anbelangt, ein relativ gutes Gefühl. Die beiden kriegen das in den Griff. Zum Glück ist Vicki zur Besinnung gekommen, bevor es noch komplizierter wurde.

»Ich habe einen Brief für dich«, ruft Vicki aus ihrem Zimmer, kaum dass ich die Wohnung betreten habe.

Sie klingt fröhlich. Mein Herz rutscht in die Hose. Ob die von der ›Estelle‹ vielleicht doch … Vielleicht hat jemand abgesagt und sie brauchen einen Nachrücker? Die Hoffnung stirbt zuletzt, sagt man doch. Ich will immer noch nicht wahrhaben, dass es zu Ende ist. Ich brauche es endlich schwarz auf weiß. Sonst glaube ich es niemals.

Mit schlackernden Knien gehe ich, nachdem ich Princess ausgiebig begrüßt habe, in Vickis Zimmer.

»Der ist echt königlich!« Vicki strahlt und hält mir einen großen weißen Umschlag hin, der links oben von einem goldenen Aufdruck geziert ist.

»Oh mein Gott«, hauche ich und wage es kaum, näher zu treten. »Ist er von …?« Wird jetzt ein Wunder wahr?

»Elisabeth Amalie Gräfin zu Warmbrunn und Saal-Seefeldt und Viktor Haiden haben dir einen echt abgefahrenen Brief geschickt, meine Liebe.«

Mir fällt die Kinnlade herunter.

»Was ist los?«, fragt Vicki und schaut mich verwundert an. »Warum bist du so blass geworden?«

»Nichts, ich … Ich dachte nur, dass …«

»Mensch, Rosa«, sagt Vicki, springt auf und nimmt mich in die Arme. »Du denkst noch immer an die ›Estelle‹, nicht wahr? Und du hoffst … Du lieber Himmel, ich bin echt ein Schaf! Ich habe dir Hoffnungen gemacht. Das tut mir leid!«

Tränen fließen über meine Wangen. »Die könnten doch wenigstens eine Absage schreiben«, schluchze ich. »Warum können sie das nicht endlich tun? Ich habe wochenlang gezeichnet und meine Entwürfe waren nicht schlecht.«

»Das ist echt unanständig«, bestätigt Vicki. »Meine Idee, langsam mal dort anzurufen, ist vielleicht gar nicht so doof.«

»Was soll ich denn sagen? ›Bitte teilen Sie mir schriftlich mit, dass ich ein Loser bin?‹«

»Quatsch! Du bist kein Loser und das ist doch normal. Du willst einen Schlussstrich ziehen und das kannst du nicht, solange die dich hängen lassen.«

»Du findest mich also nicht unnormal?«

Vicki lacht. »Natürlich nicht«, sagt sie. »Aber doch … doch, ein bisschen unnormal bist du schon.«

»Wieso denn?«

»Rosa, da liegt die Einladung zu einer astreinen Hochadelshochzeit und du guckst sie nicht mal mit dem Hühnerauge an! Sorry, aber das ist unnormal!«

»Ach, ich bin doch laufend auf Adelshochzeiten«, winke ich scherzhaft ab und wische mir lachend die Tränen aus den Augenwinkeln. »Schließlich muss ich die Kleider dafür nähen.«

»Meine zählt nicht«, sagt Vicki. »Ich hatte nie den Titel einer Gräfin.«

Endlich nehme ich Elisabeths Brief in die Hand und streiche über das goldene Wappen, ehe ich vorsichtig den samtigen, matt glänzenden Umschlag öffne.

»Sogar das Papier ist adlig«, sage ich.

»Siehst du«, bestätigt Vicki. »Das ist viel besser als das olle Ökoschmierpapier von der ›Estelle‹.«

Ich grinse. Sie kann mich echt gut aufheitern.

Als ich die Karte von Elisabeth lese, bin ich platt. Sie lädt mich tatsächlich zu ihrer Hochzeit ein. Zuerst in die Kirche, dann zum Mittagessen in ein feines Lokal in Potsdam und zum anschließendem Empfang in ihrem Haus.

›Meine liebe Rosa‹, hat sie handschriftlich hinzugefügt. ›Ich würde mich freuen, wenn ich Sie an diesem Tag zu meinen Gästen zählen dürfte. Sie haben meine Lebensgeschichte so hingebungsvoll lauschend begleitet. Es versteht sich, dass Sie bei einem der letzten Kapitel selbst dabei sein sollten. Bitte gern in Begleitung Ihres Verlobten. Herzlich, Ihre Elisabeth.‹

»Ist die süß«, sagt Vicki, die, mir über die Schulter schauend, mitgelesen hat.

Ich seufze. »Meinst du, ich passe zwischen die ganzen Adelsladys und ihren Hofstaat?«, frage ich und merke, dass mir das Herz in die Hose rutscht. »Bestimmt werde ich vor Aufregung ein Glas umstoßen, abgesehen davon, dass ich eine Kuchengabel nicht von einer Salatgabel unterscheiden kann, und sollte es irgendwelche Krustentiere geben, kriege ich die nur mit einem Hammer auf oder muss die Schale mitessen. Will sagen, ich bin ein putziger grauer Spatz unter lauter bunten, edlen Paradiesvögeln.«

»Meinst du, die werden auf dir herumhacken?«

Ich nicke.

»Machen die nicht«, sagt Vicki und zwinkert mir zu. »Die sind alle viel zu gut erzogen.«

»Basti und ich sind jetzt verlobt! Siehst du?«

»Und weiß er das schon?«

»Nö.«

Das Zusammensein mit Vicki ist mal wieder heilsam. Nachdem wir noch eine Weile geplaudert haben, verziehe ich mich in mein Zimmer und grübele angestrengt darüber nach, was ich anlässlich des großen Ereignisses für ein Kleid anziehen könnte. Da ich in letzter Zeit fleißig genäht habe, ist die Auswahl nicht gerade klein. Allerdings frage ich mich, ob eine rauschende grüne Robe mit einem Rückenausschnitt fast bis zum Po das geeignete Kleidungsstück für eine derartig noble, aber wahrscheinlich etwas steife Hochzeit ist.

Ich werde mich von Kate Middleton inspirieren lassen. Oder Victoria von Schweden. Die wirken immer wie aus dem Ei gepellt. Vielleicht nähe ich eins ihrer Kleider nach und fertig. Da die Hochzeit in einer Woche stattfinden wird, muss ich mich beeilen.

Während ich im Internet nach edlen Kleidern forsche, höre ich Vicki im Flur aufgeregt telefonieren. Bei der Gelegenheit fällt mir ein, dass ich sie nicht gefragt habe, wie es um sie und Daniel steht. So entspannt wie sie wirkte, gehe ich allerdings davon aus, dass die beiden sich ausgesprochen und versöhnt haben. Beim Telefonieren will ich Vicki jedenfalls nicht stören, also versenke ich mich vollständig in die Beantwortung der hochwichtigen Frage: Was ziehe ich an?

Mein Kleid für Elisabeths Hochzeit ist komplett aus hellgrauer Spitze, mit einem Unterkleid aus Seide, die sich unendlich weich (und maßgeschneidert) an meinen Körper schmiegt. Es hat lange Ärmel, ist knielang und hochgeschlossen. Meine Haare werde ich hochstecken und eine Perlenschnur hineinflechten. Zum grauen Kleid wirkt das sehr edel. Eine kurze dunkelblaue Wolljacke und Lackpumps vervollständigen meinen Festtagslook.

»Es sieht edel aus«, bestätigt Vicki, die im Schlafanzug auf meinem Bett hockt und mir bei der Anprobe zuschaut. »Der graue Stoff ist wunderschön.«

Ich bedanke mich. Mal wieder habe ich eine komplette Nacht für das Anfertigen von Kleidung geopfert, mich total in meine Modewelt vertieft. Ein Gutes hatte die Sache. Langsam, ganz langsam kann ich die ›Estelle‹-Sache abhaken und mich auf das konzentrieren, was das Leben mir bietet.

Ich gähne herzhaft und lasse mich geschafft neben Vicki fallen. Sie sieht ebenfalls müde aus. Um ihre Augen liegen tiefe schwarze Schatten.

»Lass uns Kaffee kochen«, meint sie und erhebt sich mühsam. Ihr Bauchumfang nimmt stetig zu. Wie es sich wohl anfühlt, wenn ein kleines Wesen in einem heranwächst? Das eigene Kind! Es muss ein wunderschönes Gefühl sein.

»Ich bin ein bisschen neidisch auf dich«, sage ich.

»Wie bitte?«

Vicki plumpst direkt wieder auf mein Bett und schaut mich ungläubig an. In ihren Augen schimmern Tränen.

»Was ist los?«, frage ich erschrocken.

»Nichts«, sagt sie und winkt ab. »Ich bin ein bisschen sentimental heute.«

»Vicki?«

Sie seufzt. »Ach Rosa«, schluchzt sie dann. »Ich wollte dich nicht nerven, deshalb habe ich nichts gesagt. Du hast so viel zu tun, gehst zu der tollen Hochzeit und kümmerst dich so lieb um Juli …«

»Halt«, rufe ich und lege Vicki eine Hand auf ihren Arm. »Ich weiß selbst, was bei *mir* los ist. Mich interessiert viel mehr, was dich beschäftigt, und ich entschuldige mich schon jetzt, dass ich wegen meiner Näherei mal wieder einen Tunnelblick hatte und nichts mitbekommen habe.«

»Dani meldet sich nicht!« Dicke Tränen tropfen aus Vickis Augen. Da sie so gut wie nie heult und eigentlich immer cool bleibt, wird mir schlagartig klar, wie schlecht es ihr geht. Ich überlege fieberhaft, wie lange es her ist, dass Daniel sich hier mit Rotwein die Kante gegeben hat.

Fast eine Woche! Verdammt!

»Warum hast du nichts gesagt?«, frage ich und nehme sie in meine Arme. »Ich … ich ging davon aus, dass längst alles geklärt ist zwischen euch.«

»Er ist wie vom Erdboden verschluckt«, heult Vicki und wischt sich mit dem Schlafanzugärmel die Nase ab. »Ich habe alles versucht. Er ist nirgends zu finden.«

»Ich dachte, du weißt, wo er ist!«

Schmerzlich wird mir bewusst, dass ich nicht nachgefragt habe, ob sie ihn an diesem Tag gefunden und sich mit ihm ausgesprochen hat. Ich war mir so sicher, dass die beiden ihre Probleme in den Griff kriegen.

»Ich hatte gesagt, dass ich eine Idee habe«, sagt Vicki. »Ich … ich dachte, er sei in Kletzin. Es ist … Er liebt unser Haus. Er ist quasi in jeder freien Minute dort. Er plant alles, spricht jede Tapete, jede Fliese mit mir durch. Manchmal nervt mich das fast. Aber jetzt ... Da wünschte ich, er wäre hier und wir könnten zusammen Stoffmuster für die Vorhänge aussuchen.«

Jetzt ist sie wirklich sentimental.

Es ist, wie es immer ist: Erst wenn man etwas verliert, wird einem klar, wie wertvoll es war.

Abgesehen davon – sie hat Daniel gar nicht verloren. Er schmollt und hat sich irgendwo versteckt. Vicki sollte das verstehen. Sie hat sich ebenfalls für eine Weile verkrümelt, als sie erfuhr, dass sie schwanger ist, und nicht wusste, wie sie es ihrem Mann beibringen sollte.

»Er wird wiederkommen«, beschwichtige ich sie.

»Und wenn nicht?«

»Vicki! Das darfst du nicht mal denken!«

»Er ... er hat mal gesagt ...« Sie zittert und schluchzt, dass es mir fast das Herz zerreißt. »Wenn ... wenn ich ihm noch einmal das Herz breche, wird er weggeh...hen von mir. Dann wird er eine Weltreise machen oder sonst was, aber er wird mich auf jeden Fall verlassen, denn das hält er nicht noch mal durch.«

Vielleicht sollte Vickis Mann statt Architekt lieber Drehbuchautor werden. Das wäre Eins-a-Stoff für eine Sonntagabend-Schmonzette. Rosamunde Pilcher könnte einpacken.

Wenn Vicki nicht so traurig wäre, würde ich lachen.

»Süße«, sage ich. »Er macht keine Weltreise. Was für ein Quatsch!«

»Aber wo ist er dann?«

Ich zucke die Schultern. »Was meint er überhaupt damit? Von wegen ... noch mal sein Herz brechen?«

»Na, wegen damals«, antwortet Vicki. »Als wir Teenies waren und er allein auf eure Party gegangen ist.«

Ich erinnere mich gut an die Geschichte, die kein Ruhmesblatt für meine Schwester Lila ist. Sie hat hinterhältig die erste Liebe von Vicki und Daniel torpediert.

»Ja, aber *er* hat dir doch nichts von der Fete bei uns erzählt. *Er* ist allein gekommen, weil Lila so getan hat, als wäre sie scharf auf ihn.«

»Und dann habe ich *ihn* verlassen.«

»Ach, so sieht er das?« Ich lache hilflos.

Bei Männern muss man echt aufpassen. Manche drehen gerne so lange an den Tatsachen herum, bis sie in ihr Weltbild passen und sie natürlich *nicht* an der wie auch immer gearteten Misere schuld sind. Ich will Vickis aktuellen Patzer nicht verniedlichen, aber was ihr Mann gerade abzieht, ist feige. Warum scheut er eine direkte Aussprache mit ihr? Verkrümelt sich sonst wohin und schmollt? Vicki erwartet ein (sein!) Kind, und es ist sicher nicht gut für die beiden, wenn sie wochenlang todunglücklich durch die Gegend läuft. Das sollte ihm eigentlich klar sein.

»Wollen wir ein bisschen raus?«, frage ich. »Irgendwo frühstücken?«

Vicki schüttelt den Kopf.

»Ich will lieber hier warten«, sagt sie. »Falls Daniel kommt.«

Vicki geht in Klausur. Na, das kann ja heiter werden.

Wenn ich wüsste, wo Daniel steckt, würde ich ihm gerne ein paar Takte erzählen. Was mache ich bloß, wenn er nicht bald auftaucht? Ich kann unmöglich zusehen, wie Vicki sich fertigmacht. Aber ich kann Daniel nicht herzaubern. Menschenskinder, ist das kompliziert!

In den nächsten Tagen sitzt Vicki wie angenagelt in unserer Wohnung.

Es ist Samstag und der große Tag von Elisabeths Hochzeit ist gekommen. Basti hat bei mir übernachtet. Wir sind zusammen im Bad, wo ich am Vergrößerungsspiegel versuche, mir ein makelloses Make-up zu verpassen, was schlicht unmöglich ist, wenn jede Pore in diesem heimtückischen Glas beinahe tomatengroß aussieht.

»Mist!«, fluche ich, als ich zum zweiten Mal zu viel Rouge erwische und mir, statt mein Gesicht sanft zu modellieren, alberne Apfelbäckchen aufgemalt habe.

»Rosa, ich will ja nicht drängeln ...«

»Doch willst du!«

»Willst *du* gern zu spät zu Elisabeths Hochzeit kommen?«

Ich schüttele den Kopf.

Basti ebenfalls – allerdings eher genervt. Dann geht er.

Meine Haare sind nicht fertig, geschweige denn das komplizierte Einflechten der Perlenkette, mit der ich die Frisur edel aufpeppen möchte.

Vicki kommt ins Bad. »Du setzt dich jetzt hin und hörst auf, dein Gesicht zu bemalen«, befiehlt sie. »Ich helfe dir. Keine Widerrede.«

Dankbar seufze ich auf und überlasse meine Haare Vickis geschickten Fingern. Ich male trotzdem weiter und versuche nun, mir einen ausdrucksvollen, aber nicht balkenmäßigen Lidstrich zu malen.

»Noch immer nichts von Daniel?«, frage ich.

Sie schüttelt den Kopf.

»Ach, Mensch!«

»Ist schon okay«, sagt sie. »Andere Menschen haben ebenfalls Probleme.«

»Wer denn noch?«

»Was?«

»Wer noch Probleme hat, wollte ich wissen.«

»Ach, niemand«, sagt sie fahrig. »Das … das war nur so dahingesagt. Jetzt sei mal still, ich muss mich konzentrieren.«

Wir beenden unseren kryptischen Dialog. Der Lidstrich gelingt.

Eine Viertelstunde später sind Basti und ich abfahrbereit. Vicki hat mir verboten, noch einmal in den Vergrößerungsspiegel zu gucken.

»Du siehst toll aus!«, sagt sie und gibt mir einen Kuss auf die Wange. »Und jetzt Abmarsch. Sonst verpasst du das Beste.«

Basti pfeift durch die Zähne, als er mich in meinem neuen Outfit sieht.

»Ein Glück, dass ich dabei bin«, sagt er, »dann kannst du mir nicht mit irgendeinem adligen Schnösel durchbrennen.«

Ich weiß, dass er mal wieder einen lustigen Spruch machen wollte, erkenne jedoch, dass mein Treuebruch ihn nach wie vor beschäftigt.

Männer wirken gern cool, das ist ihre Rolle. Aber wenn sie lieben und verletzt werden, sind sie nicht cool. Sie gehen lediglich anders mit ihrem Kummer um als wir und wirken dabei zuweilen wie emotionslose Trampeltiere. Das sollten wir Mädels uns echt mal merken.

Langsam verstehe ich Daniel etwas besser. Er leidet und hat Angst. Umso wichtiger ist es, dass er endlich aus der Versenkung auftaucht.

Vicki winkt uns hinterher. Als sie die Tür schließt und

ich sie allein mit all ihren Grübeleien zurücklassen muss, tut mir mein Herz furchtbar weh.

Den ganzen Tag habe ich gelächelt, Konversation gemacht, Komplimente für Elisabeths Garderobe entgegengenommen, meinen beruflichen Werdegang erzählt, dabei den Rücken gerade gehalten und die Beine vornehm verschränkt. Beim Essen habe ich kleine Häppchen genossen (bloß nicht kleckern!) und winzige Schlückchen prickelnden Champagner geschlürft (wohin mit der Kohlensäure? Auf keinen Fall aus Versehen rülpsen!). Mit einem Wort: Ich bin fix und alle.

Wir sind in Elisabeths Haus. Es ist der Abend ihres Hochzeitstages. Sie und Viktor sind seit zehn Stunden verheiratet, und ich bin wahnsinnig glücklich darüber – glücklicher könnte ich über meine eigene Hochzeit kaum sein. Mein ›Verlobter‹ unterhält ein paar nette ältere Damen mit Geschichten aus seiner Kindheit, als Sohn einer berühmten Schauspielerin.

Ich bin im Bad, habe mir den Lippenstift nachgezogen und die Hände gewaschen. Am liebsten würde ich mich eine Stunde auf den Klodeckel setzen und etwas Idiotisches machen. Grimassen schneiden oder Klatschmagazine lesen. Ich öffne einen Moment das Fenster und atme die klare kalte Winterluft ein. Es geht mir gleich besser.

»Hallo?«

Oh, mein Gott! Halb hinter einem Busch verborgen steht ein Typ und ruft mich. Was soll ich machen?

»Hallo, junge Frau! Rosa!«

Scheiße, er meint wirklich mich! Oder guckt noch eine junge Frau namens Rosa aus einem der vielen Fenster von Elisabeths Villa? Ich beuge mich ein bisschen vor, kneife die Augen zusammen und versuche angestrengt zu erkennen, wer da mit mir Kontakt aufnehmen will. »Ja? Bitte?«

Endlich tritt die Gestalt aus ihrer Deckung hervor. Ich atme erleichtert auf, denn es ist kein Dieb oder sonstiger Verbrecher. Es ist Viktor Haiden – Elisabeths frisch angetrauter Ehemann.

»Ich brauchte mal eine Pause«, sagt er und grinst schelmisch. »Sie ebenfalls, oder?«

In puncto gutem Aussehen in hohem Alter steht er seiner Frau in nichts nach. Volles weißes Haar umrahmt ein kluges Gesicht mit gerader Nase und warmen braunen Augen. Lachfältchen inklusive. Wer kam bloß auf die Idee, dass Falten entbehrlich sind? Sie geben älteren Gesichtern doch erst den Charme und die Lebendigkeit.

Ich lächle ihn an.

»Diese ganzen Durchlauchten können einen schon anstrengen, nicht wahr?«, fragt er und zwinkert mir zu.

»Wem sagen Sie das?«, antworte ich. »Mein Rücken fühlt sich steif an, als hätte ich einen Stock verschluckt.«

Er lacht. »Rauchen Sie?«

»Wie bitte?«

»Schon richtig gehört«, sagt er und fördert ein Päckchen Zigaretten aus seinem Mantel hervor. »Wie gesagt, ich brauchte eine Pause, aber ich habe mein Feuerzeug verlegt. Wenn ich wieder reingehe, um es mir zu holen, wird mich direkt irgendeiner der zahlreichen Verwandten in Beschlag nehmen …«

»Alles klar«, sage ich grinsend. »Ich hole was.«

»Im Flur …«, sagt er. »Die ganzen Kerzen. Da finden Sie bestimmt Streichhölzer.«

Ob es in Elisabeths Palast überhaupt so etwas Profanes gibt? Wahrscheinlich muss sie lediglich in die Hände klatschen und die Lichter gehen von allein an.

Ich habe Glück. Ehe ich gezwungen bin, in den Schränken zu wühlen (wie unschicklich), begegnet mir Christine mit einem Tablett voller Gläser.

»Dürfte ich Streichhölzer haben?«, frage ich sie direkt.

»Wozu?«

Ich seufze leise. Weil der Bräutigam draußen eine durchziehen will, kann ich wohl kaum sagen. »Das Laster«, antworte ich, weil mir auf die Schnelle keine Ausrede einfällt, die Sinn ergibt.

»Sie sollten nicht rauchen«, belehrt mich Elisabeths Haushälterin streng.

»Natürlich nicht. Ich … ähm … ich mach's auch nur ganz selten.«

Sie öffnet eine der Schubladen und reicht mir ein Feuerzeug. »Aber draußen!«

»Selbstverständlich.«

Ich schnappe mir meine Jacke aus dem Garderobenzimmer und sause um das Haus herum in den Garten.

»Sie sind ein Engel, Rosa!«, sagt Viktor und hält mir seine Zigaretten hin.

Das letzte Mal habe ich vor einem Jahr geraucht. Es ist nicht mein Ding, aber vielleicht kann es nach all der Anspannung wirklich nicht schaden. Also greife ich zu.

»Elisabeth hat mir viel von Ihnen erzählt!«, sagt Viktor, während er den ersten Zug sichtlich genießt.

»Ach herrje«, antworte ich. »Da gibt es nicht viel zu erzählen. Jedenfalls nicht halb so viel wie von Ihnen beiden.« Ich hoffe, meine Antwort erscheint ihm nicht allzu frech. »Ich … ich meine, Ihre ganze Geschichte ist … ähm …« Ich suche nach den richtigen Worten.

»… verrückt?«, hilft er mir und lacht leise. »Sagen Sie es ruhig. Wir sind hier unter uns.«

»Sie ist verrückt«, antworte ich und stelle fest, dass ich Viktor mag. »Warum haben Sie damals so plötzlich Annemarie geheiratet?«

»Ich hatte sie gern.«

»Es war eine Trotzreaktion, nicht wahr?« (Himmel, bin ich froh, dass Daniel schon verheiratet ist! Wer weiß, was er sonst anstellen würde. Vielleicht ist es wahr, was Oma sagt: Männer sind manchmal wie kleine Kinder.)

»Ich habe oft darüber nachgedacht«, antwortet er leise. »Doch das ist nicht die ganze Wahrheit. Es würde meiner ersten Frau nicht gerecht werden. Sie ist … sie war eine besondere, sehr liebenswürdige Persönlichkeit.«

»Ist sie …?«

»Schon zwei Jahre nach unserer Hochzeit. Nicht ausgeheilte Tuberkulose. Es war furchtbar.«

»Das tut mir leid«, sage ich.

»Ich hatte plötzlich vier Minderjährige allein zu versorgen – meine eigenen Geschwister und ihre. Es war schwer, aber wir waren eine Familie und hielten fest zusammen. Es war trotz allem eine besondere Zeit.«

»Haben Sie Kinder mit Annemarie?«

Er schüttelt den Kopf. »Sie war eine aufrechte, starke Frau«, antwortet er, »aber von Anfang an gezeichnet von ihrer Krankheit. Eine Schwangerschaft hätte ihr geschadet, auch wenn sie sich nichts sehnlicher gewünscht hätte als ein eigenes Kind.«

»Das ist schlimm.« Ich dränge die Tränen zurück, indem ich hastig an meiner Zigarette ziehe. »Und Elisabeth? Ich meine, sie hatte doch unterdessen …«

Erst jetzt wird mir klar, dass meine liebe Geschichtenerzählerin mal wieder an einer der spannendsten Stellen aufgehört hat, zu berichten.

»Sie meinen, ob ich wusste, dass ich längst Vater war?«

Ich nicke.

»Zuerst nicht. Elisabeth verbrachte mehrere Wochen in einem Heim für ledige Mütter, wurde dann jedoch zu ihrer Tante ins Saarland geschickt, wo sie unsere Tochter zur Welt brachte.«

Die Tante muss im Gegensatz zu Elisabeths Eltern harte Nerven und ein gutes Herz gehabt haben, denn sie nahm ihre eigensinnige Nichte schon zum zweiten Mal ohne Wenn und Aber bei sich auf.

»Unsere Juliane war ein wunderbares Kind«, sagt Viktor. »Leider habe ich nicht viel von ihr erleben dürfen.«

»Aber … Ich meine … Sie waren doch frei. Sie hätten … Warum haben Sie Elisabeth nicht geheiratet, als …?« Ich stottere entsetzlich, doch ich kann keinen klaren Gedanken fassen. Ich muss unbedingt erfahren, warum er seinen Fehler nicht ein paar Jahrzehnte eher wiedergutgemacht hat.

»13. August 1961. Sagt Ihnen das etwas?«

»Ja, natürlich«, antworte ich atemlos. »Sie … Sie wollen mir sagen, dass Sie im Begriff waren, Elisabeth zu heiraten und dann kam der Mauerbau dazwischen? Das ist doch nicht zu fassen, oder?«

»Wir sollten hineingehen«, sagt Viktor. »Sie zittern ja, Kind!«

»Aber nicht vor Kälte«, protestiere ich. »Ich kann nicht begreifen, wie es sein kann, dass zwei Menschen, die sich lieben, andauernd so viel Pech haben können.«

Er reicht mir seinen Arm. »Wenn Sie mögen, kommen Sie bald zum Tee zu uns«, sagt er. »Ich bin sicher, meine Frau würde Ihnen gern weitererzählen.«

Und ob ich kommen werde!

Dass er nach über 60 Jahren endlich Elisabeth als ›seine Frau‹ bezeichnen darf, bringt mich nun doch zum Heulen. Viktor reicht mir lächelnd ein Taschentuch.

»Sie sind eine entzückende kleine Person«, sagt er. »Da muss ich Elisabeth recht geben.«

Nach heftigen Träumen, in denen Vicki und Daniel in sturmgepeitschter See mit einem kleinen Ruderboot untergehen, wache ich schweißgebadet auf. Basti liegt nicht neben mir. Er ist ein Frühaufsteher, hockt wahrscheinlich mit Vicki in der Küche und trinkt Kaffee.

Mitten in der Nacht sind wir von Elisabeths und Viktors Hochzeit heimgekommen. Im Bett habe ich mich geradezu hungrig auf ihn gestürzt, was ihm allerdings recht gut gefiel.

Die gesammelten Schicksalswirrungen der alten und jungen Paare um mich herum gaben mir das Gefühl, ich sollte Basti ausgiebig lieben, bevor er mir womöglich demnächst entrissen wird.

Bei Tageslicht betrachtet, kommt mir diese Angst

lächerlich vor. Uns beiden geht es endlich gut miteinander und ich bin mir sicher, dass wir viele schöne Jahre vor uns haben.

Ich rekele mich ausgiebig, ehe ich die Beine aus dem Bett schwinge und nach meinen Schlafanzug suche, den ich im Eifer des Gefechts gestern weit von mir geworfen habe. Ich ziehe ihn an und tapse in die Küche, wo der Frühstückstisch üppig gedeckt ist wie in einem Fünfsternehotel. Wurst- und Käseplatten, Obstsalat, frischer Hefekuchen, gekochte Eier, Müsli, Tomate und Mozzarella ...

Vicki steht am Herd und brät Omelette mit Pilzen.

»Kriegen wir Besuch?«, frage ich schläfrig und gieße mir einen Kaffee ein. »Wo ist Basti?«

»Brötchen und Croissants holen.«

Wir frühstücken gern, so einen Aufwand betreiben wir jedoch normalerweise nicht. Nicht mal am Sonntag.

Ich zähle die Teller und Tassen. Sieben. Also doch Besuch.

»Wer kommt denn?«, frage ich und springe nervös auf. Ich muss mich umziehen, denn ich möchte unsere Gäste ungern in meinem hellblauen Blümchenschlafanzug und mit völlig struppigen Haaren empfangen.

»Bleib sitzen«, sagt Vicki und zwinkert mir zu. »Entspann dich ein bisschen.«

»Ich bin total entspannt«, schreie ich.

»Aha?«

»Vicki!«

»Ist ja gut, Rosa. Lila und Rob sind auf dem Weg, außerdem Jola und Margret. Keinen von uns stört dein Schlafanzug.«

»Hattest du Lust auf eine gemütliche Runde? Was für eine schöne Idee.«

»Mmh.«

»Ich ziehe mich jetzt um.«

»Wie du willst. Hauptsache, du fühlst dich wohl.«

Ich bin schon halb aus der Küche, da werde ich stutzig. »Vicki? Du machst dieses Riesenfrühstück nicht meinetwegen, oder?« Sie kennt meine Theorie: Essen plus Freunde ist gleich Psychotherapie.

»Neeeiiin«, beteuert meine Freundin etwas zu laut. »Ich mache es meinetwegen, aber dir kann es ebenfalls nicht schaden.«

Jetzt kriege ich Angst.

Das Schicksal! Hatte ich recht? Lauert es jetzt darauf, als nächstes *mich* unglücklich zu machen? Ist Basti in Wahrheit nicht Brötchen holen, sondern für immer verschwunden? Abgehauen aus meinem Leben? Und Vicki will mich mit Omelette und Obstsalat trösten?

Unter der Dusche beschließe ich, dass es besser ist, jetzt nicht paranoid zu werden. Vicki macht Frühstück. Sie hat ein paar Leute eingeladen. Basti ist beim Bäcker …

Und ich sehe Gespenster.

Das Problem bin also ganz allein ich.

Als ich mich abtrockne, muss ich beinahe selbst über mich lachen.

Aber nur, bis alle Gäste da sind und ich strahlend, frisch geföhnt und angezogen aus meinem Zimmer komme. Sie hören auf zu reden und starren mich mit kummervollen Augen an. Princess fiept kläglich. Sie hat mitgekriegt, dass seltsame Stimmung in der Luft liegt.

»Ist wer gestorben?«, frage ich entsetzt.

»Setz dich mal«, sagt Lila.

»Was ist los, verdammt noch mal?« Ich kann nicht verhindern, dass meine Stimme hysterisch klingt.

»Es ist niemand gestorben«, beruhigt mich Margret. (Danke schön!) »Gute Nachrichten haben wir trotzdem nicht für dich.«

Basti schnappt sich meine Hand und zieht mich auf seinen Schoß. »Nun sag es ihr«, fordert er an Vicki gewandt.

»Also gut«, sagt meine Freundin. »Als du neulich so traurig warst wegen deinem Wettbewerb, weil du dir solche Mühe gemacht hast, und die schicken dir nicht mal eine schnöde Absage …«

»Ja?«

»… da habe ich eine Weile gegrübelt, was zu tun ist«, fährt Vicki fort. »Ehrlich gesagt, ich hatte sogar die Idee, dir notfalls selbst einen wunderbar netten, aber klaren Brief zu schreiben. Was ich selbstverständlich nicht getan habe.«

»Du spinnst«, sage ich stirnrunzelnd, »und jetzt komm bitte auf den Punkt.«

»Na ja, ich habe stattdessen zum Hörer gegriffen und bei der ›Estelle‹ angerufen.«

»Hast du nicht!«

»Hat sie«, sagt Jola. »Und nun pass auf!«

»Ich habe natürlich getan, als wäre ich du und wollte hören, was so läuft.«

Ich platze fast vor Ungeduld.

»Die Dame am Telefon war sehr nett und sagte mir als Erstes, dass sie diejenigen, die es in die Endauswahl geschafft haben, bereits angerufen habe und wenn ich keinen Anruf erhalten habe, sei ich nicht darunter. Ich erklärte ihr, dass ich ihr so weit folgen könnte, aber was sei denn mit den Verlierern? Haben die ebenfalls Nachricht bekommen? Im Hintergrund hörte ich sie tippen und schließlich teilte sie mir mit, dass die Briefe an die aus dem Wettbewerb Ausgeschiedenen vor zehn Tagen rausgegangen seien.«

»Wie bitte?«, hauche ich.

Alle nicken ernst.

»… und wo ist mein Brief?«

»Eben«, sagt Margret. »Erzähl weiter Vicki!«

»Na ja, daraufhin sagte ich, dass ich keinen bekommen hätte. Sie entschuldigte sich und meinte, ich solle ihr noch mal meinen Namen nennen. Rosa Redlich, sagte ich. Sie schaute wieder in ihrer Datenbank nach, was dieses Mal noch länger dauerte. Dann meinte sie, das sei komisch, denn in den Wettbewerbsakten wäre eine Eingangsnotiz vermerkt, und alles sei demzufolge ordnungsgemäß.«

»Ja, na klar hat sie die. Ich habe den Brief als Einschreiben geschickt«, sage ich und versuche, die Gedanken, die in meinem Kopf Achterbahn fahren, zu ordnen. Es gelingt mir nicht.

»Hast du einen Rückschein bekommen?«, will Basti wissen.

Ich nicke. »Ja, ein paar Tage später.«

»Hast du ihn noch?«, fragt Lila.

»Ich denke schon«, antworte ich und greife nach einem Croissant. Vielleicht helfen Kohlenhydrate und Fett meinem armen Kopf auf Touren zu kommen. »Ich verstehe das alles nicht.«

»Wir verstehen es auch nicht«, bestätigt Rob. »Deine

Zeichnungen sind ordnungsgemäß eingegangen, trotzdem hast du keine Nachricht erhalten, dass du nicht unter den ersten 20 bist.«

»Vielleicht ist die Absage verloren gegangen«, denke ich laut. »Das ist in dem Fall die logischste Erklärung.«

»Finde ich nicht«, widerspricht Vicki. »Das wäre ein völlig aberwitziger Zufall. Rosa, ich sage dir, da ist was faul. Irgendwer wollte nicht, dass du gewinnst.«

»Glaube ich auch«, bestätigt Lila. (Sie versteht was davon. Schließlich hat sie selbst mal eine Naht an einem meiner Kleider zerschnitten.)

Ob sie recht haben?

»So ein Quatsch«, sage ich überfordert. »Das sind doch verrückte Verschwörungstheorien.«

»Vicki, was hat denn die Sekretärin dazu gesagt?«, will Margret wissen.

»Sie entschuldigte sich und versprach, eine Absage an dich zu schicken.«

»Super!« Ich bin richtig frustriert. »Dann ist doch alles fein. Deswegen hättet ihr wirklich nicht so einen Aufstand und auch kein Riesenfrühstück auftischen müssen – obwohl es echt lecker ist.«

»Was sollen wir machen jetzt?«, fragt Jola und schaut in die Runde. »Können wir so nicht lassen.«

»Wieso machen?«, frage ich mit vollem Mund. »Da kann man nichts machen.«

»Interessiert dich wirklich nicht, wo deine Zeichnungen geblieben sind?«, fragt Basti.

»Wieso meine Zeichnungen?«, frage ich. »Wir reden doch von der Absage!« Es wird immer verrückter. Die Ansammlung verhinderter Kriminalkommissare und Verschwörungstheoretiker am Frühstückstisch nervt mich gewaltig.

»Vielleicht ist der Brief nicht gekommen, weil es gar keine Zeichnungen mehr gab«, sagt Lila mit der angespannten Miene eines Tatortkommissars.

»Und wenn schon«, maule ich. »Was habe ich davon? Es ist doch alles vorbei. Fertig! Aus! Ende!«

»Lasst uns erst einmal essen«, schlägt Vicki vor. »Rosas Kampfgeist ist gerade noch nicht wach. Er braucht ein paar Tassen Kaffee!«

Ich weiß, was Vicki meint. Ich kriege manchmal Anfälle von Wahnsinn und will die Welt retten oder wenigstens für etwas Gerechtigkeit sorgen. Doch dieses Mal täuscht sie sich. Die Sache klingt zwar ein wenig mysteriös, zu retten ist da trotzdem nichts mehr.

Manchmal ist das Leben wie verknotete Wolle. So sehr man sich bemüht, man kann die Fäden einfach nicht entwirren.

9. Kapitel

Wolkig mit Aussicht auf Besserung

»Ich wollte mich entschuldigen ... bei euch beiden.«

Vor der Tür steht Marlene. Sie hat einen hübschen Tulpenstrauß in der einen Hand und ein Kuchenpäckchen in der anderen. Normalerweise wäre ich begeistert über Besuch und Geschenke, aber heute ist es nicht wie normalerweise, denn Vicki und ich haben den Winterblues. Eigentlich ist immer eine von uns gut drauf und kann der anderen zur Seite stehen. Heute hängen wir jedoch beide hoffnungslos durch.

Kein Wunder: Draußen sieht es aus wie kurz vor dem Weltuntergang – dunkler Himmel, Schneematsch und Nebel, der alle Farben schluckt und die Stadt komplett in Grau taucht.

Zuerst war ich etwas verwirrt über das, was Vicki herausgefunden hatte, verfiel aber zusehends in eine Art Starre. Immer wieder frage ich mich, warum der blöde Brief der ›Estelle‹ nicht bei mir angekommen ist und warum die Sekretärin – nach Vickis Aussage – so lange gebraucht hat, um mich als Teilnehmerin überhaupt in ihrem Computer zu finden. Stimmt etwas nicht mit meiner Bewerbung? Und wenn ja, was?

Ähnlich Vicki: Die Beschäftigung mit meinem verpatzten Wettbewerb hat sie einige Tage abgelenkt, doch jetzt sitzt sie in ihrem Zimmer und grübelt vor sich hin. Von Daniel nach wie vor keine Spur.

»Schreib wenigstens an deinem neuen Roman weiter«, bitte ich sie. »Der Abgabetermin ist bald.«

»Ich kann nicht«, sagt sie. »Ich kann nicht schreiben, wenn es mir nicht gut geht.«

»Aber du musst«, mahne ich. »Außerdem kann Arbeiten hilfreich sein. Jedenfalls geht es mir so, wenn ich nicht gut drauf bin.«

Und überhaupt. Margret würde eine Krise kriegen, wenn ich vor Kummer meine Arbeit verweigern würde. Man stelle sich vor, ein Bäcker würde angesichts seiner Sorgen nicht backen ... Dann hätten wir keinen Kuchen, um uns bei Kummer mit köstlichen Kalorien zu trösten.

Apropos!

Da steht also Marlene mit einem süßen Gruß vor unserer Tür. Kuchen! Außer Sex das Einzige, was an einem Tag wie diesem etwas Wohlbefinden verspricht.

»Komm rein«, sage ich und mache Platz.

Allerdings muss sie umständlich über Princess steigen, die sich, nachdem ich an ihr vorbeigegangen bin, gähnend auf ihre volle Länge im Flur ausgebreitet hat. Ziemlich unhöflich. Aber ich habe keinen Elan, an unserer Hündin herumzumäkeln, zumal sie sonst absolut wohlerzogen ist. Ich amüsiere mich im Stillen über meine Vermutung, dass Princess Marlene nicht leiden kann und sich absichtlich in den Weg gelegt hat.

Zuletzt gesehen habe ich Marlene bei Elisabeths und Viktors Hochzeit. In der kleinen Kirche in Wannsee, in der die Trauung stattfand, saß sie neben Nik – in der ersten Reihe, bei den engen Verwandten. Sogar Niks Mutter, die eigentlich im sonnigen Kalifornien lebt, war angereist, um bei der Eheschließung ihrer Eltern als Trauzeugin zu fungieren. Wie immer sah Marlene blendend aus, und ich musste neidlos anerkennen, dass sie und Nik ein wunderschönes Paar abgaben.

Ich war mir jedoch nicht sicher, ob ich mich freuen oder mir Sorgen machen sollte, deshalb beobachtete ich das frischgebackene Glück aus dem Augenwinkel.

Als ich sah, dass die beiden pausenlos vertraut Händchen hielten, beschloss ich, meinem Herzen einen Stoß zu geben und mich für sie zu freuen. Ich merkte, wie verliebt und glücklich sie sich anstrahlten. Marlene wirkte in Niks Gegenwart vollkommen natürlich und gelöst. Er vollbrachte scheinbar das Wunder, das außer Margret noch keinem gelungen war – Marlene Sievers in einen ganz normalen Menschen zu verwandeln.

Trotzdem hielt ich mich auf der Hochzeit von ihr fern. Ich war sauer, dass sie sich der verzweifelten Vicki gegenüber sensibel wie ein Holzklotz verhalten hatte. Nur wenn sie nicht an Niks Seite war, gesellte ich mich zu ihm und wir tranken und lachten, wie gute Freunde es eben tun. Ich merkte, dass Marlene mich gern angesprochen hätte, aber ich ließ es nicht zu.

Nun steht sie also mit der Miene eines reuigen Sünders in unserem Flur und ich muss sagen, ich ziehe dafür innerlich den Hut vor ihr. Sich hierher zu trauen, obwohl ich ihr die kalte Schulter gezeigt habe, ist mutig. Ich nehme ihr ab, dass ihre Entschuldigung ernst gemeint ist. »Die Blumen sind für deine Freundin Vicki«, sagt sie. »Kann ich sie kurz sprechen?«

Ich zeige auf Vickis Tür. »Mach mal«, sage ich.

»Ich decke derweil den Tisch. Danke übrigens für den Kuchen.«

»Es tut mir sehr leid«, antwortet Marlene. »Margret hat mir ganz schön den Kopf gewaschen, nachdem ihr draußen wart.«

Ach, daher weht der Wind. Hätte Margret nichts gesagt, wäre Marlene anscheinend gar nicht aufgefallen, wie verletzend und gemein sie war. Sie hat, wenn man so will, eine dicke, fette zwischenmenschliche Störung. Wahrscheinlich basierend auf dem, was sie in ihrer Kindheit Schreckliches erlebt hat. Aber kann die Vergangenheit ihr nun auf ewig Narrenfreiheit verschaffen und als Entschuldigung für ihr gemeines Verhalten gelten? Ich glaube nicht.

Ich habe gerade den Tisch für uns drei gedeckt, (obwohl ich stark daran zweifle, dass Marlene Vicki aus ihrem Zimmer locken kann), da kommen die beiden bereits in die Küche.

»Mmh, Apfelkuchen«, sagt Vicki freundlich. »Den mag ich.«

»Ich auch«, sage ich.

Mannomann, sind wir beide nette Menschen!

»Das freut mich«, antwortet Marlene brav und nimmt mit schüchternem Lächeln am Tisch Platz. Jetzt ist sie wieder die Frau, die ich durchaus mögen könnte, wenn da nicht ihre andere Seite wäre. Wie nennt man das? Einen Januskopf – eine zwiespältige Person. Genau das ist sie.

Wider Erwarten plaudern wir sehr nett miteinander, vor allem über die Hochzeit von Viktor und Elisabeth. Marlene sieht glücklich aus, wenn sie von Nikolaus erzählt, und ich bin mir fast sicher, dass sie nicht wegen seiner adligen Herkunft mit ihm zusammen ist, sondern weil sie ihn wirklich mag. Pluspunkt für sie.

»Aber *ihr* hängt beide ein bisschen durch«, stellt Marlene bei der zweiten Tasse Kaffee fest. »Kann ich irgendetwas für euch tun?«

Vicki zuckt die Schultern. »Ich fürchte nicht«, sagt sie. »Es sei denn, du hast die Möglichkeit, meinen nach wie vor verschwundenen Ehemann herzuzaubern.«

»Er ist noch immer verschollen?«

Ich nicke. Vicki schluckt.

»Ich habe alles versucht und nicht die geringste Idee, wo ich ihn auftreiben kann.« Ihre beherrschte Fassade bröckelt zusehends. »Seit über zwei Wochen nicht.«

»Hast du schon seine Mutter angerufen?«

»Hä?« Vicki schaut Marlene verblüfft an. »Warum sollte ich?«

Marlene lacht. »Na, Vicki, weil dein Mann vermutlich zu seinem besten Freund oder zu ihr geflüchtet ist.«

Vicki lacht mit. »Das glaube ich nicht«, sagt sie. »Das wäre doch ...«

»Es kommt auf einen Versuch an«, sage ich und stelle mir Daniel in seinem alten Zimmer, vollgestopft mit Büchern und Comics, vor. Er sitzt da und liest und erinnert sich seufzend an die ›guten alten Zeiten‹, als er und Vicki auf dem Schulhof MAD-Magazine getauscht haben. So abwegig ist Marlenes Idee vielleicht nicht. »Los, ruf sie an.«

»Okay«, gibt Vicki nach. »Wenn ich darüber nachdenke ... Ich finde es zwar albern, aber es besteht eine geringe Möglichkeit, dass sich mein Mann vor Kummer in Muttis Liebling zurückverwandelt hat.« Das klingt spöttisch, doch an Vickis leuchtenden Augen sehe ich, dass sie Hoffnung geschöpft hat. Marlene nickt ihr aufmunternd zu. Vicki schnappt sich das Telefon und lässt uns allein.

»Ich bete zum Himmel, dass du damit richtig liegst«, sage ich ein wenig theatralisch, meine es allerdings ganz ernst. »Sag mal! Wie läuft es mit deiner Kollektion?«

»Es läuft super«, antwortet Marlene. »Ich bereite gerade die Modenschau vor, das wird eine richtig große Sache. Ich bin schon sehr gespannt und unglaublich aufgeregt.«

»Ich auch.«

»Du ... du willst zur Modenschau kommen?«

»Na, selbstverständlich«, antworte ich. Das leicht schmerzliche Gefühl, das in mir aufsteigt, verdränge ich beherzt. »Du brauchst doch eine Fangemeinde am Catwalk!«

»Das würdest du trotz meines Aussetzers für mich tun?«

»Marlene«, sage ich und schaue sie eindringlich an. »Manchmal frage ich mich, was bei dir schiefgelaufen ist. Natürlich komme ich zur Show und selbstverständlich drücke ich dir die Daumen. Es ist ... Du verstehst das vielleicht nicht, aber ich bin nicht so neidisch, dass ich dir deinen Erfolg nicht gönne. Ich wäre ebenfalls gern unter den ersten 20. Ich würde lügen, wenn ich sagen würde, es sei mir egal. Aber nun bin ich es nicht, und das ist nicht zu ändern. Deine Entwürfe sind super. Du bist unglaublich talentiert und warum, zur Hölle, sollte ich mir nicht einen schönen Abend machen und dir ganz nebenbei alles Gute wünschen?«

Ach, das musste mal raus! Es muss doch möglich sein, dass Marlene kapiert, dass die Welt nicht allein aus Neid und Missgunst besteht. *Meine* Welt schon gar nicht!

»Das Kleid von Elisabeth … das Hochzeitskleid … Es war wunderschön.« Das war wohl Marlenes Art zu sagen, dass sie sich über meine Unterstützung freut.

Ich lächle zaghaft.

»Rosa?«

»Ja?«

Marlene steht auf und beginnt, unruhig durch die Küche zu tigern. »Ich … ich muss dir was …«

»Es ist wahr!«, schreit Vicki in dem Moment und stürmt zu uns in die Küche. Sie strahlt und fällt Marlene um den Hals. »Er ist bei seinen Eltern – und er will mich sehen! Ich bin sozusagen schon weg.«

»Gott sei Dank!«, sage ich erleichtert. Wieder eine Sorge weniger.

»Das vergesse ich dir nicht«, sagt Vicki an Marlene gewandt.

»Ist schon okay«, antwortet sie und wird feuerrot. »Es … es war doch nur so eine Idee.«

»Wisst ihr was?«, fragt Vicki froh. »Ich nehme Princess mit. Dann kommt sie mal raus aufs Land und kann sich richtig austoben.«

Unsere Hündin versteht wie immer jedes Wort und schnappt sich sofort ihre Leine.

»Wann kommt ihr wieder?« Ich fürchte mich ein bisschen vor der Einsamkeit und den damit verbundenen Grübeleien.

»So schnell wie möglich«, sagt Vicki. »… und dann lösen wir *dein* Rätsel.«

Weg ist sie.

»Was für ein Rätsel?«, fragt Marlene und setzt sich wieder hin.

»Ach, nichts Besonderes«, wiegele ich ab. »Es ist nur ... Der Wettbewerb ... Meine verrückte Vicki hat da angerufen, weil ich überhaupt keine Nachricht von denen bekommen habe.«

Marlene verschluckt sich an ihrem Kaffee. »Und dann?«, keucht sie und hustet wie verrückt.

»Nichts weiter«, antworte ich, während ich ihr auf den Rücken klopfe. »Vicki und Lila glauben, dass meine Zeichnungen abhandengekommen sind.«

»Was glaubst du?«

»Nichts. Ich will einfach meine Ruhe haben.«

»Willst du etwas unternehmen?«, fragt sie und räuspert sich noch einmal kräftig.

»Nein«, sage ich kopfschüttelnd. »Natürlich nicht. Das hätte gar keinen Sinn mehr. Was wolltest du mir eigentlich gerade erzählen?«

»Ich?«

»Ja, du ... Kurz bevor Vicki in die Küche gestürmt ist.«

»Ach nichts«, antwortet Marlene fahrig. »Es ... es war nicht so wichtig.«

Minuten später bin ich allein. Marlene hatte es plötzlich eilig, weil sie an ihrer Kollektion weiterarbeiten will. Vor mir liegt ein langer einsamer Abend, ohne Freundin, ohne Mann und Kind, sogar ohne Hund.

Ob ich mich vielleicht bei Facebook anmelde? Angeblich findet man da blitzschnell mehrere hundert Freunde.

Dieses Mal empfängt mich das frischgebackene Ehepaar Haiden gemeinsam. Im Wintergarten ist ein wunderbarer

Teetisch gedeckt. Elisabeth bittet mich freudig, Platz zu nehmen. Bevor ich das tue, bedanke ich mich bei den beiden für die schöne Hochzeitsfeier und versichere ihnen, dass es ein besonderer Tag auch in meinem Leben war.

Zwei Abende zuvor hatte ich mich nicht bei Facebook angemeldet. Stattdessen schrieb ich eine Mail an Nik und erzählte ihm, dass Elisabeth mich zum Tee eingeladen hätte. Er meldete sich recht schnell und wir schickten einige Nachrichten hin und her. Irgendwann fragte ich ihn, ob er glücklich mit Marlene sei. Er bejahte und erzählte mir, was sie alles zusammen unternahmen und wie er Marlene und ihre etwas spezielle Art sah.

›Ich habe schon gemerkt, dass ihr beide ein paar Schwierigkeiten miteinander habt‹, schrieb Nikolaus.

Ich wollte keine Leichen ausgraben und verschwieg ihm den Psychoterror, den seine Freundin am Musicaltheater mit mir veranstaltet hatte. ›Ich will nicht, dass sie dir wehtut‹, schrieb ich zurück.

›Ausschließen kannst du das nicht, denn Liebe und Schmerz sind Geschwister‹, antwortete Nik. ›Die Angst vor weiteren seelischen Verletzungen hat mein Leben die letzten Jahre über dominiert. Doch wenn man leben und glücklich sein will, sollte man sich nicht von seiner Angst beraten lassen. Marlene, so kompliziert sie auch ist, lohnt einen Versuch, sich mal wieder an die Liebe heranzuwagen.‹

Nik hat recht. Liebe und Vertrauen sind das Wichtigste im Leben! Und am Ende besiegen sie die Angst und das Misstrauen. Man muss es nur zulassen!

»Wann haben Sie Elisabeth eigentlich wiedergesehen?«

»Im Sommer 1960«, antwortet Viktor.

»Es war in Lichterfelde West am Bahnhof«, ergänzt Elisabeth. »Ich hatte zusammen mit Juliane eine Freundin dort besucht. Meine Tochter liebte die großen, schweren Lokomotiven und die langen Züge, die dort immer hielten. Wir standen eine Weile auf dem Bahngelände …«

»Ich hatte einen amerikanischen Truppenzug von Helmstedt nach Lichterfelde gefahren und musste zurück. Ich war kurz von der Lok gegangen, um mir die Beine zu vertreten. Schon von Weitem habe ich Elisabeth erkannt.«

»Und?« Ich kann mir lebhaft vorstellen, wie aufregend dieser Moment für die beiden war. Wie soll man dieses Zusammentreffen nennen? Zufall? Oder Schicksal?

»Er kam auf mich zu und lächelte. Es war, als wäre keine Zeit vergangen, seit wir uns zuletzt gesehen hatten. Nur dieses Mal stand nichts zwischen uns. Das konnte ich sofort spüren. Es … es gab keine Barriere. Alles, was uns beim letzten Treffen getrennt hatte, war vergangen.«

Schicksal. Eindeutig!

Und jetzt, endlich, wird mir der Unterschied zwischen beiden Worten klar. Zufall, das ist, wenn man fünf Euro im Rinnstein findet, wenn man eine Kollegin aus der alten Schneiderwerkstatt in der U-Bahn trifft. Was wir Zufall nennen, hat keine besondere Tragweite. Schicksal jedoch ist das passende Wort für die speziellen, die magischen Momente, solche, die dem Leben eine völlig neue Richtung geben.

So wie es an jenem Sommertag Elisabeth und Viktor passiert ist.

Eine Tür schließt sich, eine neue geht auf. Welch wunderbarer, tröstlicher Gedanke! Den sollte ich verinnerlichen, denn dann muss ich, egal, was in meinem Leben geschieht, keine Angst mehr haben und bin viel gelassener. Es gibt immer einen Weg!

»War Ihre erste Frau …?«

»Annemarie war einige Monate zuvor gestorben.«

»Davon wusste ich nichts«, ergänzt Elisabeth. »Aber ich spürte, dass diese Begegnung nicht ohne Grund geschah.«

Wow! Da kann Hollywood noch was lernen!

»Mir war das nicht so klar«, sagt Viktor an Elisabeth gewandt, während er uns Tee eingießt. »Ich hatte dein Vertrauen verletzt, und ich hatte keine Ahnung, ob du mir das jemals verzeihen könntest.«

Ich bin sehr gespannt auf Elisabeths Antwort.

»Das spielte in diesem Augenblick keine Rolle mehr für mich. Es war alles geschehen, wie es geschehen war. Aber man darf der Vergangenheit keine allzu große Macht über die Gegenwart geben.«

Oh Mann! Das ist heute eindeutig der Tag der Erkenntnisse. Elisabeths letzten Satz werde ich mir merken. Erstens für Basti, wenn er mir wieder einen ›Ich muss aufpassen, dass du nicht mit dem und dem durchbrennst‹-Spruch um die Ohren haut. Und zum zweiten, weil es ein guter, ein wahrer Gedanke ist. Mal in alten Geschichten kramen, warum nicht? Doch dann muss man wieder nach vorn sehen, denn da findet das Leben statt. Wenn man ständig in der Vergangenheit unterwegs ist, verpasst man die Chancen und Möglichkeiten der Gegenwart und Zukunft. Wie schade das doch wäre.

»Und was war mit der Kleinen? Juliane!« Ich kann die

Antwort kaum erwarten, schließlich hat Elisabeths Tochter an diesem Tag ihren Vater zum ersten Mal gesehen.

»Sie hatte deine Augen«, sagt Elisabeth an Viktor gewandt.

»Haben Sie sie gleich als Ihre Tochter erkannt?«

Er schüttelt den Kopf. »In Intuition seid Ihr Frauen besser als wir.«

»Leider konnten wir in diesem Moment nicht ausführlich miteinander reden, denn Viktor musste wieder arbeiten. Doch ein paar Tage später trafen wir uns, und es wurden lange, schöne Stunden, die uns einander endlich wieder näher brachten.«

Von da an trafen sich die beiden regelmäßig.

Elisabeths kinderloser Onkel war unterdessen verstorben und hatte ihr seine Villa in Dahlem hinterlassen, was sie in die Lage versetzte, von ihren Eltern wegzugehen und mit ihrer Tochter ein selbstständiges Leben zu führen. Natürlich wurde in der Nachbarschaft über die alleinstehende junge Frau mit dem Kind getuschelt, aber Elisabeth machte sich nichts daraus.

»Geld verschafft einem in gewisser Weise Freiheit«, sagt sie spöttisch. »Und diese Freiheit nahm ich mir nun.«

Nachdem sie sich mehrere Monate regelmäßig wiedergesehen hatten, sprachen sie über einen weiteren Anlauf, zu heiraten. In Elisabeths großem Haus war genug Platz für Viktors Familie.

»Wir waren auf dem besten Wege, das zu werden, was man heute eine Patchwork-Familie nennt«, sagt Elisabeth lachend. »Ich mochte Viktors jüngeren Bruder und natürlich Christine, die inzwischen 14 und 16 Jahre alt waren.

Annemarie hatte ebenfalls zwei Geschwister mit in die Ehe gebracht, zwei Jungen. Zunächst waren sie schüchtern und zurückhaltend, aber nach mehreren Treffen tauten sie sichtlich auf.«

»Christine hat mir schon erzählt, dass sie Ihre Schwester ist«, sage ich an Viktor gewandt. »Seit ich das weiß, habe ich mich die ganze Zeit gefragt, wie es sein kann, dass Ihre Schwester hier leben konnte, aber Sie nicht.«

»Das ist schnell erklärt«, erzählt der alte Herr. »Im Sommer 1961 fingen wir an, uns ernsthaft Gedanken zu machen, wie es mit unserer Beziehung weitergehen sollte. Wir beschlossen, zu heiraten, und in Elisabeths Haus zu wohnen.«

Ich weiß, dass Anfang der 60er-Jahre immer mehr Menschen aus der DDR die Flucht in den Westen antraten, was angesichts relativ offener Grenzen gut möglich war. Viele Ostdeutsche arbeiteten in Westberlin und kehrten abends in den Ostteil zurück. Andere jedoch nicht. Sie verschwanden auf Nimmerwiedersehen, ließen Haus und Hof und oft genug ihre Familie im Osten zurück.

»Christine kam als Erste zu mir ins Haus«, fährt nun Elisabeth fort. »Sie war vernarrt in meine kleine Tochter, und ich konnte tagsüber etwas Hilfe gut gebrauchen. Während ich mir Gedanken um Christines Ausbildung machte – sie war 16 und hatte die Schule bereits abgeschlossen –, lebte sie schon bei mir und half, das Haus für den Einzug der restlichen Familie vorzubereiten. Unsere Hochzeit war für den 15. August geplant.«

»Oh mein Gott. Zwei Tage nach dem Mauerbau«, hauche ich. »Aber da konnte man doch noch rüber, oder?«

»Es gab Stellen, gewiss«, sagt Viktor. »Dieses schändliche Bauwerk wurde nicht an einem Tag errichtet. Abgesehen von Christine war meine ganze Familie allerdings noch in Potsdam. Ich kam am Morgen des 14. August von der Nachtschicht. Meine Brüder empfingen mich mit der unfassbaren Nachricht, dass Berlin gerade dichtgemacht wurde. Ich konnte es nicht glauben, schließlich war ich wenige Stunden zuvor noch in Westberlin gewesen und hatte nichts von einer Abriegelung mitbekommen. Ich versuchte, Ruhe zu bewahren, und überlegte, was zu tun sei. Mir war klar, dass wir nicht lange zögern durften, wenn wir noch ein Schlupfloch finden wollten. Ich besprach mit den drei Jungs, dass ich mich kümmern würde, und bat sie, in unserem Haus auf mich zu warten.«

»Sie wollten alles aufgeben?«

»Nun ja, wir mussten. Die Umstände ließen uns keine Wahl mehr. Ich bat die Jungs, die wichtigsten Sachen zusammenzupacken, und machte mich auf die Suche nach einem Weg zu Elisabeth. Als ich zurückkam, wusste ich, wie wir es schaffen würden. Natürlich nachts am Griebnitzsee. Es war Sommer. Wir würden schwimmen und hätten nach ein paar Metern das andere Ufer und somit Westberlin erreicht.«

»Und?«

»Anton … mein Bruder. Er hatte es nicht länger ausgehalten und war, entgegen meiner Bitte, zu Hause auf mich zu warten, Richtung Berlin aufgebrochen.«

»Wollte er alleine über die Grenze?«

Viktor zuckt die Schultern. »Er hatte es sich wohl leicht vorgestellt. Sie haben ihn aufgegriffen und … Er kam nicht zurück. An diesem Abend nicht, auch an den folgenden nicht. Wir hatten keine Ahnung, nicht die geringste, wo er sein könnte.«

»Und deshalb konnten Sie nicht zu Elisabeth.« Wieder das Schicksal!

»Natürlich nicht. Ich konnte meinen kleinen Bruder nicht im Stich lassen. Ich konnte nicht gehen, ohne zu wissen, was aus ihm geworden war. Sie hätten ihn … Er hätte tot sein können, verletzt. Erst Wochen später erfuhr ich, dass er in einem Kinderheim in Thüringen untergebracht – oder besser gesagt – eingesperrt worden war.«

»Da war es zu spät für die Flucht.«

Viktor nickt. »Zu spät. Jochen und Klaus, Annemaries Brüder, waren noch durch den See geschwommen.«

»Sie kamen zu mir«, ergänzt Elisabeth, »als ich am Hochzeitsmorgen zwar mit einer gewissen Ahnung und trotzdem hoffnungsvoll in meinem Brautkleid auf Viktor wartete.«

»Es war das dritte Mal …«

»… dass ich ein Brautkleid anzog und unverrichteter Dinge wieder auszog«, ergänzt Elisabeth und bringt es tatsächlich fertig, bei dieser Geschichte nicht heulend zusammenzubrechen. Nur ein leises, leicht wehmütiges Lächeln umspielt ihre Lippen.

Ich schnappe mir ein Gurkensandwich und kaue konzentriert, weil ich mal wieder den Tränen nahe bin. Hätte sich ein Hollywoodautor eine tragischere Liebesgeschichte ausdenken können? Mit Sicherheit nicht.

»Ach Mensch«, sage ich, nachdem ich einen großen Schluck würzigen Tee mit Milch getrunken habe. »Bin ich froh, dass Sie endlich verheiratet sind!«

Die beiden lachen.

»Doch noch ein Happy End!«, bekräftigt Elisabeth. »Wenn auch reichlich spät.«

Vicki und Daniel sitzen entspannt quatschend, als sei nichts gewesen, am Küchentisch, als ich nach Hause komme. Mir fällt ein Stein vom Herzen. Wenn Daniel weg ist, werde ich meine Freundin auf jeden Fall fragen, wie sie es geschafft hat, ihren Mann zu überzeugen, dass trotz der eindeutig zweideutigen Mail nichts zwischen ihr und Alex vorgefallen ist.

Vicki springt auf, holt mir eine Tasse und gießt Kaffee ein. »Setz dich«, fordert sie mich auf. »Wir müssen reden.«

Oh nein, gibt es wieder schräge Neuigkeiten? Trügt das harmonische Bild und die beiden wollen sich trennen?

»Was ist los?«

»Die Sekretärin von der ›Estelle‹ hat vorhin angerufen.«

Mein Herz beginnt aufgeregt zu klopfen. »Warum das denn?«

»Keine Ahnung«, sagt Vicki und zuckt die Schultern. »Sie sagte nur, es sei wichtig.«

»Warum hast du nicht mich gespielt wie beim letzten Mal?«

»Ich hatte mich schon mit meinem Namen gemeldet«, antwortet Vicki und guckt mich schräg von der Seite an. »Außerdem ist es besser, wenn du selbst anrufst.«

»... was ich definitiv nicht tun werde.«

»Sicher wirst du das«, beharrt meine Freundin. »Vielleicht bist du doch noch nicht aus dem Wettbewerb ausgeschieden!«

Ich springe auf. »Vicki, ich bitte dich. Es reicht mir jetzt. Ich versuche seit Wochen, diesen ganzen Quatsch zu vergessen und du … was machst du?«

»Was mache ich denn?«

»Du stößt mich immer wieder mit der Nase drauf und lässt mich nicht in Ruhe damit. Das ist, als ob du wüsstest, dass ich keine Milch vertrage und mir immerzu Grießbrei kochst.«

»Der Vergleich hinkt.«

»Das tun sie immer«, sage ich. »Aber du verstehst genau, was ich meine.«

»Der Fall liegt anders«, sagt Daniel, der jetzt ruhig und gelassen wirkt, wie immer. »Vicki hat mir erzählt, was los ist. Anscheinend ist da irgendetwas total schiefgelaufen mit deiner Bewerbung.«

»Ja und?«, sage ich genervt. »Selbst wenn. Es ist vorbei. Und wenn Vicki nicht da angerufen hätte, wüssten wir das gar nicht, würden die Tatsachen hinnehmen und fertig!«

»Seit wann, meine liebe Rosa, nimmst du irgendetwas, was dich stört, einfach hin?«

Das stimmt allerdings. Aufgeregt tigere ich durch die Küche, während Vicki den Telefonhörer nimmt und ihn vor meiner Nase hin und her schwenkt.

»Na los, Rosa!«

Ich seufze. In diesem Moment klingelt das Telefon. Vor Schreck zucke ich heftig zusammen. Vicki guckt auf das Display und drückt mir den Hörer in die Hand.

»Das ist sie«, flüstert meine Freundin.

»Ja? Redlich?«, sage ich ein bisschen atemlos.

»Spreche ich mit Rosa Redlich?«, sagt eine mir fremde Frauenstimme.

»Ja, die bin ich.«

»Schön, dass ich Sie erwische. Hier ist noch mal Melina Schmidt, Redaktionsassistentin bei der ›Estelle‹.«

»Ja?«

»Wir hatten neulich gesprochen.«

»Nein!« Da fällt mir ein, dass Vicki in *meinem* Namen dort angerufen hat. »Äh, ich meine ja. Ja, natürlich, das haben wir.«

»Hören Sie, die Sache hat mir keine Ruhe gelassen. Ich ... Sie müssen wissen, ich arbeite hier seit acht Jahren. Hier gehen Berge von Post durch meine Hände und ich bin sicher, dass mir so etwas noch nie passiert ist.«

»Na ja«, sage ich. »Ein Brief kann schon mal wegkommen.«

»Eine Einsendung zu einem Wettbewerb kommt mir nicht weg!«, beharrt sie und klingt beleidigt. Dabei wollte ich nur nett sein. Und eigentlich hatte ich sowieso die Deutsche Post im Verdacht.

»Ach so?« Ich gestatte mir, ein wenig spitz zu klingen.

»Hören Sie. Ich habe alles nachgeprüft. Bis zum Stichtag wurden alle Einsendungen in meinem Büro gesammelt. Ich habe den Eingang jedes Briefes persönlich notiert und protokolliert. Nach Einsendeschluss haben wir die Zeichnungen gescannt und per Mail an die Juroren weitergeleitet. Auch dieser Schritt ist bei jedem einzelnen Teilnehmer im Protokoll belegt.«

Bislang kann ich ihr folgen.

»Und jetzt kommt es: Ich habe hier zwar den Eingang Ihrer Bewerbung notiert, aber es gibt definitiv keine Notiz, dass Ihre Arbeiten an die Jury weitergeleitet wurden.«

Wie bitte? Meine Verschwörungstheoretiker haben recht. Nicht die Absage an mich ist abhandengekommen, sondern meine Zeichnungen. Wow, das sind Neuigkeiten. Mir schwirrt der Kopf. Doch dann fasse ich spontan einen Entschluss.

»Frau … äh …«

»Schmidt. Sagen Sie einfach Melina zu mir.«

»Melina, es ist doch so, dass die Sache längst Geschichte ist.« Ich will von diesem blöden Wettbewerb nichts mehr wissen!

»Geschichte? Wenn aus meinem Büro Akten verschwinden, ist das alles andere als Geschichte für mich. Sollte das rauskommen, bin ich erledigt.«

Ich bin genervt von der Frau. Es geht ihr überhaupt nicht um *mich,* sondern um ihren Ruf. Was habe ich damit zu tun? Soll sie doch ihren Schreibtisch aufräumen, wenn er dermaßen chaotisch ist, dass eine A3-Mappe voller Zeichnungen einfach so verschwinden kann.

»Melina«, sage ich, so ruhig ich kann. »Wenn Sie Angst haben, dass ich … ich meine, dass ich mich beschwere oder so … Das müssen Sie nicht. Für mich ist die Angelegenheit erledigt und ich werde nichts und niemandem verraten, dass meine Zeichnungen in Ihrem Büro verschwunden sind.«

»Rosa, sind Sie so naiv oder tun Sie nur so?«, sagt Melina noch einen Tick genervter. »Es geht mir nicht um mich! Es geht um *Sie*!«

»Ach so?«

Ich höre sie am anderen Ende leise seufzen. »Ich würde gern meinen Fehler wiedergutmachen.«

Jetzt bin ich ein wenig gerührt. »Es ist gar nicht erwiesen, dass es Ihr Fehler war«, sage ich tröstend.

»Ich melde mich wieder«, sagt Melina mit resignierter Stimme, »wenn ich mehr weiß.«

Wir tauschen unsere Handynummern, um uns erreichen zu können (ich weiß zwar nicht, wozu, aber da sie mich so nett darum gebeten hat, habe ich mich breitschlagen lassen), dann legen wir auf. Benebelt lasse ich den Hörer sinken. Das war eines der seltsamsten Telefonate, die ich seit Langem geführt habe.

In Kurzform berichte ich Vicki und Daniel, was ich eben erfahren habe. »Meine Zeichnungen haben es nicht vom Schreibtisch der Assistentin zum Scanner geschafft. Irgendwo auf diesem unglaublich langen Weg sind sie abhandengekommen.«

Daniel grinst und reibt sich die Hände. »Ein Fall für Rosa, würde ich sagen.«

Ich kann seine Heiterkeit nicht nachvollziehen und schaue ihn verständnislos an.

»Lass sie mal«, sagt Vicki und legt mir eine Hand auf die Schulter.

»Warum?«, legt Daniel nach. »Je verzwickter etwas ist, desto energischer wird Rosa!«

»In dem Fall nicht«, gebe ich unumwunden zu.

»Warum denn nicht?« Daniel sieht richtig enttäuscht aus. »Du schreckst doch sonst nicht vor Problemen zurück.«

»Weil es sinnlos ist. Der Wettbewerb ist für mich gelaufen. In zwei Wochen ist die Modenschau, die Teilnehmer stehen fest. Es gibt keinen Grund, die Sache endlos zu verfolgen.«

Vicki nickt. »Wahrscheinlich hat Rosa recht, Dani. Und außerdem ist es ihre Entscheidung.«

»Warten wir's ab«, sagt Daniel fröhlich. »Warten wir's ab!«

10. Kapitel

Was lange währt …

Unsere Princess ist heute mein Trost-Kuschel-Kissen. Sie liegt neben mir im Bett. Ich vergrabe mein Gesicht in ihrem Fell und schluchze ein wenig.

Es ist Donnerstag. Übermorgen findet die ›Estelle‹-Modenschau statt und ich hänge mehr durch, als ich es mir bisher eingestehen wollte. Was sicherlich damit zusammenhängt, dass nicht geklärt ist, wie es dazu kommen konnte, dass sich meine Entwürfe im Büro der netten Melina in Luft aufgelöst haben.

Sie hat sich leider nicht mehr bei mir gemeldet. Wahrscheinlich hat sie mit den Wettbewerbsteilnehmern und der Vorbereitung der Modenschau alle Hände voll zu tun und mich längst vergessen.

»Rosa, du musst da nicht hingehen«, sagt Vicki, als sie mich mit verheulten Augen in die Küche kommen sieht.

»Wohin denn bitte?«

»Na, zu der Modenschau am Samstag. Es ist eine Qual für dich. Das sehe ich doch.«

»Woher willst du wissen, warum ich geheult habe?«, widerspreche ich.

»Hätte ich gewusst, dass dich der Wettbewerb mitten in einen dicken fetten Winterblues führt, hätte ich dir niemals die Zeitung in die Hand gedrückt.«

Ja, genau, Vicki ist an allem schuld. – Ehrlich gesagt hilft mir diese Erkenntnis jedoch nicht weiter. Ich muss mich selbst an den Haaren aus dem Sumpf ziehen. Was nicht leicht ist. Seit Elisabeths Hochzeit ist kein einziger Auftrag für ein Kleid bei mir eingegangen. Alle, die behaupten, mir stünde eine große Karriere als Modemacherin bevor, täuschen sich. Klar, es gab ein paar tolle Zufälle, die mich sogar selbst an mein Talent glauben ließen. Aber jetzt? Absolute Flaute. Ich sitze jeden Tag in Margrets Werkstatt und nehme Änderungen an der Kleidung anderer Leute vor. Natürlich liebe ich meine Arbeit – vor allem in Gesellschaft von Jola und Margret. Seit Marlene weiß, dass sie an der Modenschau teilnimmt, sind wir wieder zu dritt in unserer Schneiderei. Die Atmosphäre ist friedlich und entspannt; die Kunden geben sich die Klinke in die Hand. Alles ist gut.

Na ja, fast alles. Die Geschichte mit den verschwundenen Zeichnungen nagt an mir. Hätte Vicki doch nur nicht bei der ›Estelle‹ angerufen. Womit wir wieder beim Thema sind: Vicki ist an allem schuld! Im selben Moment schäme ich mich für diesen unfairen Gedanken. Es bringt oft gar nichts, einen Schuldigen zu suchen, denn manchmal läuft es im Leben einfach blöd und damit muss man klarkommen.

Meine Freundin stellt mir eine Tasse Kaffee hin. »Sag mal, könntest du mit Princess nachher rausgehen?«, fragt sie mich.

»Mmh!« Warum nicht? Der Schnee ist geschmolzen. Es ist Anfang März und ein winzig kleiner Hauch Frühling liegt in der Luft. Es wird nicht mehr lange dauern, bis in unserem kleinen Park die Krokusse aus dem Boden spitzen. Das Leben geht weiter – wenigstens in der Natur.

»Ich will nämlich mit Dani rausfahren nach Kletzin.«

»Mmh!«

»Wir bereiten das Richtfest vor. Du denkst doch dran, oder?«

»Mmh!«

»Mensch, Rosa! Kannst du dich langsam wieder einkriegen!«, bittet Vicki. »In zwei Wochen ist eine Riesenparty in Kletzin. Ich freu mich riesig darauf und will mit dir, den Bauleuten und all meinen Freunden richtig feiern …«

»Keine Angst«, sage ich. »Ich werde dir die Party nicht verderben. Zur Not bleibe ich zu Hause.«

»Ach Süße!« Vicki nimmt mich fest in den Arm. »Du bist nur so grummelig, weil du eigentlich traurig bist.«

»Tut mir leid«, sage ich und lasse mich in die Arme meiner Freundin sinken. »Ich … ich dachte selbst nicht, dass ich so lange an der ganzen Sache knabbern würde. Ab jetzt reiße ich mich zusammen, okay?«

»Na klar! Das weiß ich doch.«

Das ist das Schöne an einer Freundin wie Vicki. Sie glaubt an mich. Egal, was ich verzapfe.

Um ihr zu beweisen, dass ich es ernst meine und nicht mehr herumhängen werde, rufe ich Princess zum Spaziergang. Vicki muss los und verabschiedet sich von uns. Während ich meine Winterklamotten von der Garderobe nehme, kommt mir eine Idee.

Soll ich einfach alles, was mich an den verpatzten Wettbewerb erinnert, vernichten? Nicht die Kleider (das wäre irre!), aber die Zeitung mit der Ausschreibung, meine Zeichnungen, den Rückschein … den ganzen Papierkram eben. Ausmisten ist immer befreiend. Altes hinter sich lassen, um etwas Neuem Platz zu machen.

Princess tapst mir nach, als ich entschlossen in mein Zimmer gehe, und die Mappe mit meinen allerersten Entwürfen aus der Kommode hole. Ich lege meine Jacke ab, setze mich auf mein Bett, und blättere die Zeichnungen durch.

Meine wunderschöne Märchenkollektion. Beim Anblick der zauberhaften Kleider seufze ich leise. Princess sitzt vor mir, legt ihren Kopf auf meine Beine und fiept leise.

Ich finde es erstaunlich, wie sie meine Stimmung aufnimmt und spiegelt.

»Du musst nicht traurig sein«, sage ich zu ihr und kraule sie gedankenverloren hinter dem Ohr. »Guck mal, das ist doch nicht so wichtig mit dem blöden Wettbewerb. Viel wichtiger ist, dass wir alle glücklich sind. Basti und Juli und du und ich und Vicki ...«

Es klingt ein bisschen wie das Pfeifen im Walde. Entschlossen stopfe ich die Zeichnungen und sämtlichen anderen Papierkram zurück in die Sammelmappe und verschließe sie mit dem dafür vorgesehenen Gummi.

»Los komm, Süße«, sage ich. »Wir hauen alles in die Mülltonne und gut ist.« Ich werfe die Unterlagen auf den Boden, stehe auf und greife mir meine Jacke. Als ich mich zu Princess umdrehe, sitzt sie in voller Größe auf der Mappe. Ich muss wohl oder übel lachen. »Komm schon, das ist für den Abfall. Du hast genug Kuschelkissen. Komm, Prinzi!«

Sie rührt sich nicht. Stattdessen legt sie den Kopf schief und schaut mir traurig in die Augen. Hundeblick vom feinsten.

»Was ist denn mit dir los?«, frage ich sie, bücke mich und will mir meine Mappe nehmen.

Jetzt legt sie sich in ihrer ganzen Länge darauf. Wenn ich es nicht besser wüsste, würde ich denken, sie will nicht, dass ich meine Zeichnungen in den Müll werfe.

Aber *ich* will es!

Ich ziehe und zerre so lange an der Zeichenmappe

herum, bis ich sie unter Princess' Körper hervorgeholt habe.

»Was bist du für ein böser Hund«, sage ich, muss im Inneren jedoch lachen.

Als wir endlich unten sind, landet die Arbeit von mehreren Wochen mit einem beherzten Wurf im Container. Princess bellt, als ich die Klappe schließe. »Jetzt ist es genug«, sage ich sauer. »Aus, Princess! Aus!«

Ich kann nicht fassen, dass sie das macht. Wollte sie allen Ernstes meine Zeichnungen behalten?

Kopfschüttelnd ziehe ich unsere widerborstige Hündin vom Container weg und beschließe, dass es schöner für uns beide wäre, wenn wir nach Dahlem auf das Landgut fahren und uns ein wenig ›auslüften‹. Dort kann Princess wunderbar toben und ich in Ruhe meinen Gedanken nachhängen. Gedacht, getan! Wenige Minuten später sitzen wir in der U-Bahn.

Die Tage sind schon wieder merklich länger. In der Luft liegt ein Hauch von Frühling. Bestimmt werde ich auf dem Acker ein kleines bisschen Grün entdecken, und das wird mir Mut machen. Wenn die Natur trotz aller Widrigkeiten immer wieder aus ihrem Winterschlaf erwachen und sich erneuern kann, werde ich das ebenfalls schaffen.

Wie zieht man sich an den eigenen Haaren aus dem Sumpf? Das frage ich mich zum hundertsten Mal, als ich mit Princess meine Runde auf dem matschigen Acker beginne.

Lange hatte ich heimlich die falsche (besser gesagt: idiotische) Hoffnung, es würde noch ein Wunder geschehen, die ›Estelle‹ würde anrufen, sich entschuldigen und mich als 21. Teilnehmerin bei der Modenschau mitmachen lassen. Langsam begreife ich, dass es mit dieser Hoffnung ist wie mit dem Warten auf den Märchenprinzen. Möglich vielleicht, allerdings nicht sehr wahrscheinlich. So wahrscheinlich wie ein Lottogewinn. Eins zu endlos vielen Millionen. Ich würde jedem, der die Hände in den Schoß legt und nicht arbeitet, weil er denkt, dass er bald im Lotto das große Geld gewinnt, einen Vogel zeigen. Jetzt geht mir auf, dass ich es manchmal genauso mache. Ich warte auf ein Wunder, anstatt selbst etwas zu tun. Es wird Zeit, dass ich meinen Blues zum Teufel schicke und mein Leben wieder in die Hand nehme.

Während ich die klare, kalte Luft tief einatme, merke ich, dass das Leben in mich zurückkehrt. Ich werde morgen zu der Modenschau gehen und die Arbeiten der besten 20 bewundern. Dem glücklichen Gewinner werde ich Applaus spenden, und damit wird das Thema ›Estelle‹ für mich endgültig abgeschlossen sein.

Ich kann mich selbst aus dem Sumpf ziehen. Das habe ich schon zigmal gemacht.

Während ich grübele, läuft Princess neugierig über den Acker auf einen anderen Hund zu. Sie genießt es sichtlich, sich frei und ohne Leine zu bewegen.

Beim näheren Hinsehen erkenne ich, dass der andere Hund Lucky ist. Seine drei Begleiter sind Viktor, Elisabeth und Nik. Was für ein schöner Zufall! Ich laufe ihnen entgegen, freue mich riesig, sie zu sehen.

»Unsere liebe Rosa«, sagt Elisabeth froh. Wir umarmen uns. Es fühlt sich an wie ein Familientreffen (zumal sich auch die Hunde spontan mögen und sich mir kurz der Gedanke aufdrängt, dass unsere Landseer wirklich eine

Familie gründen könnten, mit süßen Hundebabys und allem Drum und Dran).

»Darf ich Sie etwas fragen?«, sage ich, als wir ein paar Minuten fröhlich schwatzend über die Feldwege gelaufen sind. Elisabeth hat sich bei mir eingehakt.

»Natürlich, meine Liebe«, antwortet sie. »Jetzt und jederzeit. Sie sind uns immer willkommen!«

»Ich habe mich gefragt, wie es mit Ihnen weiterging, nachdem Viktor in der DDR leben musste, während Sie hier waren. Ich meine, wie hält man das aus? So nah beieinander und Welten voneinander entfernt.«

»Man richtet sich ein«, sagt Elisabeth. »Auch wenn das seltsam klingt: Man lernt, mit dem Schmerz zu leben. Es gab keinen Tag, an dem ich nicht an Viktor gedacht hätte. Am Anfang habe ich die verrücktesten Gedankenspiele durchexerziert – zu ihm in die Ostzone ziehen, ihn freikaufen, seine Flucht ermöglichen. Letztlich haben wir uns beide den Umständen angepasst und unser eigenes Leben gelebt, er dort und ich hier.«

»Das klingt ziemlich abgeklärt«, sage ich zögerlich. Ich will nicht frech wirken.

»Das ist es in der Tat, und das ist einer der wahren Vorzüge des Älterwerdens. Man lernt, gelassener mit Dingen umzugehen, die man nicht ändern kann.«

»Das klingt schön«, sage ich, »und schrecklich.«

»Schrecklich ist es nur, wenn man Gelassenheit mit Gleichgültigkeit verwechselt. Seit Anfang der 80er-Jahre haben Viktor und ich uns regelmäßig gesehen. Ich fuhr mehrmals im Jahr hinüber nach Ostberlin. Wir wussten, dass sich unsere Gefühle füreinander niemals ändern würden, mussten uns nichts mehr beweisen. Ich hatte seit 1969 einen Lebensgefährten. Ich weiß, dass Sie das wahrscheinlich paradox finden, aber ich liebte ihn. Obwohl – vielleicht sogar *weil* ich Viktor liebte. Sie waren völlig unterschiedliche Persönlichkeiten und beide hatten ihren festen Platz in meinem Herzen.«

»Deshalb haben Sie Viktor nicht eher geheiratet? Ich meine, nachdem die Mauer endlich weg war?«

Sie nickt. »Eduard ist erst vor zwei Jahren gestorben.«

»Ich bin froh, dass Sie ein schönes Leben hatten«, sage ich erleichtert. »Ich meine, als Sie anfingen zu erzählen, dachte ich oft, wie grausam das Schicksal doch sein kann. Aber dann habe ich gemerkt, dass Sie trotz allem, was Ihnen widerfahren ist, froh geblieben sind, so optimistisch. Das imponiert mir und ehrlich … ich möchte sein wie Sie, wenn ich alt bin.«

Elisabeth lächelt und drückt meine Hand. »Nicht, was wir erleben, sondern wie wir empfinden, was wir erleben, macht unser Schicksal aus. Das hat Marie von Ebner-Eschenbach gesagt.«

»Und es ist stimmt, nicht wahr?«

Sie nickt. »Ich bin ziemlich sicher.«

»Da muss ich noch an mir arbeiten«, sage ich nachdenklich. »Ich steigere mich immer in alles hinein.«

In diesem Moment klingelt mein Handy. Ich entschuldige mich und gehe ran.

»Rosa? Hier ist Melina. Von der ›Estelle‹.«

Ach nee, nicht doch schon wieder. Immer wenn ich so weit bin, diesen unseligen Wettbewerb abzuhaken, holt er mich ein. Ich glaube, hier kommt die erste Gelegenheit, um mich in Gelassenheit zu üben. »Hallo, Melina!« Ich bemühe mich, fröhlich zu klingen.

»Ich wollte Sie bitten, zu uns in die Redaktion zu kommen.«

»Warum das denn?«

»Es gibt ein paar Neuigkeiten, die Sie interessieren dürften.«

»Was für Neuigkeiten?«

»Bitte kommen Sie. Das ist am Telefon nicht gut zu erklären.«

»Okay.«

»Bitte jetzt gleich, ja«, insistiert Melina. »Morgen steht hier alles auf dem Kopf wegen der Modenschau.«

»Was ist denn los, Rosa?«, fragt Elisabeth. »Sie sehen plötzlich ganz blass aus.«

Nik und Viktor schließen zu uns auf.

Ehe ich mich versehe, habe ich in Kurzform die verkorkste Geschichte von meinen Kleiderentwürfen erzählt. »Deshalb muss ich jetzt leider los«, füge ich hinzu.

»Ich begleite dich besser«, sagt Nik. »Du siehst ziemlich fertig aus.«

»Ach, lass mal.«

»Ich komme mit«, wiederholt Nik. »Widerspruch zwecklos.«

Lucky bleibt bei Elisabeth und Viktor, die mir das Versprechen abnehmen, sie bald zu besuchen, und wenig später sitzen Nik und ich zusammen mit Princess in Niks Auto. Relativ schnell sind wir am Gendarmenmarkt, wo die ›Estelle‹ ihre Redaktion hat.

Am Empfang werden wir mühelos durchgelassen, als ich meinen Namen sage. Sogar Princess darf passieren. Der Pförtner verrät uns, dass selbst die Chefredakteurin der ›Estelle‹ jeden Tag ihren großen Hund mit zur Arbeit bringt.

Melina ist eine hübsche Brünette und der beste Beweis dafür, dass ein paar Pfunde auf den Rippen einer Frau klasse aussehen können. Sie hat feine Gesichtszüge, ist schick und wie aus dem Ei gepellt. Ich schätze, sie ist ein bisschen älter als ich. Wir sind uns gleich sympathisch. Während ich mich mit ihr an einen Bistrotisch setze, nimmt Nik auf einer Couch am Fenster Platz. Princess legt sich neben ihn und beobachtet das Treiben im Büro aufmerksam.

Während Melina mir einen Kaffee holt, schaue ich mich verstohlen um. Hier ist es genau so, wie ich es mir in einer Zeitschriftenredaktion vorgestellt habe – betriebsam, fast hektisch –, eine Menge lässig-elegant gekleideter, schwer beschäftigter Journalisten an Computern und Telefonen.

»Also, liebe Rosa«, sagt Melina. »Als Erstes schlage ich vor, dass wir uns duzen.«

»Klar«, antworte ich. »Es ... es ist cool, mal in einer Redaktion zu sein, aber ich verstehe nicht ganz ...«

»Ich habe dir gesagt, die Sache mit deinen verschwundenen Zeichnungen beschäftigt mich«, unterbricht sie lächelnd. »Klar hätte ich alles vertuschen können, aber so etwas bringe ich nicht fertig. Es darf nicht sein, dass hier einfach so ein Brief verschwindet.«

Ich muss zugeben, ich selbst hätte wahrscheinlich den Mantel des Schweigens darüber gelegt, aber gut, es muss auch Menschen geben, welche ungeklärte Vorfälle nicht auf sich beruhen lassen. Sonst würde wohl niemand Kriminalkommissar oder Gerichtsmediziner werden wollen.

»Also habe ich das Ganze an die hundert Mal Revue passieren lassen und mir ist Folgendes eingefallen ...«

Langsam erwacht meine Neugier.

»Wir haben immer Praktikantinnen im Haus. Wenn

große Events wie der Wettbewerb sind, kommen sie natürlich voll zum Einsatz.«

»Aha!« Hat sie mich also herbestellt, um mir zu sagen, dass nicht sie, sondern eine unterbezahlte Hilfskraft meinen Brief verschlampt hat?

»Jedenfalls hat mir Jana, unsere derzeitige Praktikantin, von einer Beobachtung erzählt, die sie vor ein paar Wochen gemacht hat. Jana, kommst du mal!«

Die junge Frau, die sich jetzt zu uns gesellt, ist vielleicht Anfang 20.

»Jana, das gibt es ja gar nicht«, sagt Nik, der sich bisher abseits gehalten hat. Das wird langsam, aber sicher doch ein interessantes Stelldichein.

»Nikolaus, was machst du denn hier?« Die beiden umarmen sich kurz. »Wir sind Nachbarn«, klärt Jana uns auf. (Ob sie auch eine Von und Zu ist?) »Was machst du hier Nik? Und du hast ja sogar Lucky dabei.«

»Das ist Princess«, berichtigt Nik. »Der Hund von Rosa. Ihretwegen sind wir hier.«

»Ich weiß«, sagt Jana und schüttelt mir die Hand. »Die ganze Sache ist mir total unangenehm. Vor allem, weil ausgerechnet *deine* Einsendung weg ist. Ich meine, du bist ja nicht irgendwer. Jeder in der Stadt kennt deine Kostüme.«

Ich schlucke. »Danke sehr.«

»Es sieht leider so aus, als ob der Fehler bei mir liegt«, fährt Jana fort. »Ich habe, seit Melina mit mir gesprochen hat, tagelang gegrübelt, was ich beim Einscannen der Wettbewerbsbeiträge falsch gemacht haben könnte und wie es möglich ist, dass deine Zeichenmappe sich in Luft aufgelöst hat.«

Dass sie und Nik sich gut kennen, merkt man gleich. Sie

spricht langsam und in seine Richtung gewandt, sodass er jedes Wort verstehen kann.

»Ich will die Schuld nicht von mir weisen. Es muss quasi mein Versehen sein, trotzdem gibt es noch etwas, was ich euch erzählen möchte.«

Aha! Jetzt wird es spannend.

»Es war mitten in der Großkampfzeit«, fährt Jana fort und ich lausche ihr atemlos. »Wir hatten beinahe 50 Einsendungen pro Tag – insgesamt waren es mehr als 1.000 seit der Ausschreibung des Wettbewerbs. Ich hatte alle Hände voll zu tun, also ich meine, ich wurde regelrecht überschüttet mit Zeichenmappen, kam aber gut voran. Da erhielt Melina plötzlich einen Anruf. Es war eine der Teilnehmerinnen.«

»Sie hat mich angefleht, ihre Einsendung noch einmal durchsehen zu dürfen«, ergänzt Melina, »denn ihr sei ein wichtiges Papier – irgendein Original von einem Zeugnis – abhandengekommen und sie hätte den Verdacht, dass es unter die Zeichnungen geraten sei. Normalerweise machen wir das nicht, aber sie bekniete mich derartig, dass ich nachgab.«

»Sie kam zu mir ins Büro«, erzählt nun Jana weiter. »Stellt euch vor, das ganze Zimmer war vollgestapelt mit den Unterlagen. Ich hatte mir mühsam ein halbwegs übersichtliches System zugelegt von Eingang, Ausgang, alphabetisch sortiert und so weiter, aber ich versank in Papier.«

Ich kann mir das gut vorstellen. Eine Praktikantin allein mit 1.000 Wettbewerbseinsendungen – das klingt nach harter Arbeit.

»Ich bat sie also, sich zu setzen, und fragte, wie ich ihr helfen könnte. Sie erzählte mir das Gleiche wie Melina.

Ich hatte zu der Zeit vielleicht 300 der Einsendungen durchgearbeitet und machte ihr wenig Hoffnung, dass ich ihre auf Anhieb finden würde. Also bot sie mir an, die Umschläge selbst durchzuschauen und ihren herauszusuchen. Ich weiß, das war ein Fehler, aber ... aber ich erlaubte es ihr.« Jana sieht plötzlich aus, als ob sie gleich weinen würde.

»Ist schon gut«, sagt Melina. »Mein Fehler! *Ich* hätte sie abwimmeln sollen.« Melina ist wirklich sympathisch.

»Mal ehrlich«, unterbreche ich die beiden. »Das finde ich alles ganz spannend, aber wer sagt denn, dass diese Frau ausgerechnet etwas mit *meinen* verschwundenen Unterlagen zu tun hat? Ihre Erklärung klingt relativ plausibel. Und wenn sie was stibitzen wollte, warum hat sie nicht noch mehr Mappen mitgehen lassen? Das hätte die Konkurrenz gleich etwas weiter ausgedünnt.«

»Weißt du noch, wie sie hieß?«, fragt Nik.

»Riemann«, sagt Jana. »Sie hieß Bettina Riemann. Ich habe im Computer nachgeguckt, deshalb erinnere ich mich daran. Es gab nur einen Eintrag darüber, dass ihre Entwürfe eingegangen sind, was bedeutete, dass ich ihre Einsendung bisher nicht gescannt hatte. Also habe ich ihr den unbearbeiteten Stapel mit dem Anfangsbuchstaben R gezeigt.«

»Bettina Riemann?«, frage ich mit schriller Stimme und starre Jana an.

»Kennst du sie?«, fragen Nik und Melina gleichzeitig.

»Ja ... Ja! Das ist Tina. Tina, meine ehemalige Kollegin im Musicaltheater. Nik, du hast sie gesehen. Sie war bei meiner Geburtstagsfeier, da hat sie mir erzählt, dass sie überlegt, ebenfalls am Wettbewerb teilzunehmen. Sie ist eine tolle Schneiderin. Ich habe ihr gesagt, sie soll es auf jeden Fall versuchen, hab dann aber in dem ganzen Stress nicht noch einmal nachgefragt, ob sie es getan hat.«

»Nun weißt du, dass sie es getan hat«, bestätigt Melina.

»Aber wieso meint ihr, dass ausgerechnet meine Freundin etwas mit meinen verschwundenen Unterlagen zu tun hat?«, frage ich händeringend. Das ist mir alles zu hoch.

»Konkurrenz, Rosa«, wirft Jana ein. »Bei dem Wettbewerb geht es um was. Da kann eine Freundin schon mal zur Feindin mutieren.«

»Das glaube ich nicht«, wehre ich energisch ab. »Tina ist nicht so. Das weiß ich ganz genau.«

»Hatte sie denn die Gelegenheit, Unterlagen zu entwenden?«, fragt Nik, während ich ratlos von einem zum anderen schaue.

»Jetzt wird's richtig scheiße«, sagt Jana errötend. »Ganz ehrlich? Das hatte sie.«

»Ach so?« Leise Zweifel beginnen an mir zu nagen. Sollte Tina wirklich …

»Es war Redaktionssitzung an dem Tag«, fährt Jana fort. Auf ihren Wangen zeichnen sich rote Flecken ab. »Und urplötzlich hieß es, ich sollte dazukommen.«

»… und dann hast du sie mit dem ganzen Kram alleine gelassen«, schlussfolgere ich.

Jana nickt betreten. »Als ich zurückkam, war sie weg. Sie hätte alles Mögliche hier raustragen können«, sagt sie leise. »Ich bin total bescheuert. Ich weiß.«

Puh. Wir schweigen und gucken uns an.

»Aber Tina würde so etwas nie machen«, wiederhole ich stur, damit ich es selbst glaube. »Abgesehen davon, dass sie bestimmt selbst tolle Entwürfe gezeichnet hat, würde sie meine Unterlagen nicht klauen. Wir sind Freundinnen. Nik, du hast sie doch kennengelernt. Kannst du diesem süßen Pumuckl eine derartige Bosheit zutrauen?«

Nik schüttelt den Kopf. »Nicht wirklich«, antwortet er.

Jana grinst schüchtern. »Du nennst diese Traumfrau ernsthaft Pumuckl?«, fragt sie. »Ihr müsst echt gute Freundinnen sein.«

»Fällt dir zu ihrer Haarfarbe etwas Besseres ein?«, frage ich grinsend.

»Wieso? Sie ist doch brünett.«

»Die Bettina Riemann, die ich kenne, ist kein bisschen brünett«, sage ich verwirrt. »Ihre Haare sind rot und stehen wie Antennen von ihrem Kopf ab, was sie hasst, aber nun mal nicht ändern kann.«

»Dann war sie es nicht«, sagt Jana und sieht erleichtert aus. »Die Frau, die ich ins Büro gelassen habe, war das komplette Gegenteil. Sie hatte echt schöne braune Haare, war groß, schlank und wahnsinnig hübsch. Ich dachte noch, wenn die gewinnt, könnte sie selbst als Model über den Laufsteg gehen.«

Nik und ich schauen uns einen Moment verwundert an. Ein Schatten legt sich über sein Gesicht.

»Marlene«, sagt er leise. »Es war Marlene.«

»Nik, sie war es nicht«, beharre ich zum wiederholten Mal. Wir sind für einen Moment nach draußen gegangen, um frische Luft zu schnappen und uns zu besprechen. Mein lieber Freund läuft unruhig auf und ab. »Es gibt Tausende solcher Frauen.«

»Tausende Frauen, die Bettina Riemann heißen und wie

Marlene Sievers aussehen? Gewiss!« Seine Stimme klingt spöttisch, aber ich weiß, dass er es ernst meint.

»Und selbst wenn Marlene in Janas Büro war, ist das zwar seltsam, aber trotzdem noch lange kein Beweis dafür, dass sie meine Zeichnungen mitgenommen hat.«

»Riemann«, sagt er eindringlich. »Warum hat sie wohl diesen Namen verwendet, abgesehen davon, dass sie verhindern wollte, dass ihr jemand auf die Schliche kommt? Sie muss gewusst haben, dass es eine Teilnehmerin namens Riemann gibt, weil Tina es ihr mit Sicherheit erzählt hat. Und außerdem: Riemann. Redlich. Klingelt da etwas?« Er klingt richtig sauer.

»Na klar«, antworte ich. »So konnte sie ungestört im Stapel mit dem Anfangsbuchstaben R stöbern. Aber das ist Quatsch und kann einfach nicht wahr sein! Sie hat mir gesagt, wie sehr ihr meine Entwürfe gefallen. Als sie erfahren hat, dass sie unter den ersten 20 ist, hat sie mit mir darauf gewartet, dass mein Handy ebenfalls klingelt. Als das nicht passierte, hat sie mich ganz lieb getröstet. Warum sollte sie das alles tun, wenn sie vorher meine Zeichnungen geklaut hat?«

Marlene und ich haben unsere Schwierigkeiten überwunden und einen relativ guten Draht zueinander gefunden. Selbst Vicki, die am Anfang zurückhaltend war, mag sie inzwischen. Marlene hat also endlich die Freundinnen, die sie sich lange gewünscht hat. Und Freundinnen sabotieren einander nicht. Oder doch?

Ich muss plötzlich an Lila denken, die damals die Naht an meinem Kleid für Eva Andrees gelöst und eine wahre Kettenreaktion von Schwierigkeiten ausgelöst hat. Sollte Marlene ernsthaft … Hat sie uns die ganze Zeit über Theater vorgespielt? Kann ein Mensch wirklich so falsch sein?

Mir schwirrt der Kopf. Wären wir bloß nicht hergekommen.

»Warum sollte sie?«, wiederhole ich leise und versuche das Bild einer Marlene, die heimtückisch meine Unterlagen aus einem Stapel Papiere fischt, aus meinem Kopf zu verscheuchen.

»Das werden wir herausfinden«, beschließt Nik.

»Lassen wir es«, versuche ich, ihn zu überzeugen. Ich fühle mich unglaublich matt. »Übermorgen ist die Modenschau. Es ist alles vorbei, egal, was Marlene getan hat oder nicht. Warum also noch Staub aufwirbeln?«

»Um der Gerechtigkeit zum Sieg zu verhelfen«, sagt Nik, der mit jeder Minute energischer wird. »Willst du wirklich kampflos untergehen?«

»Ich bin kein Gladiator«, antworte ich. »Ich kämpfe nicht und gehe auch nicht unter. Bitte versprich mir, dass du die Sache auf sich beruhen lässt!«

In diesem Moment kommt Jana angelaufen. »Kommt ihr mal!«, ruft sie außer Atem. »Euer Hund dreht irgendwie durch.«

In Windeseile sausen wir die Treppe hinauf. Schon von Weitem hören wir Princess wild bellen. Ich habe ein schlechtes Gewissen. Wir hätten sie da oben nicht allein lassen sollen. Vielleicht hat sie Angst bekommen und gedacht, dass ich sie aussetzen will.

Princess steht in Janas Büro vor einem Schrank und lässt sich nicht beruhigen.

»Princess!«, rufe ich außer Atem. »Aus. Komm her! Was ist denn los, Süße? Frauchen ist doch da!«

Aber Princess hört nicht auf mich. Sie bellt den Schrank so energisch an, als hätte sich ein Dieb oder ein Drogendealer darin versteckt.

Nik hakt die Leine in ihr Halsband; ich ziehe leicht daran.

»Wir sollten jetzt gehen«, sage ich an Melina und Jana gewandt. »Was auch immer passiert ist, wir werden es nicht herausfinden. Es ist und bleibt ein Rätsel.«

Princess lässt sich nicht vom Schrank wegbewegen.

»Was hat sie denn?«, fragt Jana.

»Ich habe keine Ahnung«, antworte ich ratlos. »Sie bellt so gut wie nie, aber heute ist sie ein bisschen hysterisch. Als ich meine Zeichnungen in den Müll ...«

Mir kommt plötzlich eine Idee. »Was habt ihr in dem Schrank?«, frage ich und merke, dass mein Herz zu galoppieren anfängt.

»Nur Büromaterialien, Papier und so weiter.« Melina öffnet den Schrank. Princess bellt noch lauter. Mein Herz beginnt wild zu klopfen.

Leider sehe ich nichts außer Druckerpapier, Farbpatronen, Klemmbretter und Ähnliches. Na ja, hätte immerhin sein können.

»Ich würde sagen, wir hauen ab, sobald ich meinen Hund von eurem Schrank losgerissen habe«, beschließe ich.

»Wir haben gleich Redaktionssitzung. Die Jury ist angereist, und es gibt noch jede Menge Details zu besprechen«, sagt Melina und ich sehe ihr an, dass ihr meine Situation unglaublich leid tut. »Sehen wir uns auf der Schau?«

»Na klar«, sage ich und winke den beiden zum Abschied zu.

Nik hat keinen Ton mehr gesagt, seit er Marlene des Diebstahls verdächtigt hat.

»Hilfst du mir?«, frage ich und reiche ihm die Leine. »Ich will keine Minute länger hier sein.«

»Sie riecht etwas«, sagt Nik jetzt. Ich bin froh, dass er aus seiner verbissenen Starre aufgewacht ist. »Aber nicht *im* Schrank.«

Tatsächlich sieht es so aus, als ob Princess uns eher dahinter ziehen will. »Vielleicht liegt da eine Wurst oder eine …« Während ich rede, spähe ich in den Spalt zwischen Schrank und Wand. Oh! Mein! Gott! »… oder eine Einsendung zu einem Modewettbewerb!«

Fassungslos ziehe ich meine Mappe aus dem Zwischenraum hervor. Princess gibt endlich Ruhe. »Kneif mich mal«, sage ich zu Nik, der ebenso verdattert guckt wie ich.

»Ist sie das?«

Ich nicke betäubt. »Das ist sie«, schluchze ich und versuche gar nicht erst, meine Tränen aufzuhalten. »Das ist meine Mappe. Niemand hat sie geklaut. Sie ist einfach hinter den Schrank gefallen. Einen bescheuerteren, profaneren Grund, aus dem Wettbewerb ausgeschieden zu sein, kann es kaum geben, oder?«

Himmeldonnerwetter, Rosa Redlich, du bist ein Loser wie er im Buche steht!

Gegen diese idiotische Schlappe waren die Verschwörungstheorien von Vicki, Melina und Co nahezu Balsam für meine Seele. Hätte sich jemand die Mühe gemacht, meine Zeichnungen zu klauen, wäre es zwar blöd, aber wenigstens nicht so erbärmlich und profan gewesen. »Los, lass uns gehen, Nik!«

Mein lieber Freund hat sich unterdessen zu Princess

heruntergebeugt und streichelt sie. »Du bist ein braver Hund«, lobt er sie, während ich hektisch in meinen Taschen nach Tempos suche.

›Loser! Loser! Loser!‹, hämmert es in meinem Kopf.

»Das ist sie wirklich«, sage ich mit zittriger Stimme und ziehe die Nase hoch. Princess konnte schließlich nicht wissen, dass ich mir nun wie der letzte Blödmann vorkomme. Sie wollte nur, zum zweiten Mal an diesem Tag, meine Zeichnungen retten.

Nik reicht mir ein Stofftaschentuch. Ich putze mir ausführlich die Nase.

»Vergiss deine Mappe nicht«, erinnert er mich. »Wer weiß, wozu deine Entwürfe noch gut sind!«

»Ich kann das Klo damit tapezieren«, maule ich.

Ich fühle mich wie ein Häufchen Elend, als ich mir meine Zeichnungen unter den Arm klemme und Nik mir die Leine von Princess in die Hand drückt. Er öffnet die Tür. Meine Hündin wirkt wieder unruhig. Sie wittert etwas oder hat ebenfalls die Nase voll von den Räumlichkeiten und zieht mich deshalb in straffem Tempo hinter sich her.

»Nicht so schnell«, fordere ich und schaffe es mit Mühe und Not, nicht zu stolpern. Wobei das auch nicht schlimm wäre, denn dann hätte ich einen Grund mehr, zu heulen. Na und? Princess wird immer schneller.

»Sag mal, wo willst du denn ....?« In diesem Tempo rennt sie normalerweise nur, wenn ich ein Stöckchen geworfen habe. Wir sausen in einem Affenzahn den langen Flur der ›Estelle‹-Redaktion entlang, bis Princess vor einer angelehnten Glastür plötzlich bremst. Kein Wunder. Ein riesiger Dobermann sitzt davor und schaut meine Hündin lauernd an. Das ist also der Hund der Chefredakteurin. Beeindruckend. Ich glaube, wenn sie mit ihm in das Büro eines aufmüpfigen Mitarbeiters kommt, spurt der sofort.

»Uuuuuaaaah …« Ich versuche, genauso abrupt wie mein Hund stehen zu bleiben. Aber leider gibt es dieses bescheuerte Gesetz, das besagt, dass Masse mal Geschwindigkeit gleich Kraft bedeuten. Und eben diese Kraft sorgt jetzt dafür, dass ich nicht rechtzeitig anhalten kann, sondern mit voller Wucht gegen die Glastür knalle.

Ich habe Physik schon immer gehasst.

Die Tür fliegt auf.

Ich stolpere über Princess, versuche dem Dobermann auszuweichen und mache dabei einen uneleganten Satz. Plumps, da lande ich mitten auf dem Fußboden eines großen Raumes. Dabei öffnet sich meine Mappe und die Zeichnungen verteilen sich über den Fußboden. Mindestens 20 Augenpaare starren mich entgeistert an.

Oh nein! Das darf nicht wahr sein. Ich bin mitten in die hochwichtige Redaktionssitzung geplatzt! Zur Strafe wird mich wahrscheinlich der Riesenhund fressen. Obwohl es mir gelungen ist, ihn bei meinem Sturz nicht in Mitleidenschaft zu ziehen. Er sieht nicht gerade dankbar aus.

Mir laufen die Tränen von ganz allein herunter. So etwas saupeinliches ist mir noch nie zuvor passiert.

»Rosa?« Neben mir kniet plötzlich Melina. »Was machst du hier? Sind das … sind das etwa …?«

»Kann mir mal jemand erklären, was hier los ist?« Eine Frau, die genauso elegant, aber leider auch genauso streng aussieht wie Meryl Streep in ›Der Teufel trägt Prada‹, erhebt sich und kommt auf mich zu.

»Die Chefredakteurin«, haucht Melina.

Die Dame schickt ein paar 1.000-Volt-Blitze aus ihren Augen auf mich herab.

»Verzeihung«, schniefe ich. »Mein Hund hat Ihren Hund ... äh ... Also ich glaube, Princess hat Ihren Hund gesehen und sie ist immer so neugierig und eigentlich wollte ich gerade gehen, aber ...«

»Die Frage lautet doch eher, warum Sie überhaupt hergekommen sind?«

Ich finde diese Frau beängstigend. Jetzt weiß ich, warum ich nie so etwas Cooles wie Chefredakteurin oder Firmenleiterin oder Börsenspekulantin werden könnte. *Ich* frage nämlich, wenn vor mir jemand auf die Nase fällt, zuerst, ob alles okay ist und ob ich helfen kann.

»Ich? Ich ... wollte ...«

»Sie hat am Wettbewerb teilgenommen«, springt Melina mir bei.

»Sie gehört zu den Finalisten?«, fragt der Teufel stirnrunzelnd.

»Nein.« Melina schüttelt den Kopf.

»Dann muss ich Sie bitten, die Redaktion umgehend zu verlassen.«

Nichts lieber als das. Eilig raffe ich meine Zeichnungen zusammen; Melina und Jana helfen mir.

Als ich schon einen Fuß in den Flur gesetzt habe, habe ich eine Eingebung. Ich bin sowieso blamiert bis auf die Knochen, schlimmer kann es nicht mehr werden.

Jetzt oder nie, Rosa Redlich!

»Entschuldigung!«, sage ich mit dem Mut der Verzweiflung. »Ich ... ähm ... es tut mir leid, wenn ich gestört habe, aber da ich ... ähm, da ich schon mal hier bin ...

Ich … ich heiße Rosa, Rosa Redlich. Ich bin Schneiderin. Wie Frau Schmidt bereits sagte, habe ich meine Unterlagen bei Ihrem Wettbewerb eingereicht. Es ist der tollste Wettbewerb der Welt, aber … also die Jury, also Sie … Sie … haben durch einen dummen Zufall meine Arbeiten gar nicht bekommen und es ist doch so, dass … dass jeder eine Chance verdient hat und deshalb … Also, ich meine … Ich wollte Sie bitten, auch wenn die Teilnehmer für die Modenschau längst feststehen … Bitte schauen Sie sich meine Entwürfe einmal an.«

Ein Stimmengewirr setzt ein, als ich fertig bin. Mehrere Leute lachen, einer zeigt mir einen Vogel. Die Chefredakteurin schüttelt entrüstet den Kopf und schickt einen weiteren Blitz.

»Ich möchte, dass Sie jetzt gehen«, fordert sie mich erneut auf.

Ich lege die Zeichenmappe auf den Tisch.

Jana nickt mir aufmunternd zu.

»Bitte!«, wiederhole ich halsstarrig, wenn auch mit zitternden Knien. »Sehen Sie sich die Entwürfe nur einmal an!«

Anschließend verlasse ich die Redaktion mit verheulten Augen, aber aufrecht und mit geradem Rücken.

Nik, der sich während des ganzen Dramas im Hintergrund gehalten und sich um die Hunde gekümmert hat, nimmt mich an der Tür in Empfang. Er hält Princess an der Leine und krault mit der anderen Hand den riesigen Dobermann.

»Super gemacht, Rosa«, sagt er aufmunternd.

»Auf Nimmerwiedersehen, ›Estelle‹!«, kichere ich. Ich glaube, meine Nerven gehen gerade mit mir durch. Mannoman, was für ein Auftritt! Dick und Doof können einpacken!

Ich rechne fest damit, dass mir Hausverbot erteilt wird. Na und? Das wäre nicht das erste – die Immobilienfirma, der ich Vickis Landgut abgeluchst habe, darf ich nicht mehr betreten. Basti kriegt laufend Strafzettel wegen Falschparkens. Da kann ich ruhig ein paar Hausverbote sammeln.

»Du hast denen echt deine Mappe auf den Tisch geknallt?«, johlt Vicki und lacht unter Tränen.

»Aua, nicht so fest«, sage ich und unterdrücke ein Aufjaulen. Meine Knie sind blau und geschwollen. Sie sehen aus wie früher, wenn ich beim Schlittschuhlaufen auf die Eisfläche gestürzt bin.

Vicki drückt die Eisbeutel noch ein bisschen fester darauf. »Du musst kühlen, Süße«, befiehlt sie. Sie wischt sich Lachtränen ab. »Gleich gibt's Arnikakügelchen zum Abschwellen. Nik, du *musst* mir sagen, dass diese Geschichte nicht wahr ist.«

»Sie ist wahr«, lacht Nik. Princess bellt fröhlich.

Dieses Mal bin ich es, die ein paar Blitze abschickt. Und zwar ihre Richtung. »Freu dich nur«, sage ich säuerlich, »Du hast dein Frauchen wie mit einem Katapult mitten in die Redaktionssitzung geschossen.«

Vicki krümmt sich vor Lachen. Nik wird ebenfalls geschüttelt. Plötzlich geschieht das Wunder, auf das ich seit Wochen gewartet habe und das partout nicht eintreten wollte: *Ich* muss ebenfalls lachen.

Während ich mir vorstelle, wie es ausgesehen haben

muss, wie ich mitten in den Konferenzraum falle, plötzlich auf dem Fußboden zwischen meinen Zeichnungen knie und heule, kriege ich einen riesigen Lachkrampf.

Alles, was mich in den letzten Wochen gepeinigt und beschäftigt hat, fällt von mir ab. Noch nie im Leben habe ich es als so erlösend empfunden, zu lachen.

Vicki nimmt mich in die Arme. Nik klopft mir auf die Schulter und endlich, endlich, endlich ist der Wettbewerb für mich abgehakt!

11. Kapitel

… wird gut

»Ich möchte mitkommen«, quengelt Juli, die auf meinem Bett sitzt und mir beim Schminken zuschaut, zum wiederholten Mal.

»Oma ist gleich da«, sagt Basti und nimmt sie tröstend in den Arm. »Ihr geht zusammen Pizza essen. Die Modenschau ist viel zu langweilig für dich.«

»Ist sie gar nicht«, protestiert die Kleine. »Bitte, Rosa!«

Ich verkneife mir ein Grinsen, denn ich finde es süß, dass sie sich jetzt an mich wendet. Aber natürlich kann ich Basti nicht in den Rücken fallen und außerdem ist es keine Veranstaltung für Kinder.

»Guck mal, Süße«, versuche ich, sie aufzuheitern. »Es sind sowieso keine Prinzessinnenkleider dabei. Wenn es irgendwann einmal eine Modenschau mit meinen Kleidern gibt, darfst du dabei sein, und wenn du willst, bekommst du von mir für diesen Tag dein eigenes Kleid genäht und darfst damit über den Laufsteg gehen.«

»Echt?«, fragt Juli und schaut mich mit großen Augen an. Ach, ich liebe diese kleine Maus!

»Versprochen!«, antworte ich. »Aber heute gehen nur wir Großen, okay?«

Juli nickt ernsthaft und Basti sieht erleichtert aus.

»Das hast du gut gemacht«, sagt er, als wir später alle zusammen in Daniels Chevy sitzen und in ein todschickes Hotel am Gendarmenmarkt fahren, wo die ›Estelle‹-Modenschau stattfindet. Vicki ist natürlich mit von der Partie, ebenso Jola und Margret.

»Alles in Ordnung mit dir?«, fragt mich meine Meisterin.

Ich nicke. »Ist okay«, bestätige ich. »Es ist seltsam: Wochenlang habe ich mich mit dem Wettbewerb beschäftigt, gequält und verrückt gemacht … und mit einem Mal war es vorbei. Von einem Moment auf den nächsten war ich darüber hinweg. Und jetzt freue ich mich einfach auf den Abend und drücke Marlene die Daumen.«

Gestern Abend haben Vicki und ich eine Flasche alkoholfreien Sekt geöffnet, um diesen verrückten Tag zu begießen, und Nik dazu eingeladen. Er trank ein Glas mit uns und verabschiedete sich rasch.

»Ich muss zu Marlene«, sagte er. »Du weißt warum, Rosa. Die Sache im Büro lässt mir keine Ruhe.«

»Aber Nik, du weißt doch jetzt, dass meine Zeichnungen hinter den Schrank gerutscht sind!«, rief ich.

»Ganz von alleine?«

»Was ist los?«, fragte Vicki, die noch nicht vollständig eingeweiht war.

»Nik denkt scheinbar, dass Marlene meine Zeichnungen hinter den Schrank geworfen hat«, erklärte ich meiner verdutzten Freundin, nachdem er gegangen war.

»Zuzutrauen wäre ihr das«, bestätigte Vicki stirnrunzelnd.

»Oooch nee, Vicki, fang du nicht auch noch an! Irgendeine Frau, die so tat, als wäre sie Tina, aber aussah wie Marlene, war im Büro und hat in den Einsendungen gewühlt und …«

»… und du entzückender Unschuldsengel denkst natürlich, das hatte rein gaaaar nichts mit dem Verschwinden deiner genialen Entwürfe zu tun. Die Marlene zudem kannte!« Vicki tippt sich an die Stirn. »Echt mal, Rosa!«

»Mir reicht's«, fauchte ich und schnappte mir mein Handy. »Ich rufe Marlene jetzt an und frage sie.«

»Das ist allerdings eine richtig gute Idee!«, spottet Vicki. »Sie wird dir bestimmt die Wahrheit sagen.«

Fünf Minuten später war alles geklärt.

»Rosa«, sagte Marlene und klang total entsetzt, als ich sie mit dem Verdacht konfrontierte. »Du weißt, dass ich … Ich war oft mies zu dir und gebe zu, ich fand deine Kollektion von Anfang an preisverdächtig. Aber ich schwöre! Mit dem Verschwinden deiner Entwürfe habe ich nichts zu tun.«

Ich konnte sie aufgeregt atmen hören. Kein Wunder, wenn man solchen Verdächtigungen ausgesetzt wird.

»Das wusste ich«, antwortete ich erleichtert. »Ich glaube dir.«

»Sie hatte Schnappatmung«, sagte Vicki, die das Gespräch mitgehört hatte.

»Und?«

»Ich glaube, sie hat gelogen.«

»Ich gehe jetzt ins Bett«, antwortete ich und setzte meinen Plan umgehend in die Tat um.

»Ich bin gespannt, ob sie gewinnt«, sagt Dani und steuert sein Auto in eine Parklücke.

Vor dem Hotel sind wir mit Nik verabredet. Immer mehr Menschen drängen ins Foyer, von ihm jedoch keine

Spur. Ich versuche, ihn auf dem Handy zu erreichen, aber er geht nicht ran.

»Lass uns reingehen«, sagt Vicki. »Sonst fangen die ohne uns an.«

»In Ordnung«, stimme ich zu. Nachdem ich Basti gebeten habe, noch einmal über die Köpfe der Leute hinweg nach Nik Ausschau zu halten, und er ihn ebenfalls nicht erspähen konnte, folgen wir den anderen. Ich frage mich, wo Nik steckt. Er ist sonst immer pünktlich.

Im Foyer des Hotels werde ich jedoch sofort abgelenkt. Bildschöne Hostessen in todschicken Kleidern nehmen uns in Empfang und weisen uns den Weg zum Saal, in dem die Modenschau stattfinden wird.

Die Veranstaltung ist unglaublich aufwendig und glamourös aufgezogen. Wir gehen über einen roten Teppich (bin ich froh, dass ich ein kleines Schwarzes anhabe!) und nehmen auf nummerierten Plätzen gleich in der zweiten Reihe am Catwalk Platz, wo uns ein Glas Champagner gereicht wird. Eine Meute von Journalisten wartet im hell beleuchteten Raum auf ihren Einsatz. An einer Wand ist ein Podium für die Jury aufgebaut. Natürlich gibt es Fotografen, Kameraleute und jede Menge hin und her eilender Assistenten.

In einer Viertelstunde soll es losgehen. Der Saal füllt sich bis auf den letzten Platz. Die Stimmung ist schon jetzt fantastisch – Spannung liegt in der Luft.

Ich schlürfe genüsslich meinen Champagner, lehne meinen Kopf an Bastis Schulter und genieße die besondere Atmosphäre im Saal. Kurz vor Beginn der Show erklärt uns ein Moderator, wie alles ablaufen wird, und bittet uns, die Handys auszuschalten.

Ich schaue nach, ob Nik mittlerweile angerufen hat. Nichts. Etwas verwundert drücke ich die Off-Taste und lasse mein Handy in meine Tasche gleiten. Dann fällt mir ein, dass Nik vielleicht gar nicht erst in den Zuschauerraum kommt, sondern lieber seiner Freundin, die bestimmt unglaublich nervös ist, hinter der Bühne zur Seite steht. Die Erklärung scheint mir plausibel.

Nachdem er gestern Abend noch zu ihr gefahren ist, um sie mit seinem Verdacht zu konfrontieren, hat sie auf jeden Fall etwas bei ihm gut.

Wenige Minuten später beginnt die Veranstaltung. Die Jury – bestehend aus der Chefredakteurin der ›Estelle‹, der Modeeinkäuferin der Firma, die die Gewinnerkollektion produzieren wird, einem bekannten Fernsehmoderatoren aus England und einer französischen Modemacherin, die den Wettbewerb im letzten Jahr gewonnen hat – nimmt Platz und schon geht es los. Die nächste Stunde gehört den talentiertesten jungen Designern Europas, die uns eine faszinierende Show bieten. Manches Mal bleibt mir die Luft weg vor Staunen, besonders eine lässige Hippie-Revival-Show einer holländischen Designerin hat es mir mächtig angetan. Die vorletzte Kandidatin ist Marlene.

Ich halte die Luft an, als ihr erstes Model den Laufsteg betritt. »Jetzt Daumen drücken«, sage ich lachend zu meinen Begleitern und sehe sofort, dass das überhaupt nicht nötig ist. Erstens drücken sie alle und zweitens: Marlenes Kollektion ist der absolute Hammer!

Auch wenn ich niemals Mode in diesem Stil entwerfen würde, kann ich erkennen, dass ihre Arbeit etwas Besonderes ist. Ihre Kollektion ist kühl, urban, lässig, mit einem Hauch von Eleganz, den ... wie soll ich sagen ... den einfach nur Marlene hinkriegen kann. Am besten gefällt mir ein hautenges schwarzes Kleid, über dem das Model ein kurzes Cape trägt, ebenfalls in schwarz mit einem leuchtend hellblauen Futter. Das auffällige Augen-Make-up der jungen Schönheit ist ebenfalls hellblau und auf dem Kopf trägt sie einen schwarzen Hut, der mich an eine umgestülpte Schüssel erinnert, aber gnadenlos elegant aussieht. Der absolute Wahnsinn! Nicht nur ich bin begeistert. Vicki pfeift auf den Fingern wie ein Viehhirte. Der Saal tobt, als Marlene am Ende ihrer Show von ihren Models umringt auf die Bühne kommt.

Ich glaube, ein Teil des gewaltigen Applauses gilt ihr selbst, denn wie Jana richtig bemerkt hat, sie könnte selbst als Model auf dem Laufsteg mitmischen, so schön ist sie.

Allerdings sieht sie heute ziemlich blass aus. Ihr Lächeln wirkt aufgesetzt und ihre Augen suchen unruhig das Publikum ab. Ob noch jemand außer mir ihre Anspannung bemerkt? Es sieht nicht so aus.

Die Jury nimmt sich eine halbe Stunde, um ihre Entscheidung zu treffen. Wir genießen eine kurze Pause und stürmen den Champagnerstand. Ich suche nach Nik, allerdings erneut vergeblich. »Nik ist noch immer nicht zu sehen«, sage ich zu Basti, der mit seinem Glas gegen meines klimpert und seinen Arm um mich legt.

»Ich denke, er ist hinter der Bühne und hält seiner Freundin das Händchen«, bestätigt er meine vorherigen Überlegungen.

»So wird es sein.«

»Ich denke, er will an ihrer Seite mitfiebern«, sagt Basti. »Ich glaube, ich wäre tausend Tode gestorben, wenn du heute dabei gewesen wärst.«

Wahrscheinlich hat Basti recht.

Die Spannung steigt mit jeder Minute, als wir nach der Pause in den Saal zurückkehren und Platz nehmen.

Alle 20 jungen Modemacher werden nun auf die Bühne gebeten und mit dem Applaus ihres Lebens empfangen. Mein Herz rast, ich könnte kaum aufgeregter sein, wenn ich selbst da vorn stehen würde.

Die Chefredakteurin der ›Estelle‹ macht es spannend. Sie erzählt in aller Seelenruhe von der überwältigenden Resonanz auf die Ausschreibung, zeigt sich beeindruckt von der hohen Qualität der Einsendungen und ermutigt alle Teilnehmer ihren Weg in der Modebranche weiterzuverfolgen.

»Für einen von euch geht es heute schon einen großen Schritt voran auf dem Weg, den man durchaus als hart und steinig bezeichnen darf«, sagt sie und wendet sich mit einem strahlenden Lächeln an die Finalisten. »Es war keine leichte Entscheidung, doch am Ende waren wir uns überraschend schnell einig. Der ›Estelle Fashion Award‹ geht in diesem Jahr an … die Designerin Marlene Sievers aus Berlin!«

Völliges Erstaunen zeigt sich auf Marlenes ebenmäßigem Gesicht. Sekundenlang wirkt sie wie betäubt, ehe sie sich die Hände vor ihrem Gesicht zusammenschlägt und anfängt zu weinen.

Die anderen Teilnehmer umringen sie, sodass ich sie nicht mehr sehen kann. Vicki, Jola und Margret springen jubelnd auf und recken triumphierend die Arme in die Luft.

… und ich werde das Gefühl nicht los, dass irgendetwas nicht stimmt.

Wo, bitte schön, ist Nik in diesem, Marlenes bisher größtem Moment als Designerin?

Nachdem der erste Jubel abgeklungen ist, macht die Chefredakteurin Platz und Marlene tritt an das Mikrofon. »Danke«, sagt sie mit brüchiger Stimme und presst die gläserne Statuette, die sie eben überreicht bekommen hat, an ihr Herz. »Ich bin überwältigt und froh und es ist ... es ist einer der besten Momente in meinem Leben. Viele Stunden habe ich an meiner Kollektion gearbeitet und wenn ich heute stolz sagen kann: ›Das ist *meine* Arbeit, ich habe gewonnen.‹, so ist das nur der eine Teil der Wahrheit, der andere und eigentlich wichtigere Teil ist der: Ich habe es nicht *alleine* gemacht, ich war die ganze Zeit umgeben von besonderen Menschen, von Menschen, die mich inspirierten, die mir unendlich viel bedeuten und denen ich sehr dankbar bin.«

Sie macht eine kurze Pause und holt tief Luft. Im Saal könnte man jetzt eine Stecknadel fallen hören. »Margret, meine liebe Ziehmutter und Lehrmeisterin. Ohne dich hätte ich niemals zu Nadel und Faden gefunden, nie gelernt, dass es sich lohnt, geduldig und ausdauernd zu sein.«

Ich schaue zu meiner Meisterin hinüber und sehe, dass sie weint. Jola und Vicki drücken ihre Hände und strahlen vor Freude. Oh ja, wenn jemand in diesem Moment ein Lob verdient hat, ist es Margret.

»Dann ist da noch jemand. Sie ... sie ist ... nein, sie *war* mir zuerst ein Dorn im Auge. Wer schätzt schon hammerharte, unglaublich begnadete Konkurrenz? Ich habe mich manchmal benommen, dass ich ... Na ja, ich bin nicht besonders stolz darauf, und ich hoffe, Rosa, du kannst mir verzeihen.«

Sie redet von dir, Rosa Redlich! Ich sitze sprachlos auf meinem Stuhl und bin nicht mal fähig, einen kleinen Finger zu bewegen. Nur meine Tränen sind wieder mal auf Autopilot. Daniel, der die Veranstaltung filmt, richtet das Objektiv jetzt auf mich.

In ein paar Tagen, wenn wir uns den Film anschauen, werden wieder alle lachen. »Unsere kleine Rosa-Heulsuse. Wie süß!«

Ist mir aber egal. Erstens heult Margret ebenfalls, und zweitens kann Marlene einen Stein erweichen mit ihrer Rede.

»Ich bitte um einen riesigen Applaus für meine Freundin Rosa Redlich, deren Namen Sie sich merken sollten, falls Sie ihn nicht sowieso schon kennen.«

Basti gibt mir einen Schubs. Zögerlich stehe ich auf, während Tränen über mein Gesicht laufen und der Applaus mich wärmt wie ein warmer Frühlingssonnenstrahl. Die Juroren stecken die Köpfe zusammen und mustern mich.

Ja, ja, ich bin die Idiotin, die sich wie ein Elefant im Porzellanladen benommen hat und in eure Besprechung geplatzt ist.

»Danke, Marlene«, hauche ich tonlos. Sie kann mich nicht hören, aber da sie in meine Richtung schaut, kann sie die Worte vielleicht von meinen Lippen ablesen.

Als sie fortfährt, sieht sie noch blasser aus. Es wirkt beinahe, als würde sie schwanken. »Nik, dir gilt mein größter, mein herzlichster Dank. Du bist das Beste, was mir in den letzten Jahren passiert ist. Ich ... ich weiß, dass ... dass ich dich enttäuscht habe und deshalb bitte ich dich von ganzem Herzen um Verzeihung. Hab etwas Geduld mit mir. Denn ich bin sicher, mit deiner Hilfe kann ich ein besserer Mensch werden. Ich liebe dich!«

Ich drehe mich um und schaue, ob ich Nik irgendwo entdecke. Aber es ist zu voll und viel zu dunkel im Saal. Hoffentlich ist er in der Nähe.

Doch während ich mir die Nase putze, geht mir durch den Kopf, was Marlene da eben gesagt hat.

Sie hat Nik enttäuscht und bittet ihn um Entschuldigung? Warum das denn? Haben die beiden sich gestern Abend gestritten und er ist deswegen heute nicht hier?

Wenn sie sich gestritten haben, waren mit Sicherheit Niks fiese Verdächtigungen der Grund. Aber wenn Nik damit falsch gelegen hätte, müsste *er* sich eigentlich entschuldigen und nicht sie.

Oh! Mein! Gott!

Der Rest der Show rauscht an mir vorbei. Marlene ist der absolut umschwärmte Mittelpunkt. Gefühlte tausend Kameras lichten sie und ihre bildschönen Models ab. Mikrofone werden ihr unter die Nase gehalten. Sie muss strahlen, reden, Hände schütteln. Unglaublich! Es ist, als wäre ein neuer Superstar geboren.

Und dieser Superstar ist Marlene, meine Freundfeindin und Theaterkollegin. Eine Frau, die eine schreckliche Kindheit hatte, jahrelang einen Mann geliebt hat, der sie nicht wollte, und manchmal ein Benehmen wie das letzte Trampeltier an den Tag legt. Die gleichzeitig talentiert und bildschön ist und die, wenn meine Überlegungen stimmen, meine Einsendung zum Wettbewerb sabotiert hat und nun kackfrech auf dem Siegertreppchen steht.

»Lass uns gehen«, bitte ich Basti kraftlos.

»Was ist los?«

»Mir ist schlecht«, antworte ich. »Bitte bring mich nach Hause!«

Draußen kitzelt die kräftige Märzsonne die ersten Frühlingsblumen wach. In der Werkstatt ist es hell und gemütlich, seit ich mich dazu aufgerafft habe, unsere große Fensterscheibe zu putzen. Unsere Kunden kramen ihre leichte Garderobe aus den Schränken, sodass wir massig Arbeit bekommen. Hosen, Jacken, Röcke wollen enger gemacht, repariert oder umgearbeitet werden.

Knapp eine Woche ist vergangen, seit wir Marlenes großem Triumph zusehen durften. Die Tage vergehen seitdem in angenehmem Gleichmaß. Abgesehen davon, dass ich in einer Art Gefühlslähmung verharre und zu verdauen versuche, dass alle meine Freunde recht hatten, als sie Marlene der Sabotage verdächtigten.

Nik hat mich einen Tag nach der Modenschau angerufen.

»Du warst gar nicht auf der Modenschau, oder?«, fragte ich ihn.

»Nein«, antwortete er. »Kannst du dir denken, warum?«

»Ich weiß es«, sagte ich leise und bat ihn dann, das Thema Wettbewerb nicht zu vertiefen.

Ich wollte allein damit fertig werden.

Noch immer weiß ich nicht, was ich tun soll. Das Ganze ist so ungeheuerlich, ich fühle mich vollkommen überfordert. Die anderen merken, dass etwas nicht stimmt, bedrängen mich jedoch nicht. Sie kennen mich und wissen, ich werde um Hilfe bitten, wenn ich sie brauche.

Vielleicht sind sie auch ein bisschen abgelenkt, denn ein großes Ereignis wirft seine Schatten voraus: Vickis und Daniels Richtfest in Kletzin. Es wird kein klassisches Richtfest werden, denn das Haus ist bereits vor über 100 Jahren gebaut worden. Eigentlich ist es mehr eine Party zum offiziellen Renovierungsbeginn. Vicki möchte allen ihr Schloss zeigen und damit von Anfang an deutlich machen, dass es ein offenes Haus ist, in dem Gäste und Freunde jederzeit willkommen sind.

»Seit du hier arbeitest, komme ich aus dem Feiern gar nicht mehr heraus«, sagt Margret gerade und zeigt mir damit, dass sie an das Gleiche gedacht hat wie ich.

»Macht Spaß, oder?«, frage ich augenzwinkernd.

Wer weiß, was es noch alles zu feiern geben wird in den nächsten Jahren. Geburten, Taufen, Hochzeiten … Ich kann mir einiges vorstellen. Ein klein wenig Lebensfreude dringt durch die Glasglocke, unter der ich augenblicklich lebe, und durchflutet mich. Es ist beinahe Frühling – alle Lebensgeister kehren zurück!

In diesem Moment steht plötzlich unsicher lächelnd Marlene in der Tür. Mein Herz beginnt zu rasen.

»Ich habe Kaffee mitgebracht«, sagt sie und hält uns ein Papptablett mit vier XXL-Bechern hin, »und ein bisschen Kuchen.«

»Kommst du wie gerufen«, sagt Jola und streckt sich. »Bin ich müde.«

»Kaum ist der Winterblues vorbei«, ergänzt Margret, »meldet sich die Frühjahrsmüdigkeit. Komm rein, Marlene, und lass dich mal umarmen.«

Margret und Jola haben erzählt, dass sie bei der After-Show-Party nicht näher als drei Meter an Marlene herangekommen sind, weil sie den ganzen Abend von einer dicken Menschentraube umlagert wurde.

Ich trete hinter meiner Nähmaschine hervor, nehme Marlene die Kaffeebecher ab und mache nun also das, was ich an jenem Abend schon tun wollte. »Gratuliere«, sage ich und drücke sie kurz. »Ich freue mich für dich.«

Sie wird feuerrot.

»Und jetzt setzt du dich hin und sagst mir die Wahrheit!«, fahre ich fort und staune selbst, wie klar und fordernd meine Stimme klingt.

Plötzlich bin ich vollkommen ruhig. Keine Glasglocke mehr. Keine Unsicherheit. Marlene soll mir endlich reinen Wein einschenken. Ich will von *ihr* hören, ob und was mit meinen Wettbewerbsunterlagen passiert ist, und von niemand anderem.

»Rosa, was ist denn los?«, fragt Margret und schaut mich verwundert an. »Ist etwas passiert?«

»Das muss uns Marlene sagen«, fordere ich und sehe ihr geradewegs in die Augen.

»Du weißt es?«, fragt sie mit zitternder Stimme. »Du weißt es und du hast mich noch nicht umgebracht?«

»Es ist also wahr?«

»Rosa, bitte«, fleht sie und Tränen laufen über ihr blasses Gesicht. »Es tut mir leid.«

»Was ist jetzt los?«, fragt Jola. »Was passiert?«

»Marlene hat meine Zeichnungen für den ›Estelle‹-Wettbewerb versteckt«, sage ich kraftlos. »Wir haben hier wochenlang zusammengearbeitet, schön Kaffee miteinander getrunken, gequatscht und gelacht. Heile Welt hat sie gespielt und sich dann unter falschem Namen in die Redaktion eingeschlichen, meinen Umschlag herausgesucht und hinter einen Schrank geworfen, weshalb meine Entwürfe nie bis zur Jury gelangt sind. Durch eine Kette von Zufällen und weil Princess so eine gute Nase hat, ist alles ans Licht gekommen – und weil es die meisten Menschen im Gegensatz zu dir, liebe Marlene, ehrlich meinen und nie, nie, nie so viel Scheiße bauen würden wie du! Wie kannst du mich vor Hunderten von Menschen deine Freundin nennen, wenn du vorher meine Arbeit sabotiert hast?«

»Ist das wahr?«, fragt Margret an Marlene gewandt und ballt die Fäuste.

Marlene zittert. »Ja«, sagt sie leise. »Aber … ich will … Bitte, ich muss es erklären. Ich habe es doch tausendmal bereut. Damals, als ich deine Zeichnungen gesehen habe, wusste ich, dass du den Wettbewerb gewinnen würdest mit deinen unglaublichen Ideen, und ich … ich habe es gehasst. Ich habe *dich* gehasst und wie du so sorglos und glücklich durchs Leben gehst, dir alles in den Schoß fällt und du dennoch an deinem Glück zweifelst. Ich fand dein Verhalten furchtbar. Alles fällt dir zu und du bist nicht einmal dankbar dafür. Aber dann … dann habe ich dich besser kennengelernt, habe verstanden, wie hart du arbeitest, und gemerkt, dass du eine unglaublich liebenswerte Frau bist und das Glück, das du hast, verdienst. Und plötzlich mochte ich dich. Aber da war es zu spät. Da hatte ich es schon getan und konnte nicht mehr zurück. Ich habe gehofft, die Putzfrau würde deine Mappe rechtzeitig finden, zurück zu den anderen Einsendungen legen und alles wäre gut.«

»Ich möchte, dass du jetzt gehst«, sagt Margret tonlos, während ich noch versuche, herauszufinden, wie ich auf Marlenes Geständnis reagieren soll.

»Bitte …«, schluchzt Marlene. »Ich habe euch um Verzeihung gebeten, euch alle, und es war ehrlich gemeint. Ihr bedeutet mir unglaublich viel und ich … ich möchte euch nicht verlieren.«

Sie weint so bitterlich, dass mir trotz allem, was sie mir angetan hat, fast das Herz bricht.

»Sofort!«, wiederholt meine Meisterin in einem Ton, den ich noch niemals gehört habe. Mir läuft ein Schauer über den Rücken. »Ich möchte dich hier nicht noch einmal sehen.«

Die kleine Glocke an der Tür bimmelt fröhlich – unserer Erschütterung zum Trotz, als Marlene mit hängenden Schultern die Werkstatt verlässt.

Nik und ich haben uns mit Princess und Lucky im Großen Tiergarten getroffen und drehen eine Runde durch den riesigen Park.

»Ich bin gleich zu Marlene gefahren, nachdem ich den Sekt mit euch getrunken hatte«, sagt er.

»Ich habe sie angerufen, als du weg warst. Sie hat mir geschworen, dass sie nichts Unrechtes getan hat.«

Er lacht bitter.

»Du warst dir wirklich sicher, dass sie etwas mit meinen verschwundenen Zeichnungen zu tun hatte?«, frage ich.

»Sicher war ich nicht, aber ich wollte es unbedingt herausfinden.«

»Und dir gegenüber hat sie es zugegeben?«

Er nickt. »Nachdem du angerufen hast, ist sie wohl ins Nachdenken gekommen. Sie war schon in Tränen aufgelöst, als sie mir die Tür öffnete. Daraufhin habe ich ihr gesagt, dass sie die Konsequenzen ziehen und ihre Teilnahme an der Modenschau absagen muss.«

»Das ist hart«, sage ich leise.

»Möglich«, sagt er. »Aber es wäre wenigstens *ehrlich* gewesen. Sie hat Mist gebaut, dir deine Chancen genommen und sich dann selbst auf das Siegertreppchen gestellt. Ich finde, *das* ist hart.«

»Seid ihr ... ich meine, hört ihr jetzt noch voneinander?«, frage ich.

Nik schüttelt den Kopf. »Ich kann nicht«, sagt er. »Sie ruft mich an, sie mailt ... aber ich kann nicht mit ihr reden.«

Mein Herz zieht sich zusammen bei dem Gedanken, dass die gerade aufkeimende Liebe der beiden damit ein jähes Ende gefunden hat.

Ich hatte viel Zeit zum Nachdenken in den letzten Tagen. Ich habe mit all meinen Freunden über Marlenes Verrat gesprochen, habe mir ihre Reaktionen angehört (von »Zeig sie an!« bis »Versuch, sie zu verstehen« war so ziemlich alles dabei.) und letztlich meine eigenen Schlüsse gezogen.

Marlene, die endlich anfing, Beziehungen aufzubauen, ist tief gefallen. Sie hat Mist gebaut, doch sie tut mir leid. Ich habe beschlossen, ihr zu verzeihen, schon allein deshalb, weil ich selbst einen Schlussstrich unter die Sache setzen und meinen Frieden finden will. Wie sagte Elisabeth neulich: »Man sollte der Vergangenheit keine allzu große Macht über die Gegenwart geben.« Ich stimme ihr voll zu.

Eine Freundschaft wird zwischen Marlene und mir niemals mehr möglich sein. Aber sie und Nik? Sollte ihre Liebe nicht über alldem stehen? Ist sie nicht mehr wert als Stolz, Erfolg und was uns sonst umtreibt in unserer schnelllebigen Welt? Oder bin ich einmal mehr naiv und hoffnungslos romantisch?

»Sie … sie vermisst dich sicher«, sage ich leise zu Nik. »Meinst du nicht, dass sie noch eine Chance verdient hat?«

Wie oft hat Elisabeth ihrem Viktor verziehen? Und Basti mir? Daniel seiner Vicki? Wir machen nun mal alle Fehler und sind darauf angewiesen, dass man uns verzeiht. Ich nehme es Marlene ab, dass sie sich ändern wollte und dass ihr alles, was sie getan hat, von Herzen leid tut. Menschen können sich ändern, wenn sie einen Grund dafür haben. Marlenes Grund ist ihre Liebe zu Nik.

»Wie geht es dir mit der ganzen Geschichte?«, fragt er und bleibt mir eine Antwort schuldig.

Ich zucke die Schultern. »Ich bin fertig damit. Ich war es schon, als wir meine Zeichnungen gefunden hatten. Marlenes Intrige hat mich menschlich enttäuscht, aber irgendwie, tief im Innern, kann ich sie sogar verstehen.«

»Du kannst sie verstehen?« Nik ist stehen geblieben und sieht mich verwundert an.

»Na ja«, sage ich. »Seien wir mal ehrlich. Bist du niemals neidisch? Hast du noch nie im Leben jemandem etwas nicht gegönnt? Das ist doch normal. Sie … sie ist nur einen Schritt weitergegangen und hat etwas Blödes gemacht …«

»… und genau da liegt der Unterschied«, sagt Nik sauer. »Die Gedanken sind frei. Denk, was immer du willst. Aber wenn du etwas Mieses *tust*, musst du aushalten, dass es Konsequenzen hat.«

Das stimmt natürlich. Trotzdem tut mir Marlene auf ihrem schrecklich einsamen Siegertreppchen entsetzlich leid.

Schloss Kletzin in der Mark Brandenburg ist das romantischste Landgut, das man sich vorstellen kann. Meine Freundin Vicki ist ein wahrer Glückspilz, dass sie dieses Kleinod ihr Eigen nennen darf – auch wenn das Schloss im Moment recht verfallen ist und mehrere Monate vergehen werden, bis es in alter Pracht erstrahlen wird.

Heute kann man jedoch ahnen, wie es einmal aussehen wird. Das dreiflügelige Haus versprüht in der milden Märzsonne einen unglaublichen Charme. Morgen ist Frühlingsanfang – ein wunderbarer Tag also, um in den Baubeginn hinein zu feiern.

Auf dem Vorplatz des Schlosses haben Vicki und Daniel jede Menge Zelte aufbauen lassen. In einem wird gekocht, im nächsten steht eine kleine Bar bereit und im größten von allen finden sich Esstische, mit großen Schalen voller Tulpen hübsch dekoriert. Heizpilze sorgen für angenehme Wärme.

An einer Zeltseite hat Daniel Tafeln mit alten Karten und Ansichten von Gut Kletzin aufgebaut. Außerdem wirft ein Beamer automatisch alle fünf Sekunden ein neues Bild aus einer umfangreichen Fotosammlung auf eine Leinwand. Neugierig betrachte ich die mir bisher unbekannten Bilder vom Gut und von dessen ehemaligen Bewohnern. Meine Lieblingsverwandte von Vicki – die hübsche Augusta von Liesen – ist natürlich auf vielen Aufnahmen abgebildet.

Ich habe vor ein paar Monaten ihr Tagebuch gelesen. Nun kommt es mir vor, als würde ich eine alte Freundin wiedersehen. Augusta war eine tolle Frau.

»Na, wieder in romantische Gedanken versunken?« Vicki steht neben mir und betrachtet ebenfalls die Fotos.

»Diese Bilderpräsentation hat Daniel toll hingekriegt«, sage ich.

Vicki nickt. »Er ist meiner Verwandtschaft ebenso verfallen wie du«, sagt sie schmunzelnd. »Tagelang hat er die halb vergammelten Bücher durchgekämmt, gescannt und geordnet. Er war zu nichts anderem zu gebrauchen, aber es hat sich gelohnt.«

»Ich hätte keine Ahnung, wie ich das hinkriegen sollte.«

»Du bist ja auch nicht mit einem Computer verwachsen«, sagt Vicki lachend.

»Dafür mit einer Nähmaschine«, antworte ich.

»Wie geht's dir?«, fragt meine Freundin plötzlich und mustert mich.

»Nicht schlecht«, antworte ich. »Ich habe Marlenes Aktion schon ganz gut verdaut.«

»Du bist wirklich ein Held und für deine Nonchalance bewundere ich dich«, meint Vicki stirnrunzelnd. »Ich könnte das nicht.«

»Ich bin nicht so locker, wie es dir vorkommen mag«, gebe ich zu bedenken. »Ich habe nur herausgefunden, dass es für mich keinen anderen Weg gibt, als zu verzeihen.«

»Jeder weiß, dass Frauen komplizierte Wesen sind, aber Marlene schlägt dem Fass den Boden aus. Ich habe noch nie jemanden getroffen, der so zwiespältig ist wie sie.«

»Wir haben sie wohl falsch eingeschätzt.«

»Nein«, widerspricht Vicki. »Eigentlich haben wir sie

richtig eingeschätzt. Wir hatten alle Vorbehalte und die haben sich bestätigt.«

»Vielleicht hast du recht, trotzdem glaube ich nach wie vor, dass sie uns wirklich mag und in Nik sehr verliebt ist. Dass sie ... dass sie aufgeflogen ist, finde ich beinahe tragisch. Ich meine, weil sie gerade auf einem guten Weg war.«

»Je mieser einer drauf ist«, sagt meine Freundin und legt einen Arm um mich, »desto mehr Verständnis hast du für ihn. Und das, obwohl sie dich so fies hintergangen hat.«

»Ich bin mir sicher, wenn wir Marlene jetzt alles verzeihen, ändert sie sich wirklich«, antworte ich nachdenklich.

»Wenn du meinst, mein Samariter. Ich bin dabei!« Vicki küsst mich auf die Wange und entschuldigt sich, dass sie nicht länger mit mir quatschen kann. Als Gastgeberin muss sie heute für alle da sein.

Ich hole mir ein Glas Wein und gehe Lila und Rob begrüßen, die gerade aus ihrem Auto steigen. Kurze Zeit später treffen auch Nik, Elisabeth und Viktor ein. Ich habe Vicki gebeten das frisch gebackene Ehepaar einzuladen, denn ich wollte unbedingt, dass Vicki die beiden kennenlernt. Immerhin hatte ich ihr wochenlang von ihnen vorgeschwärmt. Ich führe die drei herum und erzähle nebenbei die Geschichte von Augusta und ihrem Tagebuch.

Nik hört aufmerksam zu, lacht höflich, wenn es etwas zu lachen gibt, und gratuliert meiner Freundin und Daniel zu ihrem prächtigen Besitz. Mit einem Wort: Er ist ganz der top erzogene Adelsspross, der weiß, was sich gehört. Seine Augen sehen allerdings traurig aus. Mir kann er nichts vormachen. Ich weiß genau, dass er Marlene vermisst.

Gefühle sind nun einmal zäh und langlebig und stärker als alle Vernunft.

Etwa zwei Stunden später, als wir uns alle an einem köstlichen Büfett satt gegessen haben und plaudernd über das Grundstück flanieren, fährt hupend ein schwarzer Mercedes vor.

Natürlich gucken alle, wer zwar spät, aber dennoch aufmerksamkeitsheischend zur Party kommt. Ich bin neugierig, allerdings auch vollauf damit beschäftigt, Juli auf einem Pony über das Gut zu führen und das störrische Tier daran zu hindern, alle zwei Minuten stehen zu bleiben und nach frischem Gras zu suchen.

»Jetzt komm, du bockbeiniges Biest«, fluche ich und zerre am Zügel.

Basti lehnt lässig an der Bar und amüsiert sich über mich. Plötzlich weicht sein freches Grinsen einem erstaunten Gesichtsausdruck. »Die Dame kenne ich irgendwoher«, sagt er. »Die ist von der ... von der ... ich komme nicht drauf, jedenfalls hat sie mal ein Interview mit meiner Mutter geführt. Was will die hier?«

Ich ignoriere meinen Freund und kämpfe mit dem Pony. Widerwillig geht es wenige Schritte weiter – allerdings nur bis zum nächsten Grasbüschel.

»Rosa, dein Typ wird verlangt«, ruft Daniel von Weitem.

»Was ist denn los?«, wundere ich mich, überlasse Basti, der in diesem Moment neben mir auftaucht, allerdings herzlich gern die Zügel. Er schnalzt kurz mit der Zunge und das Tier setzt sich anstandslos in Bewegung. Juli jauchzt fröhlich.

»Na, herzlichen Dank!« Ich werfe meinem Schatz einen eindeutigen Blick zu.

Vicki winkt mich aufgeregt zu sich. Mein Herz klopft schneller. Hoffentlich ist nichts Schlimmes passiert.

Neben Vicki tritt eine grinsende Melina ›Hiobsbotschaft‹ Schmidt (Ha! Wusste ich es doch. Ich hab echt lange keine schlechten Nachrichten mehr bekommen!) und – ich fasse es nicht – eine noch breiter grinsende ›Estelle‹-Chefredakteurin. Ich hatte bisher nicht mitbekommen, dass sie lächeln kann, von daher überrascht mich ihr Anblick gleich doppelt. Was will sie hier?

Meine Knie werden weich.

»Hi, Rosa«, sagt Melina und drückt mich. »Ihr hattet noch keine Gelegenheit, euch in Ruhe miteinander bekannt zu machen. Also, darf ich vorstellen? Das ist Franziska Schäfer, Chefredakteurin der ›Estelle‹. Franziska, das ist Rosa Redlich, Schneiderin und Kostümdesignerin.«

Brav schüttele ich die Hand von Frau Schäfer und warte vergeblich darauf, dass in meinem Gehirn ein irgendwie gearteter Aha-Effekt eintritt.

»Rosa! Ich würde gern mit Ihnen reden«, sagt eine Stimme wie aus weiter Ferne zu mir.

»Ja, gerne«, antworte ich mechanisch.

Vicki begleitet uns zur Bar, schiebt uns Stühle hin und sorgt dafür, dass unser hoher Besuch ein Glas Wein erhält.

»Ich will nicht lange um den heißen Brei herumreden«, sagt Franziska Schäfer. »Nach Ihrem reichlich schrägen Auftritt neulich, über den wir zuerst nur den Kopf schütteln konnten, hat unsere Moderedakteurin Ihre Zeichenmappe mitgenommen. Kurz und schmerzlos: Sie stand Minuten später in meinem Büro, völlig begeistert, nahezu euphorisiert von Ihren Entwürfen.«

»Ist … nicht wahr«, stammele ich.

»Ist wahr«, antwortet die Chefredakteurin knapp. »Bei unserer nächsten Konferenz hat sie die Zeichnungen vorgestellt und die Begeisterung über Ihre Ideen breitete sich virusartig aus.«

Ich kann kaum glauben, was ich da höre, und kneife mich unauffällig. »Sicher, dass ich das nicht träume?«, frage ich vorsichtig.

»Also *ich* bin hellwach«, antwortet Franziska Schäfer mit leichtem Erstaunen in der Stimme. »Allerdings wird es gleich noch ein bisschen unglaublicher. Abgesehen davon, dass wir nie zuvor Entwürfe angeschaut haben, die uns im wahrsten Sinnen des Wortes vor die Füße geworfen wurden, hat auch noch nie eine Siegerin des Wettbewerbs bei uns angeklopft und gesagt, dass sie ihren Preis zurückgeben will, um ihn einer anderen Teilnehmerin zu überlassen.«

Jetzt kapiere ich gar nichts mehr, was entweder an Franziskas Schachtelsätzen liegt oder daran, dass ich ein bis zwei Gläser Weißwein zu viel hatte. Ich starre sie an und versuche meinem benebelten Gehirn einen halbwegs intelligenten Satz abzuringen.

»Marlene Sievers will ihren Preis nicht?«

»Mehr noch« sagt Melina, die sich bisher zurückgehalten hat. »Sie will, dass *du* ihn bekommst.«

»Was für ein Quatsch«, sage ich lachend. »Ihr macht Witze!«

»Wäre mir lieber«, stöhnt Franziska Schäfer, »ist aber nicht so. Ein Zirkus wie dieser ist mir in zehn Jahren ›Estelle‹ noch nicht untergekommen. Natürlich haben wir über Konsequenzen wegen Frau Sievers' Manipulation nachgedacht, uns aber nach langem Abwägen des Für und Wider klar entschieden: Wir werden den Preis nicht an jemand anderen vergeben. Wir sind ein Mode-

und Lifestyle-Magazin, kein Witzblatt. Marlene Sievers ist und bleibt die Gewinnerin – aber nun zum eigentlichen Grund meines Kommens. Mit Ihnen, Rosa, möchten wir eine Modestrecke für die Maiausgabe realisieren. Und zwar mit Ihrer Kollektion für den Wettbewerb!«

Haha! Ich halluziniere. Verdammt, so viel Wein war es doch gar nicht. »Das ist nicht wahr, oder?«, hauche ich kraftlos.

»Sehe ich aus, als ob ich Witze mache?«, fragt Franziska Schäfer.

Melina lacht und nimmt mich in die Arme. »Es ist wahr. Glaub es einfach!«

»Wenn ich mich hier so umschaue«, lässt sich Franziska Schäfer erneut vernehmen, »habe ich ganz nebenbei die passende Location für die Fotostrecke gefunden.«

Vicki und Daniel, die das Gespräch neugierig verfolgt haben, zwinkern mir fröhlich zu. Dann schnappt sich Vicki die zufrieden grinsende Chefredakteurin und bietet ihr an, eine kleine Führung durch Schloss und Hof zu machen.

Ich bin ihr echt dankbar dafür. So habe ich einen Moment, um mich zu fassen.

Meine Märchenkollektion wird für die ›Estelle‹ produziert. In Vickis Schloss! Waaaahnsinn!

Vor ein paar Wochen habe ich genau davon geträumt. Einer meiner vielen rosaroten Tagträume. Und jetzt wird das alles wahr? Ich werfe mich heulend vor Freude in Bastis Arme.

»Du bist ein Glückspilz, meine Süße«, sagt er und küsst mich aufs Haar.

Manchmal glaube ich das ebenfalls. Vor Freude trinke

ich ein weiteres Glas Wein und beobachte von Weitem, wie Vicki die ›Estelle‹-Chefin die große Freitreppe hinaufführt.

»Sag mal«, frage ich Melina, die glücklich strahlend neben mir steht, »woher wusstet ihr eigentlich, dass ich heute hier bin?«

»Na ja«, druckst Melina herum und lächelt schief. »Jemand hat es uns gesagt.«

»Ach nee …«, lache ich. »Darauf wäre ich jetzt nicht gekommen. Und wer, wenn ich fragen darf?«

»Es war deine Freundin Marlene. Sie hat eine solchen Wirbel veranstaltet in den letzten Tagen … Ich glaube, das schlechte Gewissen plagt sie, aber die Chefin hat sie zusammengestaucht und ihr gesagt, sie erwarte von ihr, dass sie sich wie eine Gewinnerin benimmt und aufhört, herumzuheulen. Als gestern Abend klar war, dass du die Modestrecke im Mai bekommst, ist Marlene vor Freude beinahe aus den Latschen gekippt. Sie wusste, dass ihr hier heute eine Party feiert und meinte, das wäre doch der geeignete Moment, um dir die guten Nachrichten zu überbringen.«

»Das ist ein Ding«, sagt Basti. »Sie hat sich ja richtig ins Zeug gelegt, um ihren Fehler wiedergutzumachen.«

»Da hast du recht«, sage ich froh. »Siehst du! Ich habe mich nicht getäuscht, dass ihr ihr Verhalten unheimlich leid tut.«

»Willst du … sie sprechen?«, fragt Melina vorsichtig.

»Ich rufe sie nächste Woche an.«

»Sie … sie ist hier.« Melina guckt unsicher. »Sie sitzt im Auto. Hat sich nicht herausgetraut.«

Eine Minute später lasse ich mich neben Marlene in die weichen Lederpolster des Mercedes plumpsen. Der Lärm des Festes ist hier kaum zu hören.

»Ich erwarte gar nicht, dass du mir verzeihst«, sagt sie leise.

»Warum bist du dann hier?«

»Ich wollte sehen, dass alles gut wird, und du die Modestrecke wirklich bekommst. Es tut mir einfach unglaublich leid.«

»Das weiß ich.«

»Wie … wie geht es Nik?«

»Er ist hier. Es geht ihm gut.«

»Das … ist schön.« Sie schaut mich gerade an. »Rosa, wirst du … Ich meine, kannst du mir verzeihen, was ich dir angetan habe? Glaubst du mir, dass ich es ehrlich meine?«

Unsere Blicke treffen sich. Ich weiß, sie sagt die Wahrheit sagt und nicke. »Schon geschehen.«

»Und die anderen?«

»Ich kann dir nichts versprechen«, gebe ich ehrlich zu. »Aber ich denke, die Chancen stehen nicht schlecht.«

»Auch Nik?«

»Sprich mit ihm«, schlage ich vor. »Franziska Schäfer fühlt sich sichtlich wohl und fährt bestimmt nicht so bald zurück … Wir feiern gerade ein richtig schönes Fest und du erinnerst dich vielleicht, dass Vicki und Daniel dich ebenfalls eingeladen haben.«

Ich steige aus, lasse die Wagentür offen und drehe mich noch einmal zu ihr um. »Nun komm schon!«, fordere ich sie freundlich auf, bevor ich mich wieder zur Festgemeinde geselle.

»Nik?«

»Hey, Rosa, ich gratuliere dir!« Für einen Moment weicht der traurige Ausdruck in seinen Augen echter Freude. »Ich habe die Neuigkeiten schon gehört.«

Wir umarmen uns.

»Marlene liebt dich«, sage ich und schaue ihn fest an.

Er lächelt. Dann schüttelt er den Kopf. »Lass gut sein, Rosa!«

»Warum glaubst du mir nicht?«

»Ich würde dir nur zu gern glauben, aber ich kann es nicht.«

Ich verstehe ihn sehr gut. Er ist total verunsichert; Gefühl und Verstand streiten sich. Außerdem mischt noch der Stolz mit und schlechte Erfahrungen von früher. Ein schrecklicher Cocktail, der am Ende dazu führt, dass er die Chance auf eine wunderbare Liebe einfach wegwirft.

»Sie ist hier«, sage ich. »Wenn du willst …«

»Rosa«, sagt Nik. »Bitte bemüh dich nicht. Ich kann ihr nicht glauben, dass sie es ehrlich meint. Ich … ich werde jetzt gehen.«

Mir ist zum Heulen zumute. Wie durch ein Wunder fällt mir jedoch etwas Besseres ein. »Warte noch einen kleinen Moment«, flehe ich Nik an. »Bitte!«

»In Ordnung«, willigt er zögerlich ein.

»Und bleib hier stehen. Genau hier!«

Er sieht mich verwundert an, protestiert allerdings nicht. Ich entschuldige mich und sause zu Daniel, der sich an der Musikanlage zu schaffen macht. Einige Paare haben sich zusammengefunden und drehen sich im Walzertakt.

»Kannst du mir bitte helfen?«, bestürme ich ihn.

»Klar doch. Worum geht's?«

Ich erkläre ihm hektisch, welche Idee mir soeben durch den Kopf geschossen ist.

Er schüttelt lachend den Kopf. »Das ist total abgedreht. Das klappt nicht und außerdem haben wir gerade angefangen, zu tanzen. Da kann ich doch nicht …«

»Dani, bitte!«, flehe ich.

Er lacht. »Rosa, bitte gedulde dich ein bisschen.«

Der Mann steht eindeutig auf der Leitung. *Ich* könnte mich durchaus gedulden. Aber um mich geht es hier nicht. »Es ist ein Notfall!«, schreie ich.

Nik wird in wenigen Minuten weg sein.

Hinten in einer Ecke des Zeltes entdecke ich Marlene, die sich aus dem Mercedes herausgetraut hat, sich an einem Glas Wein festhält und sehnsüchtig zu Nik herüberschaut.

Jetzt oder nie, Rosa Redlich!

Mit wenigen Schritten bin ich an Daniels iPad, mit dem die Fotopräsentation abgespielt wurde und der nun unbeachtet auf einem Tisch liegt. Nicht dass ich irgendeine Ahnung von dieser Technik hätte, aber Vicki meinte neulich, das wäre kinderleicht und quasi selbsterklärend.

Ich wische und drücke ein bisschen, genauso wie ich es bei Daniel gesehen habe. Bingo! Der Bildschirm leuchtet auf und die bunte Bedienoberfläche liegt vor mir. Vicki hat nicht übertrieben, das scheint nicht weiter schwer zu sein. Jetzt auf das Menü ›Videos‹ tippen, dann auf Auswahl. Himmel, wie viele Filme hat der Mann gemacht in den letzten Monaten? Wo soll ich …? Mist, verdammter!

›EstConMrz‹. Ob es das ist? ›Estelle Contest März‹? Könnte sein. Ich tippe auf den Bildschirm und hoffe, dass kein Porno oder dergleichen startet. Der Film läuft an.

Mir plumpst ein Stein vom Herzen, denn ich habe richtig geraten: Es sind eindeutig seine Aufzeichnungen vom Wettbewerb. Problem eins ist also gelöst.

Wie kriege ich nun das Ganze auf die Leinwand? Äh … Ob ich das Kabel da mal rausziehe und stattdessen hier reinstecke …?

Scheeeiße …

Das Licht im Zelt geht aus. Die Musik ebenso.

»Rosa, sag mal, was machst du da?«, fragt Daniel, der plötzlich hinter mir steht.

Es knackt irrsinnig laut in den Lautsprechern. Einige der Gäste halten sich empört die Ohren zu.

»Du wolltest mir ja nicht helfen«, zische ich ärgerlich.

Daniel seufzt. »Manchmal bist du eine Nervensäge, Rosa Redlich!«

»Ich weiß«, gebe ich zu. »Aber nur wenn es um Leben und Tod geht!«

Gottergeben fummelt er an irgendwelchen Kabeln herum. Endlich strahlt Licht auf die Leinwand und der Film läuft ab. Es ist genau wie im Kino, nur dass es dieses Mal eine wahre Geschichte ist.

Marlene gewinnt den Wettbewerb. Sie steht da und heult, bedankt sich bei Margret und bei mir. Ich heule (in Großaufnahme).

»Kannst du mal vorspulen!«, fordere ich Daniel auf.

»Nö«, sagt er zufrieden und grinst.

Da endlich sagt Marlene (ebenfalls in Großaufnahme): »Nik! Du bist das Beste, was mir in den letzten Jahren passiert ist. Ich … ich weiß, dass … dass ich dich enttäuscht habe und deshalb bitte ich dich von ganzem Herzen um Verzeihung. Hab etwas Geduld mit mir. Denn ich bin sicher, mit deiner Hilfe kann ich ein besserer Mensch werden. Ich liebe dich!«

Im Festzelt ist es still, als Daniel an dieser Stelle abbricht. Niemand sagt einen Ton, bis plötzlich Elisabeth, die mit Viktor nur ein paar Meter neben mir auf der Tanzfläche steht, anfängt zu klatschen. Irgendjemand fällt ein und plötzlich werden es immer mehr.

Applaus für eine aufrichtige, wunderschöne Liebeserklärung. Die Welt ist ein verdammt romantischer Ort! Zumindest manchmal.

Ich sehe, dass Nik wie vom Donner gerührt am Zelteingang steht. Marlene löst sich aus ihrer Ecke und geht langsam auf ihn zu. Ich halte die Luft an und flehe zum Himmel, dass er sich jetzt nicht umdreht und davonläuft.

Die Feiernden, die zu spüren scheinen, was hier vor sich geht, sind mucksmäuschenstill. Sie treten zur Seite und lassen Marlene durch eine Gasse vorbeigehen.

Als sie vor ihm steht, streckt sie zögerlich die Hand nach ihm aus. Langsam, ganz langsam legt er seine Hand in ihre.

Ich bin sicher, den Stein, der mir vom Herzen fällt, kann man bis nach Berlin plumpsen hören.

»Bitte Luft holen, Rosa«, sagt Vicki leise, die neben mich getreten ist. »Wir brauchen dich noch!«

ENDE

Weitere Romane finden Sie auf den folgenden Seiten und im Internet: www.gmeiner-verlag.de

MAREN SCHWARZ
Eis-
schwestern
GMEINER

KATRIN RODEIT
Roman
Mein
wirst du sein
GMEINER

Unsere Lesermagazine

2 x jährlich das Neueste aus der Gmeiner-Bibliothek

24 x 35 cm, 32 S., farbig; inkl. Büchermagazin »nicht nur« für Frauen

10 x 18 cm, 16 S., farbig

Alle Lesermagazine erhalten Sie in Ihrer Buchhandlung oder unter www.gmeiner-verlag.de.

GmeinerNewsletter

Neues aus der Welt der Gmeiner-Romane

Haben Sie schon unsere GmeinerNewsletter abonniert?

Monatlich erhalten Sie per E-Mail aktuelle Informationen aus der Welt der Krimis, der historischen Romane und der Frauenromane: Buchtipps, Berichte über Autoren und ihre Arbeit, Veranstaltungshinweise, neue Literaturseiten im Internet und interessante Neuigkeiten.

Die Anmeldung zu den GmeinerNewslettern ist ganz einfach. Direkt auf der Homepage des Gmeiner-Verlags (www.gmeiner-verlag.de) finden Sie das entsprechende Anmeldeformular.

Ihre Meinung ist gefragt!

Mitmachen und gewinnen

Wir möchten Ihnen mit unseren Romanen immer beste Unterhaltung bieten. Sie können uns dabei unterstützen, indem Sie uns Ihre Meinung zu den Gmeiner-Romanen sagen! Senden Sie eine E-Mail an gewinnspiel@gmeiner-verlag.de und teilen Sie uns mit, welches Buch Sie gelesen haben und wie es Ihnen gefallen hat. Alle Einsendungen nehmen automatisch am großen Jahresgewinnspiel mit attraktiven Buchpreisen teil.

GMEINER

Wir machen's spannend